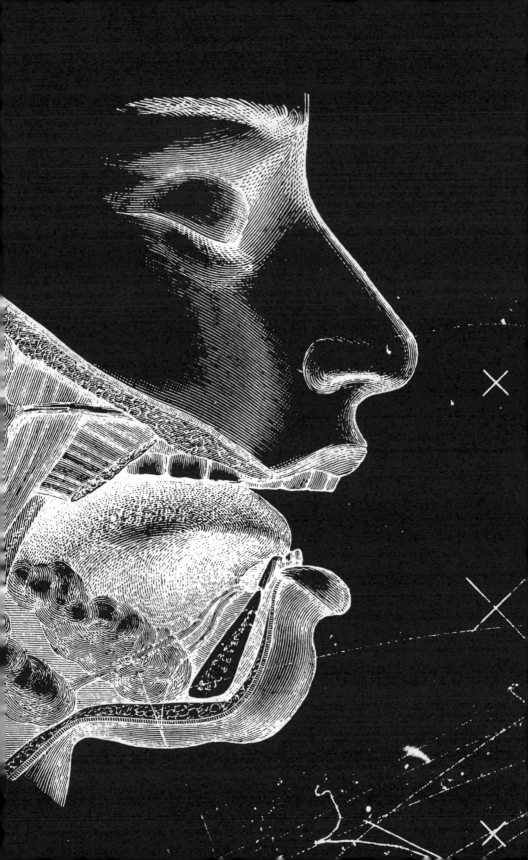

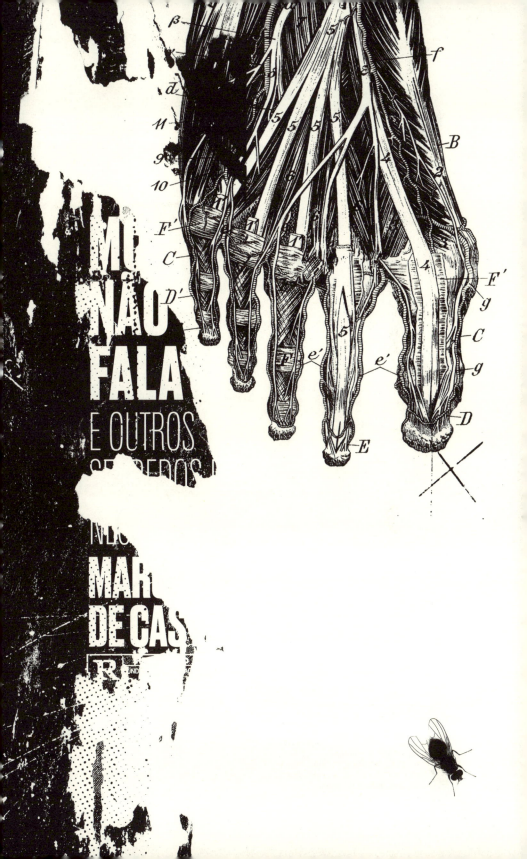

Copyright © 2021 Marco de Castro
Todos os direitos reservados.

Acervo de imagens ©
123RF, Getty Images e Shutterstock.

Diretor Editorial
Christiano Menezes

Diretor Comercial
Chico de Assis

Gerente Comercial
Giselle Leitão

Gerente de Marketing Digital
Mike Ribera

Gerentes Editoriais
Bruno Dorigatti
Marcia Heloisa

Editores
Cesar Bravo
Lielson Zeni

Capa e Projeto Gráfico
Retina 78

Coordenador de Arte
Arthur Moraes

Coordenador de Diagramação
Sergio Chaves

Designers Assistentes
Eldon Oliveira
Jefferson Cortinove

Finalização
Sandro Tagliamento

Revisão
Roberto Sotero
Retina Conteúdo

Impressão e acabamento
Coan Gráfica

DADOS INTERNACIONAIS DE CATALOGAÇÃO NA PUBLICAÇÃO (CIP)
Jéssica de Oliveira Molinari - CRB-8/9852

Castro, Marco de
  Morto não fala e outros segredos de necrotério / Marco de Castro.
  — Rio de Janeiro : DarkSide Books, 2021.
  272 p.

  ISBN: 978-65-5598-143-8

  1. Ficção brasileira 2. Ficção policial 3. Fantasmas 4. Psicopatas
  I. Título

21-3749   CDD B869.3

Índices para catálogo sistemático:
1. Ficção brasileira

[2021]
Todos os direitos desta edição reservados à
DarkSide® *Entretenimento LTDA.*
Rua General Roca, 935/504 — Tijuca
20521-071 — Rio de Janeiro — RJ — Brasil
www.darksidebooks.com

MORTO NÃO FALA

E OUTROS SEGREDOS DE NECROTÉRIO

MARCO DE CASTRO

DARKSIDE

SUMÁRIO

ESTUDO DE ANATOMIA 1	.11
MORTO NÃO FALA	.31
BURACO	.39
UM BOM POLICIAL	.43
LUAU DOS MORTOS	.59
GOL DO CORINTHIANS	.63
ESTUDO DE ANATOMIA 2	.69
NOITE DE DOMINGO	.73
CAIXÃO FECHADO	.97
LP	.121
ANIVERSÁRIO	.175
ESTUDO DE ANATOMIA INTERROMPIDO	.183
OBSESSOR	.187
ESTUDO DE ANATOMIA 3	.237
AGRADECIMENTOS	.266

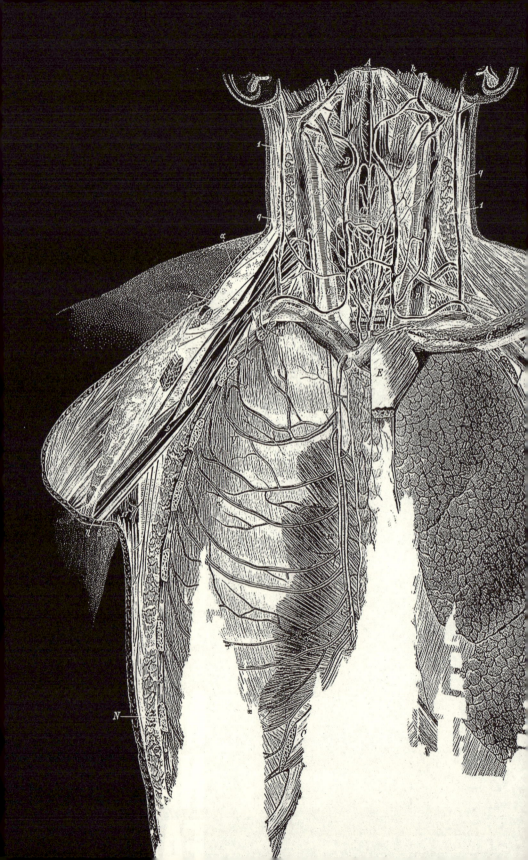

ESTUDO DE ANATOMIA 1

MARCODES,//CASTRO

O relógio na tela do celular marcava 21h05. Jucélia tinha que estar no laboratório de anatomia da faculdade às 21h00.

Levantou-se da cadeira num salto, enfiou o celular na mochila, fechou e empilhou os livros à sua frente; correu para devolvê-los no balcão da biblioteca. Havia ficado duas horas e meia ali, estudando, e perdido a noção do tempo. No balcão de devoluções, porém, não havia ninguém. Olhou à sua volta e descobriu que estava completamente sozinha.

— Oi! Tem alguém aí? — ainda gritou, em direção às estantes de livros.

Não houve resposta.

Ela não podia esperar. Era noite de sexta, a prova de anatomia seria na segunda-feira de manhã. Se perdesse aquele horário no laboratório, o último disponível, teria que encarar o exame sem ter examinado o cadáver. Não poderia correr esse risco. Então abriu a mochila, já tirando de lá o seu jaleco branco, e enfiou os livros. Amaldiçoou o peso extra que teria que carregar, mas paciência. Na segunda, logo cedo, ela os devolveria à biblioteca.

Saiu batendo os calcanhares pelo corredor, vestindo o jaleco enquanto caminhava em direção aos elevadores — o laboratório de anatomia ficava no subsolo. Estranhou como a faculdade estava deserta e silenciosa para aquele horário. Passou por uma sala de aula com a porta aberta, também vazia. Esquisito. Apesar de estudar no período da manhã, sabia que as aulas iam até as dez e meia da noite. Deveria, pelo menos, estar escutando a voz de algum professor em alguma daquelas classes, mas tudo que ouvia era o zumbido das lâmpadas fluorescentes e o som de seus próprios passos.

Quando se enfiou na biblioteca da faculdade, pouco depois das sete da noite, os corredores estavam cheios. Por eles, estudantes de medicina brancos, ricos e bonitos desfilavam com seus sorrisos de clareamento dental. Gostosinhas e gostosões animados com a noite de sexta-feira. Falavam pelos cotovelos, xavecando uns aos outros. Nunca ouviam de primeira (ou fingiam não ouvir) quando ela, baixinha, gorda e negra, pedia licença para passar. Quando enfim se decidiam, saíam de sua frente lentamente, sem pressa e sem olhar para sua cara. Como se ela fosse um fantasma.

E era como um fantasma que ela estava se sentindo ao caminhar por aqueles corredores desertos. Um cenário que tornava ainda mais sombria a sua expectativa para o que estava prestes a fazer no laboratório: descosturar um corpo conservado em formol para estudar os órgãos do sistema respiratório.

O formol. Apertou o botão para chamar o elevador pensando naquele cheiro...

Dissecar um cadáver nem seria algo tão ruim se não fosse o fedor forte daquela substância, que dominava o laboratório e fazia lágrimas de irritação escorrerem por sua face. A garganta amargava, o cheiro ficava impregnado no nariz até o dia seguinte.

O elevador se abriu. Quando as portas de metal se fecharam de novo, iniciando a descida ao subsolo, o cartaz publicitário grudado à direita chamou a atenção de Jucélia. O pôster mostrava uma jovem estudante de medicina. Magra, olhos azuis, cabelos dourados. Linda e autoconfiante. Os braços cruzados blindando o corpo, o estetoscópio já pendurado no pescoço. Jucélia rangeu os dentes e se olhou no espelho do elevador. Era preta e gorda, mas o cabelo desarrumado e o rosto cansado eram o que mais a fazia destoar daquele cartaz de vestibular idiota. A única coisa em comum que tinha com aquela loirinha era o jaleco branco.

Mas o que mais a irritava era que aquele cartaz não estava errado. O errado, pelo que viveu naqueles primeiros seis meses de faculdade de medicina, era ela estar ali, no meio daquela gente. A imagem ilustrativa correspondia exatamente ao perfil da maioria das estudantes naquele prédio. A modelo fotográfica era, inclusive, parecida até demais com a Yasmin, uma das meninas do grupo de estudos.

— A gente tentooooou te ligaaar... Só deu caaaaaixa...

Falava igual a um gato miando a desgraçada, para justificar que ela, outra patricinha e mais dois playboys brancos do grupo, sem avisá-la, tinham adiantado a ida ao laboratório para dissecar o cadáver. Era óbvio que estavam mentindo sobre a intenção de avisá-la. Nenhum deles havia tentado ligar. Só a tinham aceitado entre eles porque a professora pediu que a classe se dividisse em grupos de cinco alunos. Ela sobrou, e só havia vaga no grupo deles. A troca de olhares entre os branquelos, quando ela se juntou ao quarteto, já entregou de cara o desconforto que lhes causava. Além disso, sabia que os dois playboys estavam pegando as duas patricinhas. Os casaizinhos deviam querer ficar a sós para se divertir e namorar, talvez em companhia do defunto do laboratório.

Quando a vaca da Yasmin lhe deu aquela desculpinha esfarrapada de "só deu caaaaaixa...", Jucélia a olhou nos olhos, cedeu um sorrisinho cínico e disse "tudo bem". Depois se trancou no banheiro da faculdade e chorou de raiva. Não bastava ela se matar de estudar para ir minimamente bem no curso de medicina — que era difícil pra caralho — e fazer faxina em casas de madames daquela cidade de interior cheia de gente racista, para comprar os livros caríssimos que eram exigidos na faculdade. Ainda precisava lidar com as armadilhas que aquela gente armava. Estava cada vez mais difícil suportar tudo aquilo. Não era a primeira ocasião que os coleguinhas brancos a haviam sacaneado, eles fariam de tudo para não a admitir em seu mundinho otimista de futuro promissor. Para eles, ela sempre seria uma intrusa. A cotista.

Só naquele primeiro semestre havia perdido as contas de quantas vezes ouviu os colegas cochichando aquela palavra às suas costas, em tom de rancor ou de escárnio. Sim, Jucélia tinha ingressado no ensino superior, em uma universidade federal, por meio do sistema de cotas raciais. E daí? Ela não teve a mesma base de ensino daqueles filhinhos de papai, a grande maioria de papais médicos cheios de grana. Jovens que vieram de colégios particulares fudidaços. Cotas eram uma maneira de tornar a régua mais justa. Além de Jucélia, outros cinco negros haviam entrado na faculdade naquele ano, todos estudavam no período noturno, e um deles havia simplesmente desaparecido um mês antes. Jucélia acreditava que o rapaz devia ter desistido do curso devido ao racismo da maioria dos colegas.

A mãe dela, que trabalhava há mais de 20 anos como faxineira em uma grande empresa de cosméticos, havia criado a filha sozinha, já que o pai deu no pé quando Jucélia ainda era pequena — a garota nem se lembrava da cara dele. Foi Dona Zenaide quem deu duro para que a filha pudesse se dedicar aos estudos. Por isso, para Jucélia, estar ali nunca deixaria de ser uma grande vitória, e que se fodessem os branquelos de bosta que a tratavam como intrusa.

Na verdade, Jucélia nem tinha tanta certeza se queria mesmo ser médica. O que mais a motivava, atualmente, era a lembrança do sorriso e das lágrimas de emoção da mãe, no dia em que ela anunciou que tinha entrado na Federal de Medicina. Era por Dona Zenaide que ela aguentava o desprezo dos colegas e as dificuldades de morar sozinha num apartamento minúsculo no interior, entre caipiras preconceituosos, muito longe de sua quebrada e de seus amigos em São Paulo.

Olhou novamente para a loira sorrindo no cartaz e imaginou os mauricinhos e patricinhas de seu "grupo" no laboratório, brincando com os órgãos do morto, fazendo aquelas piadas de trouxa que só eles achavam graça. Do jeito que eram escrotos, era capaz de transarem em cima da mesa de necropsia e usarem o pinto do morto...

Melhor parar de pensar naquilo, já estava lhe dando náuseas. Talvez fosse até melhor ela estudar o cadáver sozinha. Sem distrações, tiraria uma nota bem mais alta que a dos playboys.

Ao sair do elevador, Jucélia encontrou um ambiente ainda mais sinistro que o cenário deserto do andar da biblioteca. O corredor do subsolo que levava ao laboratório de anatomia era bem pouco iluminado. Algumas das lâmpadas fluorescentes estavam apagadas, outras piscavam. Jucélia olhou novamente o relógio do celular: 21h13. Treze minutos atrasada.

Apertou mais ainda o passo e num instante estava diante da porta do laboratório. Bateu. Não houve resposta. Insistiu. E silêncio. Puxou a maçaneta. Trancada. Compreensivelmente irritada, começou a esmurrar a porta com força. Nada. E, na mesma velocidade que as pancadas acertavam a madeira, uma raiva devastadora tomava conta de sua alma. Jucélia começou a também chutar a porta.

— FILHA DA PUTA!!! FILHA DA PUTAAAAA!!!! — gritava, chorando de raiva, enquanto descontava toda a sua revolta na porta de madeirite, pintada de branco, onde estava afixada a plaquinha com os dizeres "Laboratório de Anatomia".

Em meio ao seu surto de ódio, Jucélia nem percebeu que outra porta havia sido aberta no meio do corredor e que alguém se aproximava por trás dela. Só parou de chutar e esmurrar a porta do laboratório quando a mão desconhecida tocou seu ombro direito. Nesse momento, seu grito de raiva se transformou em um berro de susto.

— FILHA DA PUTAAAAAAAAAAIIIIIIIIIIIIIIIIIIIAAAAAAAAAH!!!!!!!

E Jucélia, instintivamente, meteu o cotovelo direito na costela do que estivesse atrás dela. Em seguida se virou, jogando as costas com a pesada mochila contra a porta do laboratório, com as mãos levantadas em formato de garras, pronta para cravar as unhas nos olhos de seu oponente.

Mas o que encontrou não foi um psicopata assassino. Era só um rapaz negro, magrelo e alto, fazendo careta de dor. As mãos já sobre a costela que ela atingiu com o cotovelo.

— Quem é você!?

Jucélia percebeu que o coitado estava tão assustado quanto ela. Olhava-a com medo e espanto.

— Sou o Josué... Trabalho de auxiliar aí no laboratório...

Ao ouvir aquelas palavras, o alívio e a alegria de Jucélia a fizeram chorar ainda mais. Um pranto-desabafo em meio a gemidos ininteligíveis.

— Calma... — disse Josué, meio sem saber o que fazer.

Com cuidado — não queria ficar com marcas das unhas daquela moça na cara —, o rapaz se aproximou e pôs a mão direita sobre o ombro de Jucélia. Para alívio de Josué, em vez de atacá-lo novamente, ela o abraçou e chorou mais um pouco, até conseguir se recompor.

***

Após se recuperar de seu ataque de nervos, Jucélia contou que tinha marcado horário no laboratório. Explicou a Josué que tinha falado com "um loiro fortão", aluno da faculdade que fazia estágio no laboratório como monitor, e ele lhe disse que o único horário disponível era aquele, às 21h da sexta-feira. Josué só balançou a cabeça afirmativamente, disse "tudo bem", tirou um molho de chaves da mochila e abriu a porta do laboratório. Pediu que ela o esperasse, pois logo retornaria do vestiário.

— Esses playboy de merda são filha da puta, mesmo — disse Josué, assim que retornou. Havia tirado a camisa comum e recolocado seu uniforme de trabalho azul-claro, que ostentava o logo da faculdade do lado esquerdo do peito.

Josué passou por Jucélia e pegou uma prancheta pendurada na parede, que ficava ao lado de um quadro branco usado pelos professores.

— Olha aí, o último horário marcado era o das oito — mostrou a folha. — O loiro fortão com que você falou é o Franz, monitor, é um cuzão do caralho. Se acha porque é o presidente da Atlética e vive contando vantagem que, quando se formá, vai trabalhá na clínica de cirurgia plástica do pai, que só opera gente famosa. Me trata como empregado dele, olha pra mim como se eu fosse um monte de merda. É um racista filha da puta, igual a um monte de outros dessa faculdade e dessa cidade. E sabe o que eu acho?

— O quê? — reagiu Jucélia, automaticamente se identificando com a raiva que o auxiliar do laboratório tinha dos estudantes de medicina.

— Acho que ele só te disse pra vir hoje, nesse horário, porque era na hora da festa...

— Que festa?

— Ninguém te avisou, né?

— Não...

— Pois é... Perdão, você é cotista, né?

— Sou...

— Então, já vi eles fazendo isso com outros pretos cotistas, também. Faz quase um ano que descolei esse trampo aqui e percebi, eles não avisam os pretos que vão dá festinha. Você é a única preta da sua sala?

— Sou...

— Então pode ter certeza que sua sala inteira tá nessa festa, bebendo, comendo e se divertindo pra caralho, menos você...

Agora estava explicado por que a faculdade estava deserta daquele jeito. Os mauricinhos e patricinhas estavam numa festinha de confraternização e não queriam Jucélia lá. E, de quebra, o monitor cuzão ainda aprontou aquela para ela dar de cara com a porta do laboratório trancada. Novamente, a revolta começou a tomar conta de Jucélia, deixando a sua respiração ofegante.

— Eles querem me foder, esses brancos... querem me fazer desistir da faculdade...

— Ano passado, um estudante preto chegou a desistir, viu... Tirando aquele que sumiu um mês atrás e nem se deu ao trabalho de trancar a matrícula. E ainda teve outra, que sumiu no final do ano passado, e até agora não se sabe que fim ela levou. Mas não dá essa moral pra esses racistas, não. No que puder contar comigo, eu sempre vou ajudar.

Josué disse isso olhando Jucélia nos olhos, sorrindo, o que a acalmou, mas a deixou um pouco sem graça. Sentiu uma certa vergonha por aquele rapaz alto, magrelo e tão simpático tê-la visto surtando no corredor, xingando e chutando a porta do laboratório.

— Desculpa por aquela... aquilo que você viu no corredor, tá? Eu tava completamente descontrolada. E pela cotovelada que acertei em você... Não percebi você chegando...

— De boa, não precisa se desculpar...

— A prova prática de anatomia é segunda logo cedo... Tava fudida se perdesse esse horário... Nem sei como te agradecer... Você já tava indo embora, né?

— Tranquilo, meu horário é até as onze. Tava aproveitando pra sair mais cedo porque achei que não vinha mais ninguém, ainda vou encontrar uns amigos hoje num samba.

— Ai, meu Deus, tô empatando sua noite de sexta...

— Tá nada. — O rapaz riu... — O samba vai até o dia clarear. É num barzinho da hora lá na minha quebrada.

— Que maravilha. Não vô em roda de samba desde que saí da minha quebrada, em São Paulo... Sinto saudade... das roda de samba, dos pancadão...

— Então por que a gente não faz assim, depois que você estudar e eu arrumar tudo, você vai pro samba comigo? Pra relaxar o estresse e esquecer os playboy filhadaputa do caralho dessa faculdade!

Jucélia deu uma risada. Não estava acostumada a levar cantadas. Por ser baixinha e gorda, não se achava nada atraente. Já tinha namorado duas vezes, ambas com caras feios, chatos e machistas. O último namorado ficava choramingando por atenção. Ela precisava estudar para o vestibular, e, em vez de incentivá-la, ele dizia que duvidava que ela conseguisse passar na prova. Depois que deu um pé naquele idiota, não havia beijado mais ninguém.

— Olha... pode ser que eu vá, sim, viu!

— Aí, sim!!! Vamo agilizar as coisas pra você estudar, então. E depois vamo cair no samba!! — comemorou Josué, empolgado, já se dirigindo a uma porta nos fundos do laboratório. Era a sala onde ficava o tanque de formol. Com os cadáveres.

***

O laboratório de anatomia era um espaço amplo e retangular de cerca de 170 metros quadrados. Doze mesas de necropsia de aço inoxidável, todas cercadas por banquetas de madeira, divididas em duas fileiras. Junto à parede de frente para a porta, havia as pias, também de inox, intermediadas por bancadas, sobre as quais ficavam expostas as "peças". Órgãos humanos conservados em formol. Coração, fígado, rins... alguns fetos. O pote de formol que mais impressionava Jucélia era o que continha uma mão adulta aberta. O membro havia sido decepado na altura do pulso. Pelo tamanho, o antigo dono deveria ser um cara grande.

Jucélia ficou alguns segundos encarando aquela mão aberta e sentiu um calafrio. Além disso, havia o azulejo azul-claro da parede, o modelo de esqueleto humano de plástico PVC, o manequim anatômico que imitava um torso, com os órgãos à mostra. Tudo ajudava a compor o clima sombrio daquele lugar. Mais uma vez amaldiçoou os colegas desgraçados pelo fato de ter que encarar aquele ambiente sozinha, à noite.

Acabou indo até a sala dos fundos, atrás da companhia de Josué. Da porta, ficou observando o trabalho do auxiliar. O tanque de formol estava no centro da pequena sala, rodeado por armários de ferro fosco. Uma peça quadrada e gigante, também de inox. Cada lado media uns três metros. Josué havia vestido um par de luvas de borracha amarelas e colocado uma máscara cirúrgica, estava prestes a abrir o tanque quando percebeu Jucélia parada à porta.

— E aí? Veio escolher?

Ela não entendeu a pergunta. Josué abriu a tampa do tanque.

— O corpo. Qual deles vai querer?

— Ah, qualquer um!

— Chegaí, vem escolher!

Jucélia tapou o nariz. Da porta, o cheiro de formol já era insuportável. E ficava pior a cada passo dado em direção ao tanque. Quando estava a uns dois metros, ficou na ponta dos pés, esticou o pescoço e olhou os três cadáveres imersos no produto químico. Três vultos de cor escura, rodeados pelo prateado do inox.

— Todos são pretos?

— Não, tem um homem branco, um homem pardo e uma mulher preta.

— Daqui, parecem todos pretos...

— Pois é, não importa a cor... Quem vem pra cá fica seco e marrom... — Josué riu por dentro da máscara. — Mas dá pra saber a raça, sim! Pela cara deles.

— Vou querer o branco, então... — respondeu Jucélia, ainda tapando o nariz e com os olhos ardendo por causa do formol.

— Pô! Preconceito com os irmão?

Ela caiu na gargalhada e foi se afastando novamente em direção à porta.

— Lógico que não, né!? É que, se for pra eu abrir a barriga de alguém hoje, vai ser de um branco filho da puta!

Agora era Josué quem gargalhava. Depois de tomar fôlego, ele pegou um bastão de madeira, com uma espécie de gancho de metal na ponta. Enfiou aquilo sob a axila de um dos cadáveres e o puxou para a superfície. Em seguida, com as mãos enluvadas, tirou o corpo duro e enrugado do tanque e o deitou sobre uma maca. Enquanto isso, ia falando, ainda dando risada.

— Mas vô te falá uma coisa: esse branco aqui me disseram que é gente boa!

— Como assim?

— O tiozinho que trampava aqui de auxiliar antes de mim, foi ele quem disse...

— Ele conhecia o cara?

— Não, o véio era meio doido mesmo. Trampou aqui mais de 30 anos, até se aposentar... Trocava ideia com os morto...

— Ai, credo!

— Sério, mesmo! Esse aqui, o branco, era o que ele mais gostava... O Val...

— Quê?

— Val... É o nome dele — disse o auxiliar, lançando um olhar para o corpo na maca.

— Ele dava nome pros cadáveres?

— Nome, profissão, história de vida... O Val aí, ele dizia que era jornalista e que contava pra ele umas história cabulosa...

— Ah, que é isso!? Para, vai! Vou ter que abrir esse cara hoje e agora vou ficar pensando nisso, que o nome dele é Val, que era jornalista... sai fora! Eu, hein!?

Josué riu mais um pouco.

— Tá bom, desculpa! Não vô falar mais nada, senão você vai desistir de ir pro samba comigo...

E Josué empurrou a maca com o cadáver para a sala principal do laboratório, onde rapidamente colocou o corpo sobre uma das mesas de necropsia. Jucélia olhou o rosto enrugado e estático daquilo que mais parecia um boneco de borracha. Desceu os olhos e notou uma cicatriz circular no ventre.

— Que é isso!? Parece marca de tiro...

Josué franziu o cenho.

— Pode ser... mas não morreu disso, não, porque, pelo que eu sei, faculdade de medicina só tem cadáver com morte natural. Indigente que morre de infarto ou velhice, essas coisas.

Josué se afastou, empurrando a maca para um canto do laboratório. Tirou a máscara cirúrgica e voltou a falar:

— Mas uma coisa te garanto, viu...

— O quê?

— Nesse meu quase um ano de trampo aqui, o Val nunca trocou ideia comigo, não!

Os dois caíram na gargalhada.

— Que bom! Espero que ele também fique quietinho hoje — comentou Jucélia.

Josué também tirou as luvas de borracha e foi guardá-las junto com a máscara cirúrgica na salinha do tanque de formol. Ao voltar, disse:

— Bom, Ju... posso te chamar de Ju, né!?

Jucélia assentiu, sorrindo para o auxiliar, que sorriu de volta. Não havia dúvida: ele estava flertando com ela.

— Vou te deixar à vontade aqui com o Val, pra você estudar! Quando terminar, você me passa um WhatsApp, que eu venho botar ele pra dormir no tanque. Meu horário vai até as onze, mas, se passar um pouco disso, não tem problema...

— Pode ficar tranquilo, não vou atrapalhar mais sua noite de sexta!

— Nossa noite de sexta, né!? Porque você vai no samba comigo! — E abriu mais um sorrisão para Jucélia, que deu uma risadinha.

— Vamos ver, vamos ver...

— Vai, siiiim — respondeu ele, alargando ainda mais o sorriso.

Na sequência, Josué pegou um canetão que estava largado sobre a bancada e anotou o número de seu celular no quadro branco da parede. Deu uma piscadinha antes de sair do laboratório, ainda sorrindo, e a deixou sozinha com o corpo.

***

Jucélia botou sua máscara cirúrgica e abriu o livro de anatomia na página marcada, deixando-o sobre a mesa de necropsia, próximo aos pés do cadáver. Em seguida, vestiu suas luvas de látex e, com os dedos, começou a retirar a linha que mantinha a incisão do cadáver, que ia do tórax até o umbigo, formando uma grande letra "y" — porcamente fechada. Durante o procedimento, sentia lágrimas escorrendo pelas bochechas e umedecendo a máscara cirúrgica. O cheiro de formol que emanava do corpo era muito forte.

Quando terminou de tirar as linhas, fez uma pequena pausa, afastando-se para enxugar as lágrimas com a manga do jaleco. Ao se aproximar novamente da mesa de necropsia, encarou o rosto enrugado, seco e acastanhado do cadáver.

— Pois é, Val, eu não teria problema nenhum em olhar suas tripas se não fosse esse cheiro...

"Val", como era de se esperar, continuou calado, estático.

Jucélia então afastou a pele do tórax, que havia se transformado em couro seco, e desencaixou os ossos da caixa torácica, que estavam serrados e se abriram como uma tampa, revelando os órgãos do aparelho respiratório. Depois daquilo, o cheiro de formol se intensificou. Mais lágrimas embaçaram sua visão, e um acesso de tosse brotou de suas entranhas. Precisou fazer mais uma pequena pausa.

— Ai, meu Deus... Força, Jucélia! Se aquelas patricinha branca conseguem, você também consegue... — disse em voz alta e encarou mais uma vez o rosto estático do defunto. — Porra, Val... se alguém tivesse me avisado que pra ser médica eu ia ter que aguentar esse cheiro, tinha prestado vestibular pra direito...

Puxou o livro para mais perto da região torácica do corpo e começou a estudar a traqueia, os brônquios e os pulmões do cadáver. Precisou fazer uma nova pausa e se afastar.

— Gente, desse jeito não vou conseguir fazer nem metade antes das onze — disse a si mesma.

Pensou então no tal "tiozinho", o auxiliar citado por Josué. Talvez, aquela história de "conversar" com o cadáver não fosse uma má ideia. Certa vez, a Alê, sua amiga de infância que trabalhava como cabeleireira e também tinha que aguentar o cheiro de formol de produtos para alisar cabelo, comentou em uma conversa:

— Por que vocês acham que cabeleireira e manicure fala tanto? É pra se distrair e aguentar aquele fedor desgraçado do salão! Se a gente não distrair a mente daquilo, não consegue trabalhar!

"Faz sentido", pensou Jucélia. Talvez, as "conversas" do tiozinho auxiliar com os defuntos não passassem de um subterfúgio para desviar a atenção daquele cheiro maldito. Aproximou-se novamente da mesa de necropsia, encarou Val por mais um instante e começou a falar, enquanto mexia em seus órgãos respiratórios.

— E esse Josué, hein?... Se não fosse ele, eu ia tá fudida na prova de segunda... Gente boa, simpático... até que enfim ganhei um aliado nessa faculdade... Na verdade, é o primeiro amigo que vou fazer nessa merda dessa cidade em seis meses...

A imagem de Josué dando aquele sorrisão amigável e charmoso lhe veio à cabeça, o que trouxe a Jucélia um certo alívio contra o cheiro do formol, que ainda a incomodava. Continuou a falar com Val.

— Na boa, o mano é um gatinho... Fazia tempo que um cara não olhava pra mim daquele jeito... E acho que tem mais de um ano que eu não dô pra ninguém...

Apesar de estar em um laboratório de anatomia, dissecando um cadáver, aquele pensamento lhe deu tesão.

— É... Tô sem trepar desde que terminei com aquele filha da puta que não queria que eu estudasse...

Ao se lembrar do ex, porém, Jucélia sentiu uma ponta de irritação. Quando terminou o namoro com aquele imbecil, havia prometido a si mesma que nunca mais ficaria com alguém por carência, nem que tivesse que ficar solteira pelo resto da vida.

— Mas o Josué parece ser tão fofo... Não deve ser escroto igual àqueles otário metido a machão da minha quebrada... E, caralho, o mano já me chamou pra ir num samba! Foda que eu vou sair daqui fedendo a formol... Mas, se ele trabalha aqui também, tá mais do que acostumado com esse cheiro, né?

Pegou o livro de anatomia nas mãos para examinar melhor os gráficos e compará-los ao aparelho respiratório do cadáver. O tempo todo falando com seu silencioso interlocutor.

— Quer saber de uma coisa? Acho que vou nesse samba e vou agarrar esse magrelo com cheiro de formol e tudo!

— Vai, sim!

O susto fez Jucélia jogar o livro para o alto, dar um pulo para trás, perder o equilíbrio e cair sentada no chão do laboratório. Ficou alguns segundos ali, no chão, olhando desbundada para o cadáver sobre a mesa de necropsia. "Devo tá ficando louca! Ele não pode ter respondido!"

Mas, para seu desespero, aquela voz sussurrada e áspera do além voltou a se manifestar.

— Desculpa, moça... não queria te assustar...

Jucélia se afastou rapidamente, em pânico, arrastando-se de costas pelo piso. Quando se levantou, ainda aos tropeços, partiu em disparada em direção à porta do laboratório. Antes de sair correndo pelo corredor, no entanto, escutou mais uma vez aquela voz gutural.

— Moça... Espera...

***

Após esmurrar, sem resposta, a porta do corredor com a plaquinha "Vestiário Masculino", resolveu abrir e entrar. Foda-se se pegasse Josué pelado, cagando ou se masturbando lá dentro. Mas não havia ninguém.

— Josué?! Cadê você!? — gritou.

Voltou ao corredor do subsolo e gritou mais uma vez o nome do auxiliar, sem ouvir nenhuma resposta. Correu então para o hall dos elevadores. Havia um deles parado, de portas abertas. Jucélia entrou, mas, antes de apertar o botão do térreo, deteve-se.

"Isso não pode ser verdade", pensou. "E o que eu vou falar pro Josué se eu achar ele? 'O morto tá falando'?" A ideia lhe pareceu ridícula. Imaginou a reação do auxiliar. "O cara vai achar que eu sou doida. Nunca mais vai querer saber de me chamar pra samba nenhum..."

Seu olhar esbarrou novamente no cartaz publicitário, com a estudante de medicina loirinha e sorridente. E, mais uma vez, viu também sua imagem refletida no espelho do elevador. Só então percebeu que ainda estava com a máscara cirúrgica sob os olhos avermelhados, no rosto todo molhado de lágrimas. Tirou a máscara. Parecia uma louca. Realmente, não ia querer que Josué a visse daquele jeito, talvez ele saísse até correndo.

Saiu do elevador. Pensou mais um pouco. Uma solução seria mandar um WhatsApp para Josué dando uma desculpa qualquer, para que ele ficasse na sala de anatomia com ela. Diria que estava com medo, sentindo-se mal ou algo assim. Aí, se o auxiliar também escutasse o cadáver falando, saberia que não estava maluca.

— Mas é lógico que o cadáver não falou! Morto não fala, caralho! — disse, irritada, em voz alta.

De toda forma, teria que voltar sozinha ao laboratório, onde estava o quadro branco com o número de Josué anotado. Fora isso, tudo estava largado lá, perto do cadáver. O celular, a mochila, o livro de anatomia, que lhe custou um dinheirão, e os outros livros, que ela não havia conseguido devolver na biblioteca. Respirou fundo e, com o corpo trêmulo, voltou ao corredor do subsolo da faculdade deserta. Pôs-se a caminhar em direção ao laboratório.

Quando chegou à porta, hesitante e tremendo mais ainda, esticou o pescoço e conferiu que tudo estava lá, do mesmo jeito que ela havia deixado. Sua mochila, o livro de anatomia caído no chão e o cadáver, estirado sobre a mesa de necropsia, de peito aberto. Respirou fundo, fazendo uma careta em seguida, pois isso fez o odor de formol invadir de novo, dessa vez com mais força, suas vias nasais.

— Aaaargh!

Sentiu ânsia de vômito, e um gosto amargo lhe veio à boca, fazendo Jucélia se lembrar do que havia "jantado", mais de quatro horas atrás. Um rissole de queijo e uma esfirra fechada de carne, com bastante ketchup. Seu olhar passou mais uma vez pelo corpo de pele acastanhada. E ela atravessou o laboratório correndo em direção a uma das grandes pias de inox, onde começou a vomitar. Quando terminou, olhou com raiva para aquela mistura de salgados e suco gástrico no fundo prateado da pia. Instintivamente, abriu a torneira para limpar a nojeira. Teve certeza nesse momento de que nada daquilo estaria acontecendo se aqueles filhos da puta brancos não a tivessem deixado de fora da ida do grupo ao laboratório. Uma lágrima de raiva misturou--se às lágrimas causadas pelo formol. Bateu o punho direito contra a lateral de inox da pia.

— Esses playboyzinho de merda ainda vão me pagar!

Olhou novamente para Val, na mesa de necropsia.

— Naqueles filha da puta branco do caralho, aposto que você não dá susto, né?

— Os playboy mimado cuzão dessa faculdade, você quer dizer?

— AAAAAAAIIIIII!!!!!! CAAALA A BOCAAAAAA, CARAAAAALHO!!!!!

Jucélia se encolheu com as costas contra a pia e passou a chorar desesperadamente. A porra do morto estava falando de novo. Com certeza ela estava louca. Assim que conseguisse se mexer, correria, pegaria a mochila e iria embora daquela faculdade para nunca mais voltar. Mas qualquer iniciativa que pudesse tomar para recuperar suas funções motoras foi anulada quando a boca seca e conservada em formol de Val voltou a se mexer, deixando aquela voz sussurrada do além novamente sair.

— Eu sei que o cheiro do formol te faz mal, Jucélia, então bota a máscara cirúrgica...

Jucélia não sabia mais o que pensar daquilo. Estava prestes a ter uma crise nervosa.

— Faz o que eu te digo, por favor. Põe a máscara e respira com calma, senão você vai ter uma crise de pânico...

Por mais surreal e assustadora que aquela situação pudesse ser, Jucélia tinha que admitir: o que o cadáver estava falando fazia sentido. Ela estava prestes a ter um surto. Tirou a máscara do bolso do jaleco e a pôs de volta sobre a boca e o nariz, tentando respirar com calma.

— Eu não devia ter falado com você... — Val disse. — É que você começou a falar comigo... chegou uma hora que eu me distraí e acabei respondendo...

— Ai, caralho... Ai, ai...

— Calma, Jucélia, por favor... Eu tô me sentindo muito mal. Mil desculpas... prometo que, se você se acalmar, eu não falo mais nada!

Jucélia demorou quase um minuto para conseguir recuperar a voz.

— C... Como v... você sabe meu nome?

— Se eu falar, você não vai voltar a surtar?

— Aaaai...

— Bom, pelo menos agora você não tá gritando... Seu nome tá anotado na etiqueta da capa do livro de anatomia. Fora isso, escutei você e o Josué conversando. Aliás, gente boa ele, viu... se eu fosse vivo e gostasse de homem, também ia querer pegar ele... — Val brincou.

Aquilo era surreal demais para a cabeça de Jucélia. Sua vida amorosa deveria mesmo ser uma merda. Ganhar conselhos de um cadáver seco do laboratório de anatomia, que passava os dias submerso em formol com outros corpos? Olhou para o número do telefone de Josué no quadro branco e, em seguida, para seu celular, sobre a mesa de necropsia desocupada, ao lado da mochila.

— Vo... você fala, mas não se mexe, não, né?

— Não, minha filha, não me mexo... Pode ficar tranquila. E, mesmo se me mexesse, eu não ia te atacar... Não vou tentar comer seu cérebro nem nada...

Jucélia estava ao mesmo tempo indignada, assustada, surpresa e confusa. Mas, aos poucos, seu raciocínio lógico estava voltando a funcionar. Sim, aquilo era um absurdo. Estava conversando com um cadáver do laboratório, mas não era como um filme de terror. O corpo estava tentando acalmá-la, até mesmo sendo gentil com ela.

— Caralho... Como é que você tá falando comigo!?

— A maioria não consegue escutar morto falando. Por isso eu nunca falei com nenhum outro aluno da faculdade até agora. Mas tem gente que consegue... Você consegue...

— Puta que pariu!

— Mas, pensa bem... Você tá estudando pra ser médica... Dependendo da área que você se especializar, vai ter contato com muito morto... Se você tem esse dom, é melhor já descobrir na faculdade.

Fazia sentido. Tudo que aquele cadáver falava fazia sentido. Jucélia mal percebia, mas estava relaxando e recuperando os movimentos. Já havia até dado dois passos em direção ao cadáver, que continuava falando:

— Você veio aqui pra estudar, né? Pela movimentação de alunos no laboratório nos últimos dias, as provas tão pra começar...

— É... começam na segunda.

— E hoje é...

— Sexta...

— Então, Jucélia, não fica parada aí, não... pode continuar o que tava fazendo. Prometo que eu fico quieto...

Jucélia finalmente tomou coragem para se aproximar do cadáver. Encarou o rosto inerte de Val durante alguns segundos.

— É Val mesmo seu nome?

— É...

— Você não vai sentir eu mexendo dentro de você?

— Tô morto, não sinto mais nada. Falar eu falo, mas não sinto...

Jucélia percebeu o quanto sua mão estava tremendo.

— Como é que eu vô mexer nos seus órgãos tremendo desse jeito?

O morto ficou um tempinho calado e disse em seguida:

— Olha... podemos fazer o seguinte. Vou te contar umas histórias que eu conheço. Coisa boa. Se você prestar atenção nelas, vai conseguir se acalmar... pode ser?

Jucélia pensou um pouco. Não custava tentar. O morto já tinha falado mesmo, e ela não conseguiria pensar em outra coisa enquanto estivesse com ele naquele laboratório.

— Tá bom... — acabou respondendo.

— Então vou começar justamente com a história de um cara que eu conheci num IML de São Paulo, no dia que eu morri...

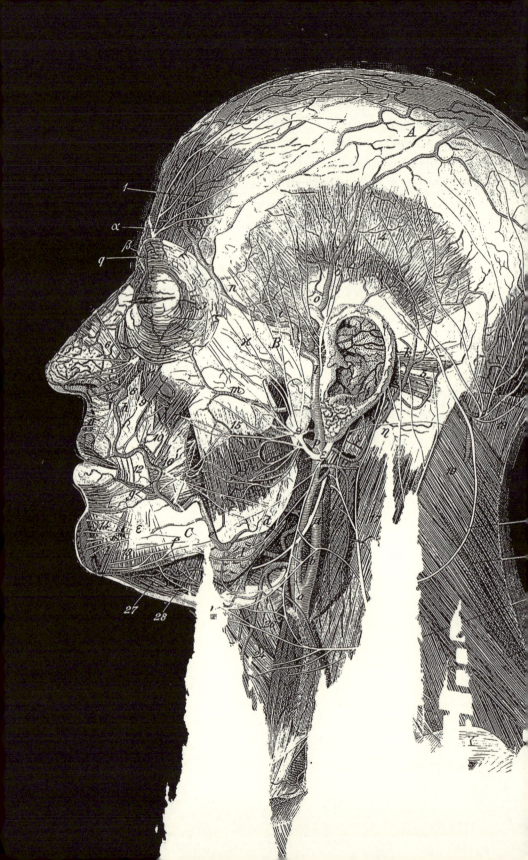

MORTO NÃO FALA

MARCODES.//CASTRO

Já havia dois anos que Stênio trabalhava de madrugada. Era plantonista do IML no necrotério da zona leste de São Paulo, em Artur Alvim.

No início, suportava bem a solidão. Entre uma e outra chegada de cadáver, fazia palavras cruzadas, lia os jornais populares e escutava um rádio velho, que só sintonizava estações evangélicas e de música sertaneja. Com o tempo, foi pegando bode das merdas que os pastores falavam no rádio e daquelas músicas horríveis. Também enjoou das cruzadas e do conteúdo dos jornais. "Sempre a mesma bosta", dizia para si mesmo.

Para enfrentar o tédio, passou a falar com os mortos. Contava-lhes coisas de sua família e rotina. Desabafava com os presuntos quando estava com algum problema financeiro ou quando brigava com a esposa. Até falava com eles dos filmes que via na TV e fazia comentários sobre futebol. Não demorou muito, e os cadáveres começaram a responder.

A primeira vez foi quando chegou um jovem pardo todo furado de balas, com uma tatuagem do Santos no peito, time do qual Stênio era torcedor fanático. Começou a "conversar" com o presunto santista.

— Ixi... Amanhã o Peixe pega o Corinthians, hein?

— Pode crê... O foda é que eu vô tá enterrado. Não vô podê i. E nem vê o jogo na televisão. Amanhã eu ia lá pa Vila. Já tava até com os ingresso comprado. O baguio ia sê loco...

Em vez de se espantar, Stênio achou ótimo. Enfim podia trocar ideia com alguém naquela sala branca, fria, com cheiro de morte, em vez de ficar falando sozinho.

Toda noite chegava uns sete, oito corpos. A maioria, vítima da violência na zona leste.

— Tá aqui na sua ficha que você foi achado lá na Cidade Tiradentes — dizia o plantonista, com um pano no nariz, a um adolescente podrão, também morto a tiros.

— Mas não sô di lá, não, sinhô. Sô di Itaquera. É que os fi da puta mi jogaro lá. Si num fosse os muleque mi achá do lado do campinho, tava lá até agora.

— É... E você tá fedendo pra caralho. Se não se importa, vou te colocar logo na geladeira. Seu cheiro tá empesteando tudo por aqui.

— Tudo bem, sinhô. É que, dipois di morto, a gente num sente mais chero ninhum. Mais, si tivé incomodando, podi colocá na gaveta. Também num sinto mais frio, não.

E assim seguia a rotina de Stênio. Entre as entradas e saídas dos corpos, conhecia muita gente. Ouvia suas histórias e sabia como havia sido a vida de todos eles. Apesar de mortos, alguns eram até alegres e contavam piadas. Outros se lamentavam. Não conseguiam suportar o fato de terem morrido e ficavam choramingando. A estes, o plantonista não dava ouvidos. Ignorados, acabavam ficando quietos.

O que mais se escutava no morgue eram coisas sobre crime. Ouviu histórias sobre como era a rotina na prisão, soube onde eram as principais bocas de droga e o nome dos chefes de quadrilha da zona leste. Agora, o plantonista sabia até diferenciar armas e seus calibres.

Às 8 da manhã, encerrava o expediente. Stênio voltava para sua casa, em Guaianazes, a tempo de beijar seus dois filhos, antes de eles irem para a escola. Conversava um pouco com a esposa, Odete, enquanto bebia um copo de leite quente. Depois, tomava banho e ia dormir. À tarde, quando acordava, via TV. Lá pelas seis da tarde, tentava convencer a mulher a ir pra cama com ele. Mas havia meses que ela dava alguma desculpa e se recusava. Então restava ao coitado as brejas e as pingas do bar da esquina, antes de ir encontrar os mortos no trampo.

Stênio nunca contara a ninguém sobre os diálogos com os cadáveres. Não se considerava louco, mas sabia que, no mínimo, as pessoas iam achar aquilo estranho. "Vão pensar que sou doido. Talvez eu nem deva conversar com eles. Mas aquele lugar é tão chato... O que posso fazer?", ponderava. De vez em quando, os caras do carro de cadáver chegavam de repente, ouviam vozes e perguntavam se Stênio estava falando com alguém.

— Ah... falo sozinho, mesmo — era a resposta que sempre dava.

Outra que já havia reparado nas vozes era Dona Sacramento, que trabalhava na recepção do necrotério. Uma vez, Seu Chico, um velho que morreu de ataque cardíaco enquanto trepava com uma mina de 17 anos, contou uma piada, e Stênio soltou uma gargalhada muito alta. Dona Sacramento ouviu e correu ao necrotério. Encontrou Stênio sentado ao lado do corpo, rindo sozinho.

— O que tá acontecendo, Seu Stênio?

— Aaaann... Nada não, Dona Sacramento. É que lembrei de uma piada que me contaram...

Dali para frente, a tiazinha começou a reparar mais nas vozes que saíam da sala. E passou a olhar para o colega de um jeito estranho. Stênio ficava encanado com ela, mas continuava tocando a rotina.

Certa noite, chegou um defunto conhecido, de seu bairro. O vizinho Carlão, um quarentão sem vergonha, que gostava de mexer com as mulheres dos outros. Fora morto a facadas no boteco, por um marido traído. O plantonista soube da história pelo motorista do carro de cadáver. Não gostava daquele vizinho e achou justo ele ter sido assassinado por um corno. Quando o rabecão voltou às ruas, Stênio retornou ao morgue para trocar uma ideia com o morto.

— Tá vendo, bicho. Você procurou confusão e achou. Agora tá aí, com o corpo todo furado de faca.

— Eu quero é que se foda, Stênio. Não me arrependo de nada. Vivi do jeito que eu quis. Cheio de mulher em volta de mim. Só podia ter morrido por causa de mulher. Nada mais justo.

— Mas quantos anos você tem? 41, 42?

— 43. E daí?

— Daí que podia viver pelo menos até os 70. Sossegado, com uma mulher, filhos, netos. E ter uma morte tranquila, igual à do Seu Seródio. Não é, Seu Seródio? — disse Stênio, dirigindo-se a outro corpo, estendido em uma maca ao lado.

— É, fio, é — respondeu o presunto. Seu Seródio havia morrido aos 80 anos, após sofrer um ataque cardíaco enquanto caminhava até o mercadinho do bairro. Naquela noite, havia sido o primeiro cadáver a dar entrada.

— Mas você só queria saber de putaria e de ficar atrás da mulher dos outros — prosseguiu o plantonista do IML em seu discurso.

— Foda-se, Stênio. Você é um que vai ficar vendo morto nesse lugar de merda até ficar velho, enquanto sua mulher tá te botando um monte de chifre.

— O quê? O que cê tá dizendo?

— Por acaso você acha que a Odete é santa?

— Que cê tá querendo me dizê?

— Que, enquanto você tá aqui, sua mulher tá dando pra outro. Todo mundo sabe, menos você.

Stênio ficou mudo por um instante, com um misto de espanto e raiva. Então saiu do necrotério e foi tomar um ar. Passou por Dona Sacramento e nem olhou a cara dela. E a recepcionista nem falou nada. Estava começando a ficar com medo do colega.

Dez minutos depois, Stênio voltou mais calmo.

— Tá bom, Carlão. Conta essa história direito.

— Não devia, porque não sou cagueta. Mas, já que a puta da sua mulher sempre se fez de gostosa e nunca me deu bola, vou contar...

Segundo o cadáver, Odete iniciou um caso com Jaime, dono da padaria do bairro, pouco depois de Stênio começar a trabalhar no necrotério. Toda a vizinhança sabia. Por volta da uma da manhã, o padeiro fazia uma visita quase que diária à sua casa. De onde só saía lá pelas três.

Stênio ouviu o relato de Carlão com a boca e a cara fechadas. Depois, ainda sem dizer nada, colocou o defunto na gaveta gelada. Outros dois corpos chegaram naquela madrugada, mas o plantonista não conversou com nenhum deles. Só ficou calado, pensativo, no silêncio do necrotério. Até o dia amanhecer.

Odete estranhou o jeito dele naquela manhã, quando chegou em casa. O marido estava calado demais. Perguntou o que era, e Stênio desconversou. Disse que estava com um pouco de dor de cabeça e foi dormir. À tarde, como de costume, saiu do quarto e foi para a sala. Ficou vendo televisão e, ao anoitecer, não foi ao boteco. Também não tentou trepar com a esposa. Às oito horas, deu uma saidinha e voltou minutos depois, ainda quieto. Às onze, saiu para trabalhar.

A esposa não sabia, mas a saidinha das oito foi para ir até a rua de trás. De onde ligou para o IML, pelo celular. Avisou que estava com caganeira e que teria de faltar.

Quando Odete abriu a porta para Jaime, à uma e vinte daquela madrugada, Stênio estava atrás do muro da esquina. Ficou lá até as três e pouco, hora em que o dono da padaria saiu de sua casa.

Depois disso, o funcionário do IML saiu andando sem rumo pelas ruas. Completamente puto, caminhava e imaginava o que faria. Lembrava das poucas vezes que ia à padaria, e o filho da puta do Jaime perguntava sorrindo: "Tudo bom, Seu Stênio? E sua senhora, como está?".

— E toda a vizinhança sabia — dizia para si mesmo.

Apesar de trabalhar com gente morta, Stênio não conseguia se imaginar tirando a vida de alguém. Mas tudo que queria era ver o dono da padaria morto. Quando já estava quase amanhecendo e ele voltava para casa após caminhar a noite inteira, teve uma ideia mórbida.

Ao chegar, beijou a esposa e os filhos como se nada tivesse acontecido. Só deu uma cochilada. Uma hora e meia depois, já estava na rua. Pegou um busão e foi para os lados de São Miguel. Dentro da favela Pantanal, chegou a um botequinho velho e falou com um jovem que tomava uma cerveja e fumava cigarro.

— Tô procurando o Jonas.

— Quem é você? O que quer com o Jonas?

— Assunto particular. Sô amigo do Sujo e sei quem caguetô ele.

— ... Beleza... Espera um pouco aqui — disse o sujeito, desconfiado, antes de sair andando do boteco e dobrar a esquina.

Stênio havia conhecido Sujo no IML. O cara tinha sido morto uma semana antes, naquela mesma favela, por PMs da Rota, que, além de matá-lo, apreenderam 100 quilos de cocaína e crack em seu barraco. Era irmão do tal Jonas, chefe do tráfico na região.

Após uns dois minutos de espera, o jovem voltou acompanhado de um moleque, que devia ter uns 11 anos.

— O moleque vai te levá até o Jonas — disse ele a Stênio, antes de pedir outra cerveja.

No necrotério, Sujo havia contado a Stênio que aquele boteco era a principal boca da favela.

Meio zonzo pela falta de sono, o funcionário do IML seguiu o garoto por vários becos. Passaram por tantas vielas e corredores entre os barracos, que não conseguiria sair dali sozinho. De repente, no meio de um corredor estreito, deparou-se com um homem pardo, gordo, com duas pistolas na cintura. Atrás dele, dois caras mal-encarados empunhavam metralhadoras.

— Me disseram que você sabe quem caguetô meu irmão. É bom contá essa história direito. Primeiro, quem é você? — disse o homem das duas pistolas. Era Jonas, chefe do tráfico e irmão mais velho de Sujo.

— Conheci o Sujo quando a gente tava preso no cadeião de Pinheiros no ano passado. Ficamo camarada. Eu tava lá por causa de uma fita que deu errado. Tentei fazê um playboy num carro importado e acabei em cana. O Sujo tinha sido pego com...

— Eu sei. Os rato pegaro ele com farofa...

— É... Depois ele conseguiu fazê acerto com os homi e saiu fora, né? — prosseguiu Stênio, reproduzindo a história que o cadáver lhe havia contado.

— Tá... E essa fita aí, que você sabe quem caguetô meu irmão?

— Fazia um tempo que eu não via o Sujo. Aí chegô no meu ouvido que ele tinha morrido na mão dos meganha da Rota e que quem caguetô ele foi um ganso de Guaianazes. Um padeiro que fica direto puxando o saco dos coxinha. Não sei como ele soube do Sujo. Mas é certo que foi ele quem deu o barraco do seu irmão pros homi.

— E como você ficô sabendo?

— Um mano meu que trampa no IML e conhece um monte de PM da Rota contô.

— Tá certo... E onde eu acho esse cagueta filho da puta?

Stênio forneceu ao traficante o endereço de sua própria casa e o horário em que Jaime sempre saía de lá. Descreveu também a aparência do dono da padaria. Um pouco barrigudo, branco, cabelo grisalho e bigode. Depois, despediu-se do bandido, que, em agradecimento, lhe deu um tijolo de maconha. Ele seguiu novamente o pivete até o barzinho, onde o mesmo cara que havia abordado no início continuava tomando sua breja, à espera dos clientes.

Chegou em casa cansado, depois de dispensar o tijolo de fumo numa pracinha que estava sempre cheia de maconheiros — que ficaram radiantes com o achado. Após dar desculpas evasivas a Odete sobre onde tinha ido, dormiu até umas dez da noite e, às onze, saiu pra trabalhar. Foi uma noite tranquila. Só três presuntos deram entrada, e Stênio não quis falar com eles.

Pela manhã, quando chegou em sua rua, viu um amontoado de curiosos na frente de sua casa. Havia também uma viatura da PM e outra do DHPP, o departamento de homicídios da polícia paulista. Abrindo caminho em meio à multidão, viu Odete e Jaime caídos na calçada. Um fotógrafo do DHPP registrava as imagens dos presuntos. O chão estava lavado de sangue.

Dona Nair, vizinha do lado, chegou chorando e levou Stênio para a casa dela, onde também estavam os dois filhos do plantonista do IML. As crianças haviam acordado à noite com os tiros e visto um carro escuro, de vidros filmados, batendo em retirada.

Stênio tentou parecer surpreso e puto da vida com a notícia de que era corno. Avaliou que havia conseguido enganar os vizinhos.

De madrugada, apareceu no velório de Odete. Só o irmão dela havia ficado passando a noite com o corpo. Fingindo tristeza, ele pediu ao cunhado para ficar um pouco sozinho com a mulher. O cunhado concordou e foi procurar um lugar aberto para tomar um café. Stênio então se aproximou do caixão.

— Então, sua vagabunda? Qué dizê que, enquanto eu dava um trampo no IML, cê me botava chifre?

— Desculpa, meu amor. Cê nunca tava em casa à noite...

— Cala boca, desgraçada. Agora você e aquele maldito do Jaime vão apodrecê.

— Stênio, você não teve nada com isso, né?

— O que você acha? — perguntou à morta, sorrindo.

— Desgraçado! Você teve coragem de deixar seus filhos sem mãe!?

— E você teve coragem de me botar chifre, sua vagabunda.

— Você vai ver... A polícia vai te pegar...

— Como?

— Um dia alguém vai falar que foi você.

— Mas só você sabe. E morto não fala.

BURACO
MARCODES.//CASTRO

Seu Lupércio acordou com o tranco. O carro acabava de passar por cima de um buraco no asfalto. "Que porra é essa?", pensou. Tudo estava escuro. Não entendia nada. Demorou até perceber que estava dentro de um porta-malas.

Devagar, foi recordando o que havia acontecido. Estava andando pela calçada em seu bairro, levando Ralph, o pequinês, para fazer cocô. Uma garota bonita o abordou. A linda mocinha de aflitos olhos azuis pedia-lhe ajuda.

— Pelo amor de Deus, senhor! Fugi de casa! Meu pai quer me matar! Me ajuda!?

Falava rápido, mas a voz era doce. Seu Lupércio, 69 anos, sem sexo havia dez, sentiu-se excitado como há muito não se sentia. A menina devia ter uns 19. Baixinha e de coxas grossas. Cabelo liso, comprido e castanho. Minissaia, topzinho...

O velho apertou de leve o braço da garota e pediu-lhe calma. Naquele instante o pai da menina apareceu com o .38.

— Ah!!! Sua piranha!!! Então esse velho que é seu amante. Vou matar esse canalha agora mesmo!

— N...na...não, ss... s... se...nhor — gaguejou o pobre aposentado, paralisado com a visão da arma.

Na escuridão do porta-malas, Seu Lupércio lembrava que a moça o havia abraçado, dizendo:

— Não mata ele, pai. Ele é o amor da minha vida!

O pai apontou a arma para a cabeça do idoso, que viu tudo girar. Faltou-lhe ar. Dali em diante, não recordava mais nada. Agora, não entendia o porquê de estar num porta-malas. Reparou que, fora o barulho do motor, podia escutar algumas vozes vindas da parte da frente do carro. Uma conversa.

— Que merda! Odeio esse serviço.

— Desencana. Cê tá ligado que sempre que isso acontece o salário triplica.

— Foda-se o dinheiro. O que tamo fazendo é desumano.

— Até parece que você não tá acostumado.

— Não dá pra acostumar. Já pedi a transferência pro carro do link uma porrada de vezes. O motorista de lá não tem que passar por isso. E ele é doido. Ia gostar desse serviço... Já pensou se a polícia para a gente e acha o presunto? Vou pedir demissão...

— É, bicho... Como sempre dá bosta, e nós dois é que temos que limpar a porcaria. Mas relaxa, que vai dar tudo certo. A polícia não para carro com logo de emissora de TV...

— Programa do caralho. Maldito dia que colocaram essa merda no ar!

Seu Lupércio não entendia absolutamente nada. Começou a gritar:

— Me tirem daqui!!!

— Porra! O cara tá vivo — disse uma das vozes.

— Esses merda da produção! Chamam a gente e nem conferem direito se o cara tá morto — respondeu a outra voz, com um certo desespero.

— Estamos quase chegando lá. Assim que parar, a gente vê o que faz.

O velho deu mais alguns gritos. Ninguém respondeu. Minutos depois, o carro começou a balançar. Estrada de terra. Enfim, parou. Abriram o porta-malas, e o prisioneiro viu dois homens de cerca de trinta anos. Um negro alto e um moreno, baixinho e barrigudo.

— Calma, meu senhor — disse o negro, ajudando o aposentado a descer do carro.

Fora do porta-malas, Seu Lupércio olhou ao redor. Haviam acabado de cruzar o que parecia ser a porteira de um sítio. Reconheceu o símbolo da famosa emissora de TV estampado na porta do carro e nas camisetas que os homens usavam.

— Mas o que é isso?

— É o seguinte — começou a explicar o baixinho —, o senhor participou de uma pegadinha de TV, tomou um susto, passou mal e desmaiou. Acharam que tinha morrido e chamaram a gente. Tá tudo bem agora.

— Mas por que não chamaram uma ambulância? E cadê meu cachorro?

Seu Lupércio ainda não entendia nada. O outro, aflito, começou a falar:

— Se o senhor tivesse morrido, ia queimar o filme do programa. Sempre que acontece isso, a gente...

A fala foi interrompida por um tapa que o baixinho deu na cabeça do colega.

— Cala boca!

Em seguida, os dois pediram ao idoso para esperar um pouco. E afastaram-se para cochichar. Pareciam muito nervosos. A todo momento, olhavam para Seu Lupércio. O negro, com olhos confusos. Já o baixinho tinha cara de mau.

Então o velho se lembrou de uma coisa que ouviu enquanto estava no porta-malas. Algo sobre *triplicar salário*. E o pensamento passou como um tiro por sua cabeça: "Vão me matar".

Começou a correr. Os dois correram atrás e o pegaram rapidamente. Ele gritava por socorro. O baixinho esmurrou-lhe a cara. Depois o estômago. Agora o pobre idoso estava de volta ao porta-malas.

— E agora? — perguntou o negro, quase chorando.

— Buraco — respondeu o outro, secamente.

Mais 20 minutos de carro. Seu Lupércio já estava sem voz. Gritava muito. A pressão subia. Após o carro parar, o porta-malas novamente foi aberto, e ele, arrancado para fora. Os homens não falaram mais nada. A vítima se debatia. Seu corpo de velho nada podia contra a dupla. Enquanto o negro segurava seus pés, o outro se encarregava dos braços. Entraram numa trilha em meio a um matagal fechado. Andaram cerca de 200 metros. Quando chegaram ao lado de um enorme e profundo buraco, o negro soltou as pernas do pobre velho. Estava visivelmente abalado.

Sozinho, o baixinho não conseguia carregar o velho, que se debatia. Também largou o idoso, que ficou caído no chão, entre os dois. Seu Lupércio era só fraqueza. Mal conseguia se levantar. Pressão nas alturas. Dor no peito.

— Por que você soltou ele, caralho? Tamo quase no buraco! — ralhou o baixinho.

— Mas ele tá vivo. Não é certo...

— O que é certo é a grana na nossa conta no fim do mês! Foda-se esse velho! Se você não aguenta o trampo, volta pro carro, então. Eu cuido disso sozinho.

O negro vacilou por um momento. Acabou virando as costas e voltando pela trilha. Seu Lupércio ficou a sós com o baixinho, que lhe sorriu com cara de mau. Em seguida, veio o chute na barriga. Depois, outro. E outro. Empurrando o velho em direção ao buraco, até que caísse dentro dele.

No fundo, o aposentado pôde perceber que estava em meio a um monte de corpos, a maioria em estado avançado de decomposição. Fechou os olhos. O programa de TV, que sempre assistia nas noites de sábado, veio-lhe à cabeça. Lembrou-se da pegadinha da "filha" gostosa e do "pai" com arma na mão. Começou a rir. Depois, a gargalhar.

Veio o ataque cardíaco.

UM BOM POLICIAL

MARCO DE S.//CASTRO

Relutante, Jailton entrou na viela sem iluminação. O coração batia tão forte que o peito até doía. Suava. As pernas tremiam. Segurava o .38 com ambas as mãos e avançava devagar. À sua frente, a escuridão era quase total.

Havia saído da viatura e corrido atrás do ladrão por três quarteirões, até que o viu entrando ali. Sabia que o bandido estava armado. E imaginava um tiro partindo daquele breu em sua direção.

Tudo começou quando patrulhava a avenida Sapopemba com seu parceiro. Ao passarem por uma esquina, na área do Parque Santa Madalena, os dois viram o assaltante, que apontava o cano para o motorista de um Honda Civic. Ao notar a viatura da PM, o bandido saiu correndo. Os dois soldados desceram do carro, e, enquanto Rocha, o colega, ia até a janela do Honda, Jailton partiu atrás do mala.

Depois de duas semanas percorrendo as ruas daquela área da zona leste sem quase nenhum QRU, o PM encarava sua primeira prova real. Até então só havia disparado no recente treinamento. Evangélico, a última coisa que queria era matar alguém. Mas, desempregado, tendo que alimentar os dois filhos pequenos, viu-se obrigado a prestar o concurso. Agora estava lá, no meio de uma viela escura, prestes a matar ou morrer.

A cada passo que dava, imaginava o mala saltando da escuridão e disparando. Estava desesperado.

Quase no fim da viela, onde o breu era ainda mais intenso, ouviu passos. De repente, notou que um vulto avançava rápido em sua direção. Tentou gritar algo como "parado!", mas a voz não saiu. Então atirou. Uma, duas, três vezes. Escutou o tombo do corpo.

Esgotado, o soldado sentou-se no chão. O suor encharcava sua farda. Viu as luzes do giroflex na entrada da viela. Era Rocha que o procurava. Levantou-se e caminhou até a viatura.

— Onde você tava?

— Acho que matei ele. Matei o mala.

— Onde?

— Aqui nessa viela...

— Vamo dá uma olhada...

Rocha pegou uma lanterna e desceu do Vectra. Jailton abriu a porta e sentou no banco do passageiro, não quis acompanhar o colega. Mas seu descanso durou muito pouco.

— Puta que pariu! Vem aqui!

Jailton estremeceu. Saiu da viatura e foi até o parceiro, que iluminava o corpo de um rapaz negro. A camiseta branca estava manchada de sangue. Ao lado, cadernos e material escolar.

— Você não matou o mala. Matou um moleque, porra... — disse Rocha.

O soldado não conseguia acreditar que fizera aquilo. Ajoelhou-se ao lado do corpo e começou a chorar. Nem percebeu Rocha indo até a viatura, de onde voltou usando luvas brancas, de látex, e segurando um .38 velho na mão.

— Dá licença. E para de chorá, caralho.

Trêmulo, Jailton levantou-se e segurou a lanterna que o parceiro lhe estendia. Ficou alguns passos distante do corpo, iluminando a cena. Rocha agachou-se ao lado do moleque. Demonstrando experiência, ele encaixou o indicador direito do garoto no gatilho do .38 e fez a arma disparar quatro vezes em direção à entrada da viela, onde estava a viatura. Um dos tiros atingiu a porta do passageiro. Em seguida, virou para Jailton e falou, em voz baixa:

— Calma. Esse moleque é o mala. Atirou em você. Você revidou.

Antes que Jailton respondesse qualquer coisa, Rocha recolheu o material escolar e tirou a carteira e o celular dos bolsos do rapaz. Levou tudo para o Vectra, inclusive o .38 velho, que agora tinha as digitais do morto. Quando voltou, disse:

— Agora me ajuda. Temo que levá ele pro hospital.

Jailton não entendia nada. O colega apanhou os pés do defunto.

— Vai, caralho... Me ajuda, porra. Vamo levá pro hospital.

Sem pensar, o soldado segurou o corpo pelos ombros. Quando eles saíam da viela, as luzes do giroflex começaram a iluminar o rosto do moleque. De sua boca e nariz, escorria sangue. E seus olhos, abertos, estavam fixos em Jailton. A vítima encarava o assassino.

O garoto foi então colocado no banco de trás da viatura. Rocha pegou o volante.

Enquanto eles partiam, Jailton, quieto, olhava pela janela.

As ruas estavam vazias. Tranquilas. Ele havia acabado de dar três tiros em um estudante, e ninguém sequer abriu a janela para ver o que tinha acontecido.

* * *

Demorou um pouco para chegarem ao PS. Eles podiam ter ido a dois outros hospitais mais próximos, mas Rocha preferiu um mais distante. Jailton não quis perguntar por quê. Quando chegaram, os enfermeiros vieram e levaram o defunto.

Rocha cuidou de tudo. Jailton nem desceu da viatura. Quando o colega voltou depois de mais de uma hora, explicou:

— Deu sorte. O chefe da equipe que tá de plantão hoje é meu chegado. No relatório, vai constá que o moleque deu entrada vivo.

De lá eles foram para a delegacia. No caminho, Rocha voltou a dizer:

— Não esquece. Ele é o mala. Atirou primeiro, e você revidou.

— E a testemunha? — perguntou Jailton.

— Que testemunha? Não tem testemunha...

— A vítima do assalto. O cara do Honda Civic...

Rocha tirou do bolso algumas petecas de cocaína e mostrou ao parceiro.

— Ele tava com isso aqui. Tava vindo da boca do Elba. Não vai querer se envolver.

— O cara tava com drogas, e você liberou ele?

— Olha aqui, meu irmão, você tem muito o que aprendê ainda. Fica na sua e para de fazê pergunta besta.

Jailton não falou mais nada. Antes de irem ao DP, ainda passaram na companhia da PM. Lá, Rocha deixou o material, a carteira e o celular do estudante. Depois, os dois seguiram para o distrito.

O registro da ocorrência durou até o dia amanhecer. "Resistência seguida de morte", era o título do B.O. O "meliante", sem documentos, foi arrolado como desconhecido. O .38 velho foi mandado para o Instituto de Criminalística. A porta da viatura, com a marca do tiro, foi periciada.

Tudo correu sem problemas.

***

Eram seis da tarde quando o soldado chegou em casa. Divina, sua esposa, preparava a janta. Visivelmente abatido, Jailton deu um beijo no rosto dela e sentou-se à mesa da cozinha.

— Você tá bem? — perguntou a esposa.

— Tô, sim... Tô, sim... Matei um moleque.

— Eu sei. Você me disse quando ligou da delegacia, avisando que ia chegar tarde.

— Ah, é...

— Você tem certeza que tá bem?

— Tenho.

— Não liga. Ele era ladrão. Você cumpriu sua obrigação. Jesus vai te perdoar.

— Acho que não — dito isso, começou a chorar.

Divina passou a mão na cabeça do marido.

— Acho melhor você largar esse serviço...

— Não dá. Preciso botar comida nessa mesa...

— A gente se vira...

— SE VIRA COMO, PORRA?!

O grito fez Divina recuar, assustada.

— Desculpa... Desculpa, meu bem. Eu não tô bom... Vô ficar uns dias no serviço administrativo. É normal na PM. Quando o policial mata alguém, fica um tempo afastado da rua... Vô melhorar.

— Você tá cansado. Precisa dormir. Vai deitar que eu te acordo na hora da janta.

— Tá bom... E os meninos?

— Devem tá brincando na casa de algum vizinho.

— Hoje à noite tem culto...

— Tem. Mas você nem dormiu de ontem pra hoje. Não é melhor ficá em casa?

— Não. Preciso i no culto. Vô descansá um pouco. Depois a gente janta e vai pra igreja.

O soldado foi para o quarto sob o olhar preocupado da mulher. Só tirou o tênis e caiu na cama, de bruços.

A luz do fim de tarde, que entrava pelas frestas da janela, quase não iluminava o cômodo. Por isso, quando virou a barriga para cima, Jailton não conseguiu distinguir o que era o vulto sobre o armário. Esticou o braço e ligou o abajur. E viu o estudante morto, deitado em cima do móvel, olhando-o fixamente, da mesma maneira que o encarava no momento em que era carregado para a viatura. Olhos arregalados. Sangue escorrendo do nariz e da boca.

Quando Divina chegou ao quarto, correndo, encontrou o marido com os olhos fixos no alto do armário, gritando sem parar.

A mulher o chacoalhou, e Jailton a encarou com o mais puro horror. Depois voltou a olhar para o alto do armário. Aí pareceu dar uma sossegada.

— E... E... Ele tava ali... — a voz saiu fraca, quase um sussurro.

— Quem tava ali?

— O moleque...

— Que moleque?

— O que eu matei...

— O bandido?

Jailton não respondeu. Ficou olhando para a mulher com cara de louco. Deu mais uma olhada para o armário. Levantou-se.

— Vô até a igreja...

— Mas o culto só começa às oito.

— Vô antes. Pra falar com o pastor Antônio.

Calçou o tênis.

— Eu vou com você...

— Não. Você fica. Preciso falar com ele. Mas sozinho.

E saiu. Disposto a contar tudo ao pastor.

A igreja ficava a dois quarteirões de sua casa, na Brasilândia. Era um templo simples, num salão grande e velho. No caminho, duas vozes pareciam falar dentro de sua cabeça. Uma dizia para ele contar tudo ao pastor. A outra, que, se fizesse isso, poderia ser denunciado e preso. E aí, sim, sua família ficaria na merda.

Atormentado, sentou na calçada. Sentiu algo estranho e olhou para a esquerda. Novamente viu o garoto. Sentado bem ao seu lado. Deu um grito e voltou correndo para casa, o mais rápido que podia. Quem presenciou a cena não entendeu nada.

***

O soldado mal saiu do quarto nos quatro dias que se seguiram.

Desesperada, Divina tentava convencê-lo a procurar um médico. Dizia que chamaria o pastor para visitá-lo, mas Jailton, agressivo, dizia-lhe que não queria ver nem falar com ninguém. A mulher já até começava a achar que era caso de possessão demoníaca. Vendo o pai naquele estado, os filhos se afastaram. Davam a ele apenas bom-dia e boa-noite. E o policial nem respondia. Só os olhava com seu semblante perturbado.

Quando começava a escurecer, ele gritava, tremia e falava sozinho. Dizia coisas que a família não entendia. Sempre pedindo perdão a um ser invisível do alto do armário.

No sétimo dia, a esposa não aguentou mais. Ligou para a companhia da PM.

À tarde, uma viatura parou em frente à casa de Jailton. O tenente Vargas (seu comandante direto) e o soldado Rocha tocaram a campainha. Divina atendeu a porta e levou os policiais até o quarto, onde eles encontraram Jailton sentado na cama, com olheiras enormes, fitando o alto do armário.

— Jailton...

A voz do tenente o tirou do transe. Ficou em pé para cumprimentar o oficial. Este pediu para que Jailton não se preocupasse e se sentasse novamente. Depois perguntou a Divina se ele e Rocha poderiam conversar a sós com o marido dela. E ela deixou o cômodo.

— Jailton, o Rocha já me contou tudo.

— O quê? — o soldado olhou para o parceiro, de pé junto à porta do quarto.

— Tudo, Jailton. Você matou um moleque pensando que era o mala.

Jailton começou a chorar.

— F... Foi sem querer...

— Sabemos que foi sem querer.

O soldado então se levantou, agarrando-se à farda do tenente.

— P... Por favor, pode me levar preso. Eu mereço. M... Mas não deixa minha família passar necessidade... E... Eles dependem de mim...

— Me larga, Jailton!

E o soldado soltou a farda, assustado com o tom de voz do superior.

Enquanto o oficial verificava se a camisa ficara muito amassada, ajeitando-a, Rocha começou a falar:

— Calma, Jailton. Muito polícia já fez cagada como essa, e ninguém nunca descobriu. Tenho quinze anos na PM e sei disso. Você não vai sê preso. Se fosse, eu também seria.

— Sim — prosseguiu o tenente —, não viemos pra te prender. Ninguém sabe ainda o que aconteceu com o moleque. Ninguém foi reconhecer o corpo. Conseguimos liberar ele do IML antes do prazo. Já tá enterrado como indigente.

— E... O que vocês vieram fazer? — perguntou o soldado, transtornado.

— Soubemos do seu estado e dos problemas que tem enfrentado. Sua mulher contou tudo. Viemos te buscar. A gente vai resolver seu problema. Estamos te esperando lá fora — explicou o oficial, que saiu do quarto sem dizer mais nada, seguido por Rocha.

***

Jailton sentou-se no banco traseiro da viatura. Da janela, viu Divina e as crianças na porta de casa. Ela acenou, fazendo um tchau. Ele não respondeu.

Saíram dali e pegaram a Marginal Tietê, na pista sentido zona leste. Rocha dirigia. Quando entraram na marginal, o tenente lhe estendeu um uniforme preto e coturnos.

— Troca de roupa. Veste isso — ordenou.

Jailton obedeceu. Enquanto mudava de roupa, ficou olhando a cara do tenente no espelho do para-brisa. Chegou à conclusão de que o olhar do oficial era muito parecido com o de Rocha. Era o mesmo de muitos colegas da PM. Opaco, completamente sem brilho. Algo que não refletia nenhuma emoção.

Esse pensamento lhe deu um arrepio. Naquele momento, teve certeza de que não queria ser como aqueles dois. Não queria ter aqueles olhos. De quem mata gente, inocente ou não, sem sentir coisa alguma.

E, afinal de contas, o que significava aquela roupa preta? E para onde eles o levavam?

Terminou de se trocar, confuso, quando notou que já começava a escurecer.

Estremeceu.

Olhou para o lado e viu o garoto, estirado no banco da viatura. Como sempre, sangrava e mantinha os olhos arregalados, fitando-o. A respiração de Jailton ficou ofegante. Ele começou a tremer e a entrar em pânico.

— Tá vendo o neguinho, Jailton?

Era o tenente que falava. Com parte do corpo voltada para trás, ele agora observava o soldado.

Jailton não sabia se olhava para o tenente ou para o moleque morto. Ambos lhe causavam pavor. E o oficial prosseguiu:

— Quando gente fraca como você, Jailton, entra na PM, acontece isso. Depois que mata pela primeira vez, fica vendo fantasma. Hoje vamos te ensinar a ser forte. Esse tipo de coisa não vai mais te assustar.

Calmamente, Vargas voltou a olhar para frente.

Jailton continuava travado, sem conseguir sequer falar. O garoto começara a se mexer. Lentamente se levantava. E se aproximava do

PM. Quando seu rosto ensanguentado estava a apenas alguns centímetros, o soldado se encolheu. Tapou os olhos com as mãos e curvou o corpo, chorando.

Jailton permaneceu desse jeito, sentindo a presença da vítima a seu lado, até o fim da viagem. Nem notou que a viatura havia pego a Dutra, rumo a Guarulhos. Só tirou a cara do meio dos joelhos quando foi chacoalhado pelo tenente, com o carro já parado. O garoto havia sumido.

— Sai daí, Jailton — disse-lhe o oficial.

O soldado desceu da viatura. Então viu que estava em uma estrada de terra. Já havia escurecido, devia ser umas sete e pouco da noite. Perto deles havia uma Blazer preta parada, de faróis acesos, sem placas e de vidros com insulfilm.

Da Blazer, desceu mais um homem vestido de preto.

— Venha cá, Jailton — disse o tenente.

O soldado acompanhou o superior até o sujeito. Este era calvo e tinha um grosso bigode. Devia ter uns 47 ou 48 anos de idade. O tenente bateu continência para ele e depois apertou-lhe a mão.

— Capitão, este é o homem de quem eu falei: o soldado Jailton. Matou um moleque e está vendo fantasma.

— Positivo... — disse o "capitão", olhando para Jailton como se o examinasse.

O soldado tremia sem parar. Morria de medo.

O capitão prosseguiu:

— Não precisa ter medo, meu filho. A gente vai resolver seu problema.

E dirigindo-se a Vargas:

— Pode ir, tenente. A gente cuida dele direitinho.

Com um sorriso no canto dos lábios, o tenente novamente bateu continência e apertou a mão do capitão. Depois foi para a viatura, onde Rocha o aguardava.

— Vem cá, meu filho...

Jailton seguiu o capitão até a Blazer preta. Quando a porta traseira se abriu, o soldado viu mais homens de preto, todos usando toucas que só deixam os olhos à mostra, conhecidas no meio policial como "toucas ninja". Um deles deu espaço para que Jailton se acomodasse.

O capitão sentou-se na frente, no banco do passageiro. E estendeu uma touca para Jailton.

— Ponha esse gorro, meu filho. Temos muito o que fazer nesta noite. Hoje você também vai ser um ninja — disse o capitão, vestindo sua touca em seguida.

No total, havia cinco homens no carro, contando com o soldado. Jailton não vestiu a touca. Ficou com ela na mão, sem saber o que fazer. Sentiu um calafrio e olhou para baixo. Lá estava ele. O moleque. Deitado em seu colo. Gritou e começou a se debater. Fez isso até que o encapuzado a seu lado lhe acertou o estômago com o cabo de um rifle calibre 12.

A Blazer parou. Jailton abriu a porta e caiu no chão de terra. Queria correr, mas não conseguia se levantar. Mal podia respirar.

Olhou para cima. Os ninjas o cercavam, encarando-o. Todos com aquele mesmo olhar sem brilho. O moleque estava agachado entre eles e também o encarava.

A vista de Jailton escureceu.

**

O soldado estava no salão da igreja, com todos os amigos da comunidade. Seus filhos, bem-vestidos, corriam para lá e para cá, brincando com outras crianças. Divina usava um bonito vestido. Sorridente, ela segurava sua mão. Em um pequeno palco, a mulher do pastor, com sua linda voz, cantava louvando o Senhor, acompanhada pela banda.

Jailton estava feliz.

Sentiu um toque em seu ombro. Era o pastor.

— Ele está aqui com a gente, Jailton!

— Quem, pastor? Quem?

— Jesus, Jailton. Olha!

Olhando na direção em que o pastor apontava, o PM viu uma cruz fincada ao chão. Nela estava pendurado o garoto negro. Seu sangue formava uma poça na base da cruz.

Jailton ajoelhou-se, chorando e pedindo perdão, enquanto todos cantavam juntos o hino religioso, estendendo os braços em direção ao menino morto, que mantinha o olhar fixo no policial.

Jailton tentava buscar socorro, olhando para Divina, para o pastor, para os filhos... Mas todos sorriam e cantavam emocionados. Não davam atenção a ele.

De repente, começaram os tiros. Um por um, os crentes foram caindo. Sangue para todos os lados. Eram os ninjas, que haviam chegado à igreja e transformavam a festa em um verdadeiro massacre.

À frente dos assassinos, o capitão gritava para Jailton:

— Vamos fazer você ficar forte, meu filho!

Divina caiu a seu lado. O pastor também. Viu um dos filhos ter o peito estourado por um tiro de .12 e cair junto ao corpo do irmãozinho.

Em meio àquele mar de sangue, todos os cadáveres estavam de olhos abertos e arregalados. Como o garoto, olhavam para Jailton.

Do alto da cruz, o menino morto observava tudo. Pela primeira vez, o soldado o viu chorar. Lágrimas de sangue.

***

Jailton acordou gritando e levando tapas na cara. Ainda estava deitado na estrada de terra.

— LEVANTA, SOLDADO! — gritava o capitão.

Trêmulo, o PM se levantou. Sua garganta foi então agarrada pelo comandante dos ninjas, que, com violência, o encostou à lateral da Blazer.

— Você tá com medo, não tá? Medo do fantasma. NÃO TÁ?

Mal conseguindo respirar, Jailton fez que sim com a cabeça. O capitão apertou sua garganta com mais força, sacou uma pistola .40 e enfiou o cano na boca do soldado.

— Agora escuta bem: um bom policial não tem medo de bandido. Do mesmo jeito que não tem medo de fantasma. Um bom policial convive com seus fantasmas. Um bom policial não tem medo de nada. ENTENDEU?

Jailton não respondeu. Estava petrificado. Sentia o aço frio da arma arranhando o céu de sua boca.

— ENTENDEU? OU VOU TER QUE ESTOURAR SEUS MIOLOS, SEU FILHO DA PUTA?! E DEPOIS MATAR SUA MULHER... E SEUS FILHOS?!

Finalmente, o soldado fez que sim com a cabeça.

— Agora me escuta com atenção: se você fizer outro escândalo por causa desse fantasma, a gente te mata. Você vai fazer só o que eu mandar. Se não, morre! Entendeu!?

Novamente o policial fez sinal afirmativo. O capitão tirou a arma de sua boca.

— Agora veste seu gorro.

Escorado na viatura, Jailton obedeceu.

Todos voltaram para dentro da Blazer, que tornou a seguir pela estrada de terra e entrou em um bairro pobre da periferia de Guarulhos.

Logo que eles chegaram ao bairro, Jailton voltou a ver o garoto deitado em seu colo. Mas dessa vez foi diferente. Sentiu um arrepio e ficou inquieto. Só que não sentiu o mesmo medo de antes. Este perdeu a intensidade. Então percebeu os olhos ameaçadores do capitão, que o observava do banco da frente, como se o vigiasse. Aí, sim, sentiu medo. Comparado ao chefe dos ninjas, o fantasma não era nada assustador.

***

A Blazer freou bruscamente em frente a um boteco lotado. Todos os ninjas desceram. Alguns empunhando espingardas .12. Outros, submetralhadoras. Jailton foi empurrado para fora do carro. O fantasma o seguia. Não saía mais de perto dele.

Os frequentadores do bar ficaram petrificados com a chegada da gangue.

Devia haver umas 30 pessoas no local. Todo tipo de gente. Velhos, mulheres, jovens e até crianças. Eram umas oito e pouco da noite.

Três encapuzados posicionaram-se na porta do estabelecimento, apontando as armas para todo mundo.

O quarto ninja se aproximou de Jailton e lhe deu uma submetralhadora. Era o capitão. Em seguida ele fez um sinal com a cabeça, ordenando que o soldado o seguisse.

Devagar, os dois passaram pelos outros ninjas e entraram no bar. O silêncio era total. Lentamente, o capitão, também segurando uma submetralhadora, encarava os clientes do boteco. Um por um. Olhando-os no fundo dos olhos.

Deixou uma mesa por último. Nela havia cinco jovens: três rapazes e duas garotas. O mais velho tinha, no máximo, 18 anos.

— VOCÊS FICAM! O RESTO VAI EMBORA!

O grito do capitão foi tão alto e ameaçador que Jailton teve a impressão de sentir o chão tremer.

A maioria se levantou rapidamente das mesas e caiu fora. Alguns demoraram um pouco mais para deixar o local. Talvez porque não conseguissem se mexer de tanto pavor.

— ANDA! VAI! — gritava o comandante ninja.

Enfim restaram só os cinco jovens. Todos eles choravam. Jailton olhou para o garoto fantasma, que continuava a seu lado, encarando-o. O soldado não desviou o olhar. Em seu desespero, tentava buscar nos olhos de sua vítima alguma saída para aquela situação. Sabia que os garotos morreriam, e tudo que queria era evitar que isso acontecesse. Por alguns segundos, ficou em transe. Até ser acordado pela voz do capitão, que, apontando a submetralhadora para o grupo, mandava que os cinco se levantassem.

Uma das meninas atirou-se aos pés do capitão, desesperada.

— Eu não fiz nada! Não fiz nada! Por favor, deixa eu i embora!

Por uma fração de segundo, o capitão olhou a jovem. Em seguida, deu-lhe um chute no estômago, ergueu a menina pelos cabelos e a atirou em cima dos amigos dela.

— TÔ MANDANDO VOCÊS SAÍREM AGORA!

Devagar, o grupo se levantou e começou a sair do bar. Caminhando para a morte.

Os demais ninjas aguardavam do lado de fora. Com o camburão aberto. Apesar de não ter giroflex e a pintura dos carros da PM, a Blazer era uma viatura.

Quando todos já estavam recolhidos e um dos encapuzados ia fechar o compartimento traseiro do carro, duas senhoras chegaram correndo. Pelo visual, ambas eram evangélicas. Usavam saias até o calcanhar, cabelos bem compridos e nenhuma maquiagem. Choravam com desespero. Dois ninjas entraram na frente delas para impedir que chegassem perto da Blazer.

Um dos moleques gritou de dentro do camburão:

— MÃE, VAI EMBORA!

Mas as mulheres insistiam. Uma grunhia, em meio às lágrimas.

— M... M... Meu... Filho...

Quanto mais elas tentavam empurrar os encapuzados, mais eles usavam violência. Derrubaram as senhoras no chão. Jailton não aguentou e começou a chorar, ainda trocando olhares com o fantasma de sua vítima.

Enquanto as mulheres faziam o escândalo, o capitão olhava a cena em silêncio. Até que caminhou em direção a elas, ordenando que os ninjas parassem de maltratá-las. Perguntou com uma voz calma:

— Vocês querem seus filhos?

Sem conseguir falar de tanto que soluçavam, elas confirmaram balançando as cabeças.

— ENTÃO VOCÊS VÃO FICAR COM ELES!

Dizendo isso, o líder ninja agarrou uma pelos cabelos. Um dos encapuzados fez o mesmo com a outra. As duas senhoras evangélicas foram arrastadas e também atiradas dentro do camburão. A porta foi fechada.

A gangue entrou no carro. Sempre acompanhado pelo fantasma, Jailton obedeceu quando o capitão mandou que ele entrasse também.

Cantando pneus, a Blazer deixou o bairro e voltou à estrada de terra. Rodou por quase uma hora. Parou em um local de mata fechada. Os ninjas desembarcaram com lanternas nas mãos. Abriram o camburão e arrancaram todos de dentro.

— TIREM TODA A ROUPA! — o capitão gritou.

As vítimas só obedeceram após algumas coronhadas e chutes de coturno. Tremendo, despiram-se, jogando as roupas no chão. Enquanto isso, os ninjas pegavam as peças e atiravam dentro do camburão. Algumas cuecas e calcinhas estavam manchadas de merda.

Com todos completamente nus, o capitão iluminou a entrada de uma trilha com a lanterna. Três ninjas começaram a entrar no matagal. O capitão ordenou às vítimas:

— SIGAM ELES!

Àquela altura, os jovens e as senhoras não tentavam mais resistir. Sabiam que nada poderia salvá-los.

Jailton ficou na estrada com o capitão e o garoto fantasma. O chefe da gangue então arrancou a submetralhadora de suas mãos. E lhe entregou a pistola .40.

— Não precisa gastar bala de metralhadora com esse lixo, meu filho. — A calma voltara à voz do assassino.

— O... que eles fizeram?... Pra merecer isso?

— Os três moleques são ladrões. Aterrorizam os comerciantes de vários bairros aqui de Guarulhos.

— E... E... As mães deles? As meninas?

— Se as mães tivessem criado direito, não virariam bandidos. E, se as meninas andam com eles, é porque também são lixo e merecem punição. Agora vamos lá, meu filho. Essa noite você vai aprender a ser um bom policial.

Jailton tornou a olhar para o fantasma. E viu que ele começara a chorar. Como naquele sonho. Derramando lágrimas de sangue.

— Não adianta ficar olhando pra esse fantasma, rapaz. Ele não pode te ajudar. Tenha em mente o seguinte: se você não fizer o que eu mando, os próximos a entrar naquela trilha, pelados, serão você, sua mulher e seus filhos.

O soldado estremeceu.

— AGORA VAMOS!

Chorando e tremendo, Jailton baixou a cabeça e entrou na trilha. O fantasma o seguia, tentando encará-lo. Mas o policial já não o olhava mais. Apenas andava, seguindo o capitão.

Caminharam até a luz da lanterna mostrar as vítimas. Todas de joelhos, cercadas pelos ninjas. As senhoras rezavam em voz alta. Gritando. Uma delas abraçada ao filho. A outra, a uma das meninas. A estas últimas, o capitão disse:

— Tá vendo, minha senhora? Por que não ensinou sua filha a ficar longe de bandidos? — E, dirigindo-se a Jailton: — Mata essas duas primeiro.

Jailton olhou para mãe e filha. Viu que o fantasma do garoto negro se ajoelhou ao lado delas, com as grossas lágrimas de sangue ainda escorrendo pela cara. Seu rosto refletia horror.

O soldado olhou ao redor. E encontrou os olhares do capitão e dos outros ninjas. Aqueles mesmos olhos opacos de sempre.

— O SENHOR É MEU PASTOR... — berrava a mulher, agarrada à filha.

Aquela maldita reza começou a dar náuseas no soldado. De súbito, Jailton sentiu ódio. De sua vida, do mundo, da falta de dinheiro que o fizera entrar na PM. De Divina, dos filhos. Do fantasma. E daquelas pessoas ajoelhadas à sua frente.

Então encostou a arma na cabeça da mulher e estourou seus miolos. Em seguida, fez o mesmo com a garota e, em poucos segundos, com o resto das vítimas.

***

Jailton chegou em casa no fim de tarde. Divina preparava a janta. Da porta da cozinha, disse:

— Trabalhei muito hoje. Vou descansar. Me acorda pra janta.

Divina só o olhou e balançou a cabeça, sinalizando que sim. Seu marido mudara muito nos últimos três meses. Uma mudança que começou naquela noite em que o tenente e outro PM o levaram para "resolver o problema dele".

No quarto, o soldado tirou o tênis e deitou na cama. Todos estavam em volta dela, encarando-o. Seus fantasmas. Além do estudante, das senhoras evangélicas e dos cinco jovens, já havia mais uns dez. Jailton fechou os olhos. E cochilou. Tornara-se um bom policial.

LUAL DOS MORTOS

MARCO DES.//CASTRO

Marlon, Sueli, Patrícia, Luciana e Luís desapareceram em uma noite de verão, em 1994. Eram adolescentes de classe média alta, tinham entre 13 e 15 anos. Como a maioria da molecada nessa idade, falavam alto e queriam chamar atenção o tempo inteiro. Em comum, também tinham o fato de serem todos nerds interessados em rock, principalmente rock nacional. Começaram escutando Raimundos, Planet Hemp e Charlie Brown Jr. Mas, não fazia muito tempo, tinham descoberto as canções do Legião Urbana, que os levaram a bandas mais antigas, como Barão Vermelho e Engenheiros do Hawaii. Agora estavam começando a se interessar por bandas gringas, como The Cure e The Smiths, e passaram a se vestir de preto. Foi ideia de Luís começarem também a passear no cemitério do bairro durante a noite.

No início, tinham um pouco de medo. Em suas últimas visitas, porém, já apreciavam a paz e quietude do lugar. Sentiam-se tão à vontade em meio aos túmulos que resolveram, naquela noite de sexta-feira, levar violão e seis garrafas de vinho barato até eles. A ideia foi de Luciana. Fariam o "luau dos mortos".

Às 22h30, os cinco pularam o muro para pisar no solo sagrado. Sueli e Luís, gordos, tiveram, como sempre, dificuldade. Mas entraram. Sentados sobre um túmulo no centro do cemitério, os alegres e excitados jovens abriram a primeira garrafa de vinho. Marlon começou a tocar o violão. Como sempre, empostava um som grave à voz, para ficar parecida com a do Renato Russo. E mantinha aquela voz grave mesmo quando cantava Cazuza, Barão, Paralamas, Capital ou Raul.

No início do rolê, só ele cantava. À medida que o vinho fazia efeito, o resto da molecada ia entrando no coro. No final, quando a última garrafa passava de mão em mão, todos berravam. Sendo curto o repertório de Marlon, ele tocava umas dez vezes a mesma música, e, a cada gole de vinho, a turma gritava mais empolgada, acompanhando a melodia.

À meia-noite, a algazarra cretina dos cinco adolescentes atingiu o ápice.

Já tocavam pela sexta vez "Pais e Filhos", do Legião. As meninas gritavam em tom agudo, e os garotos imitavam o Renato Russo. Só Patrícia não estava cantando, pois estava vomitando em outro túmulo, mais distante do pessoal. "É preciso amaa-aaaa-aaaar...", gritava a molecada. O último vinho acabou, e Sueli jogou a garrafa contra a sepultura da frente. O barulho que aquela turma fazia era infernal.

O caixão de Seu Adamastor ficava no túmulo que o grupo escolheu como assento. Ele já tinha suportado outros góticos antes, mas nunca alguém tão chato quanto aquela molecada do caralho. Precisava fazer alguma coisa a respeito, eles estavam passando dos limites. E foi assim que Adamastor interrompeu seu descanso — que deveria ter sido eterno — e arrebentou a tampa do esquife. Igualmente incomodados com a farra da molecada, todos os mortos num raio de, pelo menos, quinze metros ouviram a movimentação do colega e resolveram seguir seu exemplo.

Uns 17 se levantaram. Todos putos, de saco cheio. Bêbada e gritando, a garotada não escutou o estouro dos caixões e das paredes de tijolos que fechavam as gavetas das sepulturas. A bagunça só parou quando Seu Adamastor quebrou o fecho da portinha de cobre e engatinhou para fora.

Os adolescentes perceberam, primeiro, o cheiro de putrefação. Só depois, viram o cadáver se erguendo ao seu lado. Dona Adalgiza, do túmulo da frente — alvo daquela garrafa de vinho atirada por Sueli —, não foi tão silenciosa quanto seu vizinho. E fez questão de arrebentar sua portinha, causando um enorme estrondo. Outras portinhas começaram a ser estouradas do mesmo modo. Logo, os jovens se viram cercados por seres putrefatos, que caminhavam em sua direção. Alguns, cambaleando. Outros pareciam estar em plena forma, apesar da podridão e das larvas que os cobriam.

Àquela altura, Seu Adamastor já tinha agarrado Marlon, transformando a voz grave de Renato Russo em um gritinho histérico e estridente. Apavorado, ele não conseguia se mexer. Outros mortos chegaram e seguraram suas pernas e braços. Paralisados pelo horror, Sueli, Luís e Luciana viram o amigo sendo assassinado pelos zumbis. Com a força do além, os mortos-vivos arrancaram a cabeça e despedaçaram o garoto.

Marlon chorava escandalosamente quando seu pescoço se rompeu. O som estranho que saiu da boca do amigo no momento em que a cabeça foi separada do corpo fez com que Sueli vomitasse. Gregório, morto há 11 anos, que ocupava o túmulo que ficava atrás do de Seu Adamastor, estava muito castigado pela putrefação. Literalmente, só o pó. Mesmo assim, ficou enojado com o vômito da menina. Chegando por trás de Sueli, envolveu o pescoço rechonchudo dela numa gravata e mordeu sua orelha.

Sentindo o braço fedido em torno da garganta e a dor da mordida, a menina berrou com toda a força. Nem percebeu que o medo não deixava sua voz sair. "Uuuuaahhhh uuuaaaaaahh...", murmurava Gregório, cuja língua já havia sido comida pelos vermes. Na verdade, queria dizer "sua puta desgraçada! Você nunca mais vai gritar perto do meu túmulo!".

Mais uns cinco mortos então se juntaram a ele, e, em poucos segundos, Sueli tornara-se uma pasta de carne, sangue e ossos. Luciana ainda tentou correr, mas não havia jeito. Estavam completamente cercados. Ela foi pega por Iara. A defunta achou a menina parecida com sua filha e não deixou que os outros mortos encostassem nela. A adolescente se debatia, alucinada de pavor, mas não conseguia escapar do abraço da morta-viva, que a arrastou para dentro do caixão. De onde nunca mais saiu.

Com as calças cagadas, Luís não se mexia nem fodendo. Só tremia e chorava. Gritou quando o primeiro morto agarrou seu antebraço. Em seguida sentiu as inúmeras mãos geladas e podres encostando em sua carne. Estava tão aterrorizado que mal sentiu dor quando sua bochecha esquerda foi arrancada. Os mortos cravavam os dedos e os dentes em seu corpo gordo. E o menino carnudo também foi todo despedaçado.

Do túmulo onde expelia o vômito violeta de vinho barato, Patrícia viu todos os amigos sendo massacrados. Apesar do desespero, ficou parada, quieta, pois parecia que os zumbis não haviam notado sua presença até então. Mas soltou um grito ao sentir a mão gelada que saiu pelos vãos da grade de ferro do túmulo sujo de vômito e agarrou sua canela. Era Dona Jacira, que, morta há mais de quarenta anos, já havia se tornado uma caveira. Mas nem por isso perdoaria aquela jovem que havia vomitado em seu túmulo.

E todos os mortos foram de encontro à menina, que até conseguiu quebrar o osso do braço que segurava sua canela, mas acabou perdendo o equilíbrio e caindo de costas. Não houve tempo de se levantar do chão. Logo, os mortos já estavam sobre ela.

Quando o dia amanheceu, só restavam as poças de sangue, que logo foram secas pelo sol e não chamaram a atenção de ninguém. No local, só sobraram o violão de Marlon e os cacos das garrafas de vinho. Agora, aqueles adolescentes tinham suas fotos espalhadas por delegacias da capital e órgãos públicos, como "desaparecidos". A polícia abriu um inquérito, que, tempos depois, foi arquivado. E os mortos daquele cemitério puderam voltar a descansar em paz.

GOL DO CORINTHIANS
✗ MARCODES.//CASTRO

A alegria foi tanta, que Rafael não conseguiu conter o grito.

— GOOOOOOLLL!!!!! — berrou, escondido dentro do armário de seu quarto, com o radinho de pilha encostado ao ouvido. Logo percebeu a besteira que havia feito. E ficou mudo. Paralisado de medo. Quando ouviu seu pai abrir, com violência, a porta do quarto, sentiu a merda escorrer por suas pernas.

— Cadê você, moleque? — perguntou Odair, com voz ameaçadora, segundos antes de abrir o armário e encontrar o filho, que batia os dentes de tanto pavor.

Nas mãos do menino, ainda estava o rádio, onde o locutor exaltava a beleza do gol que o Corinthians havia acabado de marcar.

— Então não tem jeito, mesmo... Você é gambá, moleque! Um corintiano de merda! Vou te mostrar o que acontece com um corintiano nessa casa. — O pai falava com seu costumeiro bafo de cachaça e ar de psicopata.

Com uma das mãos, Odair agarrou os cabelos do filho. Com a outra, arrancou o radinho dele e o arremessou no chão, fazendo-o em pedaços. Em seguida, deu dois murros na cara do garoto e o fez olhar para a bandeira do Palmeiras, que ficava pendurada na parede do quarto.

— Lembra o que eu te disse, moleque de merda? Filho meu é palmeirense. Senão, eu mato! Agora, beija a bandeira!

E esfregou com força a cara do menino de nove anos no pano verde, que ficou manchado de sangue.

Ouvindo a gritaria, Cida, a mãe, correu para o quarto. Fez uma careta de pavor e desespero ao se deparar com o filho sangrando nas mãos daquele psicopata alcoólatra com quem havia se casado. Ficou alguns segundos parada como uma tonta, sem saber o que fazer. Deu alguns passos em direção ao filho.

— Odair, pelo nosso senhor Jesus Cristo, o que você fez?

— Seu filho, Cida. É corintiano, Cida! Tava escondido no armário, escutando o jogo e gritou gol...

Rafael estendia os braços para a mãe, num gesto de súplica. Queria que ela o abraçasse e levasse para longe daquele monstro vestido com agasalho de nylon da Mancha Verde.

Mas o terror paralisava Cida. Casou-se com aquele animal quando tinha 17 anos porque engravidou dele, e o pai dela, um fanático evangélico neopentecostal, não admitia uma mãe solteira como filha. Começou a apanhar de Odair poucos meses após o casório, ainda grávida. Depois que o filho nasceu, só piorou. Agora que, além de encher a cara, ele estava cheirando cocaína, aquele lar virou um inferno.

Chorando, ela encarou o marido e ousou se aproximar mais um pouco.

— Odair... Larga ele, Odair... O menino tá machucado...

A resposta de Odair foi um soco direto no queixo da esposa, que a nocauteou na hora.

Desesperado, Rafael viu a mãe desabar no chão, desmaiada. Estava à mercê do palmeirense fanático. Este percebeu então que o menino havia cagado na bermuda.

— O que é isso? Cagou de medo? Além de corintiano, é bicha? Tira a bermuda, a cueca, tudo! Já!

Soluçando, o pequenino fez o que o pai mandava.

— Sempre quis fazer um corintiano comer merda. E vou fazer agora. Come essa porcaria! — ordenou o pai, apontando para a bermuda toda cagada.

Rafael hesitou, e um tapão na cara o arremessou ao chão.

— Vai!!! Come!!!

O pai apontava para a bermuda e a cueca cagadas, aos pés do garoto.

Ainda tonto devido à porrada, o menino se arrastou até as roupas sujas de bosta, pegou a cueca e fez o que o pai mandava. Mastigou com esforço e engoliu. Em seguida, foi erguido do chão com um novo puxão de cabelos. Não conseguiu segurar o jato de vômito, que atingiu em cheio as pernas de Odair, sujando as calças de nylon do agasalho da torcida organizada palmeirense.

— Olha o que você fez agora, seu merda!

Após gritar, o palmeirense socou a testa do moleque contra a parede e, pelos cabelos, o arrastou até a cozinha. Lá, largou o filho caído no chão e pegou papel toalha para limpar o vômito das calças.

— Meu agasalho é novo... E vem um corintiano e suja. Agora é que você tá fudido mesmo, moleque.

Havia um ódio alucinado no olhar de Odair, um fiapo de baba branca escorria do canto esquerdo de sua boca.

De repente, ele parou de esfregar a calça com o papel-toalha e ficou olhando o liquidificador. Houve um breve silêncio, de alguns segundos. Com a bunda no chão gelado, Rafael, meio grogue, chorava e tremia convulsivamente, à espera do recomeço da sessão de tortura. Gritou quando o pai agarrou-lhe novamente, pelo braço direito, puxando-o até a pia.

— Vou te fazer uma pergunta... — prosseguiu Odair, ligando o liquidificador.

Pelo braço, Rafael foi suspenso e colocado sentado sobre a pia, ao lado do aparelho.

O pai então puxou a mão do menino para perto da lâmina giratória. Com a cara toda suja de sangue, dominada pelo pavor, Rafael não acreditava que seu pai chegara tão longe por causa de uma bosta de um time de futebol.

Nem ouviu quando o psicopata perguntou:

— Pra que time você torce?

Foi acordado por um safanão.

— Fala, moleque! Pra que time você torce?!

A voz de Rafael não saía. Um novo tapão na cara o fez soltar alguns grunhidos.

— P... p... p... pal... palm...

— Fala, caralho!!!

— P... Palmeiras.

"Rrrrrrrrrrrrrrrrrrrrrrr...", fazia o liquidificador, enquanto pai e filho trocavam olhares silenciosos.

— Você está mentindo!!! — berrou Odair.

Bruscamente, ele enfiou a mão do garoto na lâmina. Rafael urrava, enquanto gotas de seu sangue espirravam do liquidificador, sujando tudo ao redor. Quando o aparelho foi finalmente desligado, o menino já não gritava mais. Apenas tremia com o olhar opaco.

Ainda com seu sorriso de lunático, Odair via o sangue jorrar do que sobrou da mão do filho. Aos poucos, foi percebendo a que ponto havia chegado, e aquele sorriso foi desaparecendo.

Não que sentisse pena do garoto. O caso é que se lembrou de uma reportagem de um telejornal policial sobre um pai que havia maltratado o filho e, por isso, havia sido preso.

Seu cérebro pequeno, sob constante efeito de álcool e drogas, pôde então concluir que poderia lhe acontecer o mesmo.

Seus pensamentos foram interrompidos por um barulho, e ele se voltou para a porta da cozinha. Era Cida, que havia acordado e olhava a cena de horror, boquiaberta.

Odair agiu por impulso. Pegou uma faca de carne e partiu para cima da esposa, que não teve nem tempo de gritar, tendo o abdome perfurado várias vezes pela lâmina.

Rafael continuou quieto, em estado de choque. Nem notou que a mãe fora assassinada. Também não notou a aproximação do pai com a faca na mão, que se deteve por um momento a seu lado, antes de enfiá-la em sua garganta.

***

Enfim, Odair tinha a casa só para ele. Chegou à conclusão de que estava mais feliz, torrando seu dinheiro com putas, cerveja e cocaína.

Já haviam se passado sete dias. Nem pensava mais no filho e na mulher, que estavam enterrados em um terreno baldio, ao lado do campinho de futebol do bairro. Deu trabalho enterrá-los, mas não tanto quanto limpar o sangue da casa.

Registrou o desaparecimento dos dois na delegacia. O delegado nem quis falar com ele. Estava entretido acompanhando uma reportagem sobre o São Paulo no *Globo Esporte*. E, desde que fez aquele B.O., nenhum investigador tinha aparecido em sua casa para fazer perguntas.

Naquela tarde de domingo, Odair esticou uma carreira de cocaína sobre o vidro da mesinha da sala, deu o teco, soltou um peido, abriu uma lata de cerveja e se esparramou no sofá para assistir ao clássico.

Na TV, Galvão Bueno anunciava a escalação dos dois times: Corinthians e Palmeiras. Ao ver o time alvinegro entrando em campo, teve uma vaga lembrança de Rafael e ficou com um pouco de raiva. Aumentou o volume da TV e deu mais um teco.

Aos 22 minutos do primeiro tempo, Odair já havia cheirado um papel. Estava de pé, xingando os jogadores de seu time, enquanto o ataque corintiano se aproximava da área do Verdão. De repente, um chute fatal. E gol.

Odair começou a xingar e a babar como um animal, em frente à TV. Mas seu sangue gelou pouco depois, quando notou que não era só o Galvão Bueno quem gritava "goooooooooooolll do Corinthians". De algum lugar da sala, uma voz infantil também gritava. A voz de Rafael.

O coração de Odair disparou, e ele olhou ao redor, esperando ver o filho em algum canto da sala. Nada encontrando, voltou a olhar para a TV, que mostrava o jogador corintiano correndo pelo campo e sendo abraçado pelos companheiros de time.

O palmeirense então pegou sua lata de cerveja e, numa única golada, acabou com o que restava dela. Quando terminou de beber, notou que a imagem da TV havia mudado. Não passava mais o jogo, mas o exibia enfiando a mão de Rafael no liquidificador. O filho gritando, o sangue espirrando no semblante de psicopata de Odair.

Por uns segundos, ficou petrificado, gelado. Tremendo, estendeu o braço, pegou o controle remoto que estava sobre a mesa e desligou a TV. A casa ficou em silêncio. O que teria sido aquilo? Alucinação?

— Preciso de outra breja — disse a si mesmo.

Foi até a cozinha, abriu a geladeira e pegou outra lata. De repente, seu coração quase parou. Odair deu um pulo e deixou a lata cair no chão quando ouviu o "rrrrrrrrrrrrrrr..." do liquidificador, que começou a funcionar sozinho. Sentiu a merda escorrer por suas pernas, dentro da calça de nylon.

Um frio do além tomou conta da casa toda. "Rrrrrrrrrrr...", prosseguia o liquidificador. Odair sentiu que não estava mais sozinho na cozinha. Tentou se mexer, mas não conseguiu. Olhou para trás e viu o filho. Estava como o pai o deixara. Com a mão direita triturada, a cara deformada pelas porradas e a garganta aberta. Mas sorria. Um sorriso puro de criança. Um rastro de sangue abundante o seguia, enquanto ele, lentamente, caminhava em direção ao pai.

— Pra que time você torce, papai?

***

Na semana seguinte, Odair foi encontrado pelos policiais convocados pela vizinhança, que sentiu o cheiro de putrefação. Estava caído no chão da cozinha, nu da cintura pra baixo, com a mão direita enfiada dentro do liquidificador, ainda ligado. A causa da morte foi asfixia. Foi sufocado pela cueca cheia de merda, que entalou em sua garganta.

ESTUDO DE ANATOMIA 2

MARCO DE B.//CASTRO

— Nunca gostei de futebol, Val. Mas, agora, depois de escutar essa história, vou passar bem longe de qualquer um que eu ver usando camisa de time.

A voz sussurrada do além respondeu em tom apaziguador.

— Não precisa radicalizar... Ver jogo de futebol é uma boa distração, e não tem nada de errado torcer pra algum time. Eu, por exemplo, sou corintiano. Mas nunca pensei em agredir ou matar alguém que torce pra outro clube. Esse animal do Odair, que matou o filho e a mulher, era um psicopata...

— Um psicopata fanático pelo Palmeiras...

— Como tem psicopata que é fanático por religião ou psicopata que persegue alguém por quem é apaixonado. Ou seja, você não precisa se afastar de todo o mundo que gosta de futebol. Só de quem você perceber que é fanático e obcecado...

— Quando eu tinha uns 14 anos, estudava com uma menina que era fanática por cemitérios e só andava de preto. Não sei que fim ela levou...

— É... se ela não foi pra nenhum cemitério cantar Legião Urbana com os amigos, pode ser que ainda esteja viva...

Jucélia deu uma gargalhada.

— Você é um filha da puta, hein! Quando eu ia imaginar que morto tivesse senso de humor...

— Bom... Até hoje você não imaginaria que conversaria com um morto...

— Cara, falando nisso, e o sujeito do IML? Por que o desgraçado não se separou da mulher e pronto? Precisava ter armado tudo aquilo?

— Pois é... A mente humana é algo muito complexo. A verdade é que é raro alguém tomar a decisão mais sensata quando se vê numa situação como a dele. Não justifica ter feito o que ele fez, é lógico. Era um idiota. Um pobre coitado, mas um idiota.

— É... pelas histórias que você tá contando, as pessoas perdem a razão do nada, né? Que nem os caras que jogaram aquele véio da pegadinha num buraco... não podiam ter só deixado o coitado ir embora?

— Temiam perder o emprego. Podiam até desaparecer sem deixar vestígio, já que os donos da emissora de TV são gente rica e poderosa. Imagina o que esses caras fariam para abafar um escândalo como aquele. E imagina quantas pegadinhas deram errado praquele buraco estar cheio de ossos!? A verdade é que o velho já estava condenado quando caiu naquela brincadeira de TV que diverte a família brasileira aos domingos.

— E eu que pensava que essas pegadinhas de TV eram tudo armação com ator contratado...

— A maioria deve ser mesmo. Mas tem muito maluco nesse mundo da televisão. Gente encanada em conseguir coisa autêntica, realista, pra dar audiência... Esse pessoal muitas vezes acaba exagerando.

— Tá louco, toda vez que ver um programa desses agora vou mudar de canal... Vou lembrar do velho apodrecendo no buraco, sem ninguém da família saber que fim ele levou.

— Igual morador de periferia, que cai na mão da polícia e some...

— Sim! Lá onde eu morava em São Paulo, muitos moleques sumiam depois de serem vistos tomando enquadro de caras encapuzados, como na outra história que você contou. Isso quando os "ninjas" já não chegam no boteco atirando, matando todo mundo...

— Essa é a triste realidade que a gente vive. Estamos num abismo social, com uma maioria muito pobre controlada por uma corporação militar mal paga que só protege os poderosos. E o pior é que muitos desses policiais acreditam, mesmo, estar numa guerra contra seu próprio povo. Matam gente pobre e indefesa só pra defender o patrimônio da elite, sendo que a própria elite despreza esses policiais. Já viu PM dando enquadro em filhinho de papai? A primeira coisa que o rico fala pra polícia nessas horas é "ponha-se no seu lugar" ou "eu pago seu salário". Mas nessa gente a polícia não bate, não atira... Acho que prefere descontar a raiva que tem dos ricos em cima dos pobres. É muita covardia. Enfim, triste...

— Triste, mesmo... triste demais... Muito jovem sem estudo, sem emprego... Acabam partindo pro crime e amanhecem cheio de buraco de bala no meio do mato. Falando em tiro, essa marca na sua barriga é de tiro, não é? — Jucélia perguntou, apontando a cicatriz circular no ventre do cadáver.

— Ah, melhor você não saber...

— Como assim? Você tá me contando várias histórias e não vai contar a sua?

— Vai por mim, minha filha. Melhor você não saber a minha história.

— O Josué comentou que você era jornalista...

— Sim, era minha profissão.

— E como você veio parar aqui, hein? Não tinha família? Ninguém pra te enterrar num cemitério?

Val demorou alguns segundos para responder.

— Fiz algumas coisas erradas na minha vida, Jucélia. Infelizmente, isso me forçou a ficar afastado de todos que eu amava, para não causar sofrimento a ninguém. E eu prefiro estar aqui, sendo aberto e estudado como se fosse um livro, do que debaixo da terra, servindo de comida aos vermes...

— Nossa, mas que problema foi esse?

— Jucélia, não insiste. — Nesse ponto, Val adotou um tom um pouco ríspido. — Eu posso passar a noite inteira aqui contando histórias, mas não vou contar a minha.

— Tá bom, tá bom, não precisa ficar nervoso.
— Não é que eu tô nervoso, minha amiga... É que isso é assunto sério. Não quero arrumar problema pra você.
— Não sei que tipo de problema você poderia arrumar pra mim contando sua história, mas, se não quiser contar, fazer o quê? Não conta!
— Opa! Agora você que tá ficando brava comigo! Não fica nervosa, Jucélia! Hehehe — Val riu sem precisar mover a boca...
— Ah, vai se fudê, vai... — rebateu Jucélia, no mesmo tom bem-humorado. — Se não vai contá sua história, conta outra aí que ainda preciso ficar um tempinho aqui mexendo no seu pulmão...

NOITE DE DOMINGO

MARCODES.//CASTRO

Debruçado na janela, Valberto deu mais um pega na ponta do baseado, que já começava a queimar seus dedos. Olhava as luzes da cidade. O aparelho de som tocava "Garageland", do Clash.

O banza miou quase junto com o CD. Estava pronto. Arremessou a ponta para a rua e fechou a janela. Vestiu o casaco, apagou a luz e saiu.

Caminhando pela avenida São João, observava as pessoas. Nigerianos com celular na orelha. Carroceiros e seus vira-latas. Adolescentes de preto bebendo vinho vagabundo. Crentes comendo espigas de milho na saída do culto. Mendigos. Travestis.

Gostava do centrão decadente de São Paulo.

Depois de passar pela playboyzada do Bar Brahma, virou à direita, na avenida Ipiranga. Mudou de calçada para não ficar do lado da praça da República, onde era meio escuro.

Na outra calçada, passou pelos hippies. Sentados no chão, eles conversavam e vendiam seus artesanatos de durepoxi.

— Ei, amigo! Dá uma olhada no meu trampo, sem compromisso... — disse um deles, ao lado da entrada do metrô. Estava só, um pouco afastado dos outros.

— Valeu, irmão... — respondeu, olhando de relance para o hippie e seguindo em frente.

— Arruma pelo menos um real, irmãozinho. Nem almocei hoje.

Valberto parou. Botou a mão no bolso da calça e tirou um punhado de moedas; uns 75 centavos.

— Isso é tudo que posso te dá, mano.

Caminhando em direção ao hippie, percebeu que a cara deste, em meio aos cabelos compridos e ensebados, era toda tatuada. Não tinha nenhum desenho, só tinta preta mesmo.

Estendeu a mão com a esmola para o sujeito, que deu um bote e agarrou seu pulso. As moedas caíram sobre as peças de durepoxi.

Com um tranco, Valberto conseguiu se soltar. Pensou em chutar a cara do sujeito. Mas viu o maluco paralisado, com a boca aberta e os olhos amarelados e esbugalhados, perdidos no vazio, como se estivesse tendo alguma alucinação.

Lentamente, deu meia-volta. Ia continuar sua caminhada quando o doido falou:

— Cuidado c'ua noite, irmãozinho... A cidade é pirigooosa... — E começou a gargalhar.

Olhou novamente o rosto tatuado e insano do hippie. Sentiu um calafrio.

Virou a cara e seguiu seu caminho. O som da gargalhada foi ficando para trás. Entrou na avenida São Luís, depois na rua Martins Fontes e logo estava na Augusta. Na subida da rua, passou pelas prostitutas. Algumas bem atraentes. Sempre trocava olhares com elas. A maioria o ignorava. Os homens de terno, nas portas de boate, insistiam:

— Vamo entrá, meu camarada... Vai tomá uma surra de boceta na cara, hoje? Ganha uma cerveja grátis... Aqui é só gatinha...

Andou mais um pouco e chegou ao bar Ibotirama. Deu uma olhada pelo interior. Ninguém conhecido.

Muitos amigos frequentavam aquela parte da Augusta. O tipo de amigo em quem sempre esbarrava por acaso — com quem o encontro podia significar às vezes algumas risadas, às vezes uma descida ao inferno.

Mas não havia amigos à vista. Valberto sentou-se junto ao balcão e pediu uma Skol. Bebia a cerveja devagar, no copo americano, olhando ao redor.

Achava aquele um bom boteco. Entre seus clientes, quase sempre havia garotas que tornavam a paisagem interessante. Também via muitos rostos familiares. De gente com quem nunca havia conversado, mas que costumava ver toda semana.

Estava quase acabando a primeira cerveja quando um desses rostos conhecidos entrou no bar. Um que lhe chamava atenção. De uma garota com olhos cinzentos e pele bem clara.

Era baixa. Devia ter uns 25 anos. O cabelo, um pouco acima dos ombros, era negro e liso.

Usava saia preta até o joelho, tênis All Star surrado e agasalho.

Havia visto aquela garota em algumas baladas. Na Lôca e na Torre, pelo menos.

Ela entrou no Ibotirama com passos lentos e andar desleixado. Fumando um cigarro. Também se sentou junto ao balcão, mais ou menos perto de Valberto, e acenou para o balconista. Pediu vodca com gelo. E esperou, fumando seu cigarro com impaciência.

Nesse instante, virou o rosto e o encarou por algumas frações de segundo. Desviou os olhos quando a vodca chegou.

Ele acabou com a primeira cerveja, pediu mais uma e ficou tomando. Seu olhar continuava a passear pelo boteco. Sempre voltando para a moça da vodca.

Ela sorvia a bebida devagar, olhando para frente, para a parede. Sua mente estava longe.

"Puta merda...", pensava seu observador, "que gatinha..." Imaginava-se dando leves mordidinhas e beijinhos em cada centímetro daquela pele branca, que devia ser cheia de pintinhas marrons. Perguntava-se que cor teriam os mamilos dela. Seriam clarinhos? Roxos? Achava que deviam ser grandes e cor-de-rosa, com bicos bem arredondados, não muito salientes. Mas, seja como fossem, chuparia muito aqueles mamilos se pudesse.

Seus olhos já não passeavam mais pelo bar. Estavam fixos na menina. De pau duro, terminou a segunda garrafa de cerveja e resolveu seguir o exemplo da garota. Também pediu uma vodca.

Nisso, com um movimento brusco, ela abriu sua pequena bolsa. De onde tirou um celular, que vibrava.

Ele ficou atento.

— Oi... — A voz não refletia muita emoção. — Tô no bar... Aqui no Ibotirama... Lôca?... Beleza... Tô indo aí.

Depois de desligar o telefone, ela deu um longo suspiro. Matou sua vodca em uma talagada, chamou o balconista e pagou a conta com dinheiro. Quando se levantava do banco, depois de pegar o troco, deu mais uma breve olhada para ele. E foi embora.

Imediatamente, Valberto começou a pensar em ir atrás. O jeito que ela virou aquela vodca só o deixou mais atiçado. Olhou para o relógio do celular. Eram quase dez horas. Tomou sua bebida sem muita pressa. Não queria sair de imediato, seguindo a garota. E o balconista havia caprichado na vodca.

***

Saiu do Ibotirama em direção à rua Frei Caneca. Em pouco tempo, mostrava o RG para o segurança, na porta da Lôca.

O lugar estava lotado. Como sempre, havia todo tipo de maluco. Gays, drags, junkies, roqueiros, gente em busca das últimas doses de loucura e diversão antes de a segunda-feira chegar.

Com um pouco de dificuldade, Valberto conseguiu abrir caminho entre a multidão até o balcão do bar. Pegou uma lata de cerveja. O DJ estava botando uma sequência de rock. Entrou na pista escutando os primeiros acordes de "Bigmouth Strikes Again", dos Smiths. As cervejas e a vodca do Ibotirama estavam fazendo efeito. Começou a dançar com fúria, mas sempre mantendo os olhos atentos à sua volta, procurando pela garota.

Os sons seguintes o mantiveram em movimento. New Order, Joy Division, Strokes, Pixies, até um Ramones rolou. Ele sequer conseguiu sair da pista para pegar mais cerveja, e a primeira lata ficou choca na metade.

Quando o DJ começou a tocar Ramones — "Blitzkrieg Bop" —, Valberto, como de costume, ficou possesso. A música acelerava seu sangue a uma velocidade absurda, eletrocutando-o, deixando-o maluco.

Ainda se chacoalhava alucinadamente quando a notou. A garota estava lá, a alguns passos dele. Também dançando com fúria. E olhando em sua direção.

Encarando-a, foi se aproximando. A música acabou, dando lugar a um Clash. "London Calling". Ambos continuaram dançando como loucos. Ele chegando cada vez mais perto dela. Ela deu meia-volta e ficou de costas, olhando-o por cima do ombro esquerdo.

Lentamente, Valberto encostou seu corpo ao da garota. Mas a gatinha se afastou. Com um sorriso cheio de malícia, voltou a ficar de frente para ele, a uma certa distância. Os dois seguiram com a dança e a troca de olhares.

Até que um cara esquisito apareceu. Um sujeito de cabelos brancos. Devia ter uns cinquenta e poucos anos e usava roupas pretas. E já chegou dando um beijo na boca da menina do Ibotirama. Depois, os dois saíram da pista.

— Que merda... — resmungou Valberto.

Já não dançava mais com tanta fúria.

Acabou o som do Clash. Sobre o palco da Lôca, começou a rolar a tradicional performance de drags. O jeito era ir ao bar, para pegar mais uma cerveja.

Enquanto disputava espaço junto ao balcão, alguém deu um toque em seu ombro. Virou e viu Alex, um cara bem grande, gordão, que sempre estava na balada. Tinham alguns amigos em comum, mas Valberto não gostava muito dele.

— E aê, brother? Tudo certo?

— Fala, Alex, como vai, mano? Curtindo um inferninho hoje?

— Pois é, bicho. É o que resta no domingão.

— Pode crer.

— E hoje tá cheio de minazinha. Agarrei uma muito gata...

Alex não tinha muito jeito com as mulheres. Costumava ser grosseiro. Do tipo que chega puxando cabelo ou passando a mão. Geralmente, só conseguia agarrar as bêbadas ou junkies que estavam sem grana e queriam cheirar o pó dele.

— Sério?

— Sério... Ela tá com uma amiga. Que também é muito gata.

— É mesmo? Que legal, hein...

— Só que tem uma coisa estranha.

— O quê?

— Tem um cara esquisito com elas. Um tiozinho argentino...

— E?

— Não sei... É um lance bizarro... Não sei o que rola entre elas e o cara.

— Como assim?

— Peraí que você já vai ver... Chegaí.

Quando Alex falou "tiozinho", Valberto se lembrou do cara beijando a mina na pista. Será que era dele que o mala do Alex estava falando? Acabou concordando em segui-lo até o andar superior da Lôca. Entraram na sala ao lado da escada, onde havia alguns sofás. Em um deles, estava sentado o tiozinho que beijou a garota do Ibotirama. Mas ela não estava por ali. Ao lado do cara, havia uma mina de olhos claros e cabelo pintado de vermelho. Ao ver Alex chegando, ela logo se levantou, indo em direção a ele e o agarrando. Enfiando a língua em sua boca.

Enquanto os dois se agarravam, Valberto notou que o coroa de preto o observava com atenção.

Ia sair andando. Mas ouviu a voz do tio.

— Ei, amigo!

"O que será que esse filho da puta quer comigo?", pensou.

— Diz aí...

O cara fez sinal para que Valberto chegasse mais perto. E disse:

— Amigo, usted e Andrea estaban dançando bonito, lá embajo... Usted só precisa engordar un poco más — dito isso, o cara deu um tapinha em seu ombro e uma risadinha estranha.

Valberto não entendeu nada. "Que coisa bizarra..." Saiu andando, enquanto o sujeito ria e Alex beijava a gatinha. "Engordar un poco más? Será que ele tá zoando o Alex?"

Antes de descer a escada, o rapaz novamente a viu. A gata do Ibotirama, que, agora sabia, chamava-se Andrea. Ela estava no bar do andar superior. Beijando a boca de uma garota alta, gorda e toda tatuada, que também era bem bonita.

Valberto resolveu pegar a fila do banheiro ao lado daquele bar, só para ficar olhando a mina enquanto ela beijava a grandona — que também tinha peitos bem grandes. Logo começou a se imaginar junto com as duas.

Andrea estava de costas para ele. Mas a grandona percebeu seu olhar. Com cara de safada, cochichou algo no ouvido dela, que se virou e lhe cedeu um sorriso. Valberto sorriu de volta. Andrea então disse algo à garota e caminhou em sua direção.

— Oi, Andrea.

— Como você sabe meu nome?

— Seu namorado me falou.

— O cara que me beijou na pista?

— É...

— Ele não é meu namorado.

— Que bom...

— Do jeito que você me olha, parece um tarado...

— Você não gosta?

— Gosto, sim.

— Percebi...

— Olha, gatinho. Até que você é interessante. Pena que hoje eu tô ocupada.

— Tô vendo — disse, desviando o olhar e sorrindo com malícia para a outra garota. Esta continuava com cara de safada, olhando para eles.

— Ei, tira o olho dela... — disse Andrea.

— Gatinha, a gente podia se juntar, nós três, pra se divertir de verdade. O que acha?

Ela ficou séria.

— Já disse que eu tô ocupada. Hoje não posso.

— É uma pena...

— Deixa pra lá. A gente se vê.

Andrea deu um sorrisinho, meia-volta e saiu andando. Foi até o balcão, pegou a grandona pela mão, e as duas desceram a escada. Valberto deu um gole em sua cerveja.

Após uma longa espera, conseguiu chegar até a latrina e dar uma mijada. Depois, voltou para o térreo. Enquanto descia a escada, viu Alex com a mina de cabelo vermelho. Estavam em um sofá da salinha ao lado. Agarrando-se. Quase trepando em público.

Circulou por cerca de meia hora entre os malucos da Lôca; até que ficou de saco cheio. Via várias garotas bonitas, mas nenhuma parecia notá-lo. Na pista, tocava pop dançante, tipo Erasure. Circulou um pouco mais e acabou encostando num canto com sua cerveja, perto de uma das portas da pista. Quando terminou a lata, enfrentou de novo a multidão do bar e pegou uma dose de vodca. Voltou para o mesmo canto. Refletia se ainda estava valendo a pena ficar ali.

Terminou a vodca. Pegou outra. Ia voltar para o mesmo canto. Mas um casal havia tomado seu lugar. Resolveu virar a vodca para ir embora e, quando chegou à fila do caixa, viu todos eles.

O tio argentino vinha na frente, seguido pelos dois casais: Andrea e a grandona, Alex e a menina do cabelo vermelho.

Alex foi logo falando, assim que o viu:

— E aí, mano? Já tá indo?

Estava feliz, agarrado à garota. Com certeza, nunca em sua vida aquele mala escroto tinha ficado com uma mina tão bonita.

— Pois é... Acho que eu vô dá uma passada na Funhouse...

— Por que você não vem com a gente? Peraí... — Virou para o tiozinho e perguntou: — Ei, Leonardo, meu camarada pode ir com a gente?

Só aí Andrea e seu par notaram que ele estava por perto. A grandona estava muito louca. Aproximou-se de Valberto e, sem mais nem menos, o agarrou e começou a beijá-lo. Um beijo daqueles longos, demorados. Quando finalmente se largaram, ela virou para Andrea e falou: — Esse gatinho beija muuuito bem...

E para o tiozinho argentino:

— Leonaaaardo, deixa ele ir com a gente?

O argentino, com uma expressão esquisita no rosto, chegou perto, olhou Valberto bem no fundo dos olhos. E deu um tapinha na barriga de cerveja do rapaz, que, instintivamente, afastou-se um pouco. Depois o tiozão sorriu. Um sorriso estranho.

— Tá... Puede vir.

Valberto voltou a olhar para Andrea. Ela estava esquisita. De cara fechada.

***

Virar aquela última vodca de uma vez fez com que Valberto finalmente começasse a se sentir embriagado de verdade. Na calçada, do lado de fora da Lôca, Leonardo pegou um celular e ligou para alguém.

Chegando perto de Andrea, Valberto perguntou:

— Qualé que é a desse cara?

— Se eu fosse você, não ia — ela respondeu, bem baixo.

— Por quê?

Andrea virou a cara, ignorando-o. Então ele se dirigiu a Alex.

— Ei, mano. Que rola na casa desse Leonardo?

— Ele disse que tem skunk, haxixe, cocaína e bebidas finas...

— Certo...

Desligando o celular, Leonardo falou em seu portunhol meia-boca:

— A van estaba en la rua de bajo. Já tá llegando.

— Uma van vem buscar a gente? — perguntou Valberto.

— Sí. Te gusta uísque?

— Oi?

— Uísque. Te gusta uísque?

— Sim.

— Blue Label?

— Nunca tomei.

— Vai tomar em mi casa...

— Bom...

— Uísque engorda. Usted sabia?

Não respondeu. Papo estranho do caralho esse de ser gordo ou não.

Pouco depois, uma van prateada, de vidros fumês, estacionou em frente ao grupo. O argentino abriu a porta lateral, e todos entraram. Depois, sentou-se na frente, ao lado do motorista — um negro alto que parecia um armário.

Alex e sua mina sentaram no fundo da van e logo voltaram a se agarrar. Valberto sentou junto com Andrea e a grandona, que se chamava Denise. As minas começaram a se beijar. Chegando por trás de Denise, ele enfiou sua língua no meio daquele beijo.

Pelo espelho do para-brisa, Leonardo observava tudo em detalhes.

***

Não demorou muito, e a van parou diante de um grande portão de ferro. A propriedade ficava numa área cheia de casarões chiques do Pacaembu, logo embaixo do cemitério do Araçá. O motorista apertou o botão de um controle. O portão abriu.

O quintal era grande, com um belo jardim. Cercando tudo, uma muralha que tinha, no mínimo, uns cinco metros de altura. Arames elétricos no alto.

A van parou no meio do quintal. Leonardo desceu e abriu a porta lateral. Os cinco convidados saíram em seguida. Valberto olhou a fachada da mansão. Dois andares. Janelas grandes.

De repente, dois monstros surgiram. Rottweilers gigantescos e ameaçadores que saíram de trás da casa e rosnavam sem parar.

Valberto estremeceu. O efeito da bebedeira até perdeu a intensidade.

Leonardo falou algo em espanhol, e os cães do inferno pararam e se sentaram. Mas logo continuaram a rosnar, mais baixo, para o grupo.

— No precisan ter medo. Són mi amiguitos Tigre y León, eheheheh... — disse o argentino, caminhando até os cachorros e fazendo carinho neles. Os animais mantinham os olhos fixos nos visitantes. O gringo então cochichou mais um pouco com os bichos, acalmando-os, e os deixou de lado.

— Sigan-me, sigan-me. Sintan-se en su casa...

O grupo seguiu Leonardo até a porta da mansão, enquanto o motorista partia com a van para os fundos da casa.

O hall de entrada tinha um belo lustre e uma escada de madeira, que levava ao andar superior... Tudo era decorado com estátuas, tapetes, quadros e móveis antigos, que deviam valer uma fortuna. Valberto não conhecia muito de arte, mas acreditava que algumas daquelas pinturas espalhadas pela parede eram de artistas famosos. Já as havia visto em livros ou coisa assim.

Entraram em uma pequena sala contígua ao hall, onde havia um belíssimo bar de madeira. Garrafas de uísque, gim, vodca, conhaque, rum, enfim... Tudo que faria um alcoólatra se sentir no paraíso.

Alex e sua mina, cujo nome Valberto ainda não sabia, sentaram-se num sofá. Andrea e Denise em outro. Leonardo se acomodou numa bonita poltrona de couro. Valberto perguntou onde ficava o banheiro. O gringo deu as coordenadas.

O rapaz saiu da saleta e passou por uma porta ao lado da escada do hall. Chegou a uma sala de jantar, onde havia essa enorme mesa no centro do cômodo. Atravessou a sala e entrou num corredor. Passou por uma porta que dava acesso à cozinha e, dentro dela, viu uma velha de camisola rosa, que afiava uma faca. Uma baita faca.

Sem ser notado pela idosa, Valberto continuou a seguir pelo corredor. Como Leonardo o havia instruído, entrou na segunda porta à esquerda, logo depois da cozinha. Deu uma longa mijada na privada de mármore enquanto admirava o tamanho do banheiro. Depois de terminar de lavar as mãos na belíssima pia, também feita de mármore, voltou ao corredor, onde ficou um tempo observando as estatuetas e quadros que o enfeitavam. Ia retornar à sala quando notou que havia uma porta aberta no final do outro extremo do corredor. Dela, saía uma luz fraca. Valberto resolveu ir até a porta e dar uma espiada. Viu uma escada que levava a um túnel inferior. "Deve ser um porão..." Ouviu um barulho vindo lá de baixo e arriscou-se em um degrau.

— Posso ajudar o senhor?

Quase caiu da escada com o susto. Era o motorista da van, que se aproximou por trás, sem ele perceber. Ainda não havia visto o cara de frente. Ele devia ter uns 40 anos de idade e dois metros e pouco de altura. Era calvo. Seu rosto parecia feito de pedra.

— Oi... Eu... Hã... Tava... Hã...

— O Seu Leonardo espera o senhor com os outros convidados — a voz do cara era rouca, quase um rosnado.

— É... Valeu...

No caminho de volta, tornou a passar pela porta da cozinha. A velha que afiava a faca não estava mais lá.

**

Valberto voltou à sala.

O pessoal tomava Johnnie Walker Blue Label e fumava algo que tinha um cheiro muito bom. Ouviam jazz. Charlie Parker.

— Olá, mi amigo! Estaba perdido?

— É... Esse lugar é muito grande.

— Valbertão, junte-se a nós! — disse Alex, muito louco, com um canudo na mão, pronto para cheirar uma carreira na mesinha de centro.

Valberto sentou-se perto de Andrea e Denise. Andrea estava estranha, quieta, amuada no canto do sofá. Denise, sentada entre ela e Valberto, mandava ver no Blue Label.

Leonardo encheu mais um copo de uísque.

— Hielo? — perguntou a Valberto.

— Deixa eu tomar um cowboy primeiro. Pra experimentar...

Sorridente, o argentino lotou o copo do visitante de Blue Label. Valberto bebeu o uiscão com gosto. O baseado também chegou até ele.

— Skunk de Amsterdam, con haxixe de Marrocos — apresentou Leonardo.

"Que doideira", pensava o rapaz. Algumas horas antes, subia a Augusta sozinho, sem saber o que aconteceria naquela noite de domingo. De repente, estava na casa de um argentino estranho e ricaço, bebendo uísque caro e fumando um bagulho importado. Passou o beck para Denise.

Andrea, introspectiva, olhava para o vazio. Não fumava nem bebia. Leonardo contava sua vida em portunhol. Dizia ser um famoso chef de cozinha na Argentina. Cozinhava tão bem que ficou milionário. Era especialista em carnes.

— Voxê tem reshtaurante? — perguntou Alex, já começando a enrolar a língua.

— No. Yo cocino para un grupo restrito de personas.

— Quem?

— Personas muy ricas. Que gustan pratos especiales. Políticos, artistas, banqueros...

No final de seu segundo uísque, Valberto sentiu a cabeça pesar. Tudo se misturava em seu cérebro. O Blue Label, as vodcas, cervejas, o skunk com haxixe, a voz do argentino... Matou a bebida e botou o copo em cima da mesinha.

— Quieres más?

— Não, brigado...

— No quieres? Por qué?!

— Mano, já tô muito loco. Esse Blue Label é bom pra caralho, não sei quando vou poder tomar de novo. Mas não quero capotar e, muito menos, vomitar na sua casa...

— No te preocupes, amigo...

Insistente, Leonardo ia servir mais uísque ao rapaz. Mas Valberto puxou o copo.

— Não cara, brigado mesmo. Eu sei qual é minha hora de parar. E é agora.

O argentino pareceu contrariado. Seu semblante perdeu um pouco da simpatia.

— Se no quieres más, todo bién...

Ficaram na sala por quase uma hora. Denise bebia rápido. Matou umas cinco doses de uísque.

Até que se levantou e perguntou onde era o banheiro. Deu alguns passos tortos, perdeu o equilíbrio e caiu no chão. Rápidos, o argentino e Valberto a levantaram. De novo em pé, a garota cambaleava.

— Anselmo!!! — gritou o argentino.

Logo apareceu o motorista.

Leonardo falou para ele levar a garota até o banheiro e depois, se ela quisesse, a um quarto. Com o olhar, Valberto acompanhou a saída da garota, amparada por Anselmo. Depois, olhou para Andrea, que continuava esquisita. Voltou a se sentar no sofá. Ao lado dela.

— Que que você tem? — perguntou-lhe baixinho.

— Nada — respondeu a mina, olhando para o chão.

— Tá brava porque a Denise encheu a cara?

— Não.

Andrea não tirava os olhos do chão, para decepção de Valberto. Já perdia a esperança de que se daria bem naquela noite.

Leonardo continuava a falar sem parar com Alex — que estava cada vez mais chapado. No sofá, a menina com quem ele havia ficado agora parecia entediada. O argentino bolou outro banza de skunk com haxixe. Valberto deu um grande pega, engasgou-se e tossiu. Enquanto tossia, não notou a troca de olhares entre Leonardo e Andrea. Nem o sinal que o gringo fez para ela, com a cabeça, mandando que levasse o rapaz para fora da sala.

Assim que Valberto passou o baseado adiante, para sua surpresa, Andrea puxou seu rosto e enfiou a língua em sua boca. Deram um longo beijo.

— Vamos prum quarto... — sugeriu ela, baixinho, em seu ouvido.

— Demorou, gatinha.

Saíram da sala de mãos dadas sob o olhar de Leonardo, que pouco depois chamaria Anselmo, para ajudar Alex a se levantar.

***

Subiram a escada do hall e encontraram um corredor cheio de quartos. Andrea o puxou pela mão, até que entraram em uma belíssima suíte. O que mais chamou a atenção de Valberto era a cama: gigante. Ele fechou a porta. Quis trancá-la. Mas não havia chave.

Andrea estava parada, de pé, ao lado da cama. Continuava com uma cara estranha. Parecia querer lhe dizer algo.

Valberto caminhou devagar até ela. Acariciou o rosto da garota.

— Cara... Preciso te contar um negócio... — ela começou a falar.

— Depois.

E começou a dar beijinhos na gatinha. Puxando-a lentamente até a cama. Tirou sua camiseta. Seu sutiã. Os mamilos eram grandes. Não cor-de-rosa, como imaginara. Tinham uma cor maravilhosa. Um roxo claro.

Foi uma trepada longa. Marcante. Daquelas que deixam a pessoa a semana inteira com um sorriso besta no rosto. Depois do orgasmo, ficaram abraçados. Seus corpos nus coladinhos. Mas, de repente, Andrea se desgrudou dele e sentou-se no canto da cama. Parecia perturbada.

— Que foi, gatinha?

— Você tem que sair daqui.

— Quê...?

— Senão você vai morrer...

Ela tremia. Havia insanidade em seu olhar.

— Quem? O quê? Que cê tá falando?

— Não adianta explicar. Você não vai acreditar, não vai entender... mas tem que fugir daqui...

— Peraí... Que papo é esse?

— Fala baixo.

— Tá... Mas que história é essa?

Ela se levantou da cama e começou a juntar as roupas de Valberto. Falava baixo, mas sem parar:

— Quando entrarem aqui, vão me encontrar sozinha. Vou fingir que dormi e você escapou...

— Porra, Andrea. Não tô entendendo nada. — Meio puto, Valberto começou a se vestir.

— Você não tem que entender porra nenhuma. Vai embora!

— E como eu saio daqui sem ninguém saber? Tem dois rottweilers gigantes lá fora.

— É verdade, merda...

Andrea voltou a se sentar na cama, pensativa e confusa. Murmurou algumas coisas para si mesma. Valberto calçou o tênis.

— Faz o seguinte... — recomeçou a garota, após sair do transe — ... vai pra cozinha... Ela fica num corredor, depois da sala...

— Tô ligado. Passei por lá...

— Ótimo! As chaves ficam todas penduradas na parede, em cima da pia. Pega a da van. A porta da cozinha dá no corredor do quintal. A garagem fica nos fundos. Você vai ter que correr um pedaço até lá. Aí é só pegar a van. O controle que abre o portão tá dentro dela...

— Vou roubar a van do Leonardo?

— Vai.

— Mas aí eu tô fodido. Posso ser preso.

— Se você não fizer isso, vai morrer.

— E os cachorros?

— É por isso que você vai ter que correr da cozinha até a garagem.

Valberto começava a ter certeza de que Andrea era completamente maluca. Nem fodendo ia correr risco de ser morto pelos rottweilers ou roubaria a van do argentino. Mas a mina olhou no fundo de seus olhos e suplicou:

— Faz o que tô dizendo. Cai fora daqui. Talvez a gente volte a se ver um dia...

— Tá bom, gatinha. Calma... Eu posso fazer o que cê tá pedindo, mas tava tão bom nós dois juntinhos na cama... Você quer mesmo que eu vá embora?

— Você não entende. Por favor... É pro seu bem. — Os olhos dela ficavam cada vez mais insanos. Estava desesperada.

— Tá bom.

Quando o rapaz ia se virar para sair fora, Andrea o agarrou e lhe deu mais um longo beijo.

— Gosto de você. Tô fazendo isso porque nunca tinha gozado desse jeito antes... Agora vai... Cuidado pra ninguém te ver.

Valberto saiu do quarto, mas não para fugir, como Andrea queria — em vez disso, trocaria uma ideia com Leonardo. Perguntaria se a garota tinha algum distúrbio.

Do corredor do andar superior, escutou o jazz baixinho. Do alto da escada, viu a mina de Alex, cujo nome ele nunca viria a conhecer, parada na porta com a bolsa pendurada no ombro. Pronta para ir embora. Em seguida, Leonardo apareceu, trazendo algo em sua mão direita. Um pequeno embrulho de plástico transparente, com o que parecia ser um monte de pastilhas azuis, amarelas e cor-de-rosa.

Valberto, que estava prestes a descer a escada, deteve-se e ficou escondido, observando. "Caralho, não dá pra ver direito, mas parece um saquinho de ecstasy", pensou. Devia haver mais de uma centena de balas naquele pacote. Valberto se agachou atrás do corrimão e tentou escutar o diálogo do casal.

— Aqui, mi caçadora. Más una vez, usted fez un belo trabajo.

— Brigada, Leo — disse a mina, pegando o pacote. Tinha os olhos arregalados e tremia. Estava eufórica. Logo enfiou o saquinho na bolsa. — E a Andrea?

— Andrea está muy estraña. Ainda voy hablar con ela.

— Tá bom...

E os dois se beijaram na sequência. Um beijão de língua. Depois, Leonardo saiu com a mina pela porta da frente.

Assim que eles deixaram o hall, Valberto começou a descer a escada, devagar. Estava confuso. Lembrava-se do que Andrea lhe dissera: "Você vai morrer". Resolveu ir até a cozinha, verificar se a chave da van estava lá, como ela havia indicado.

Passou pela sala de jantar e entrou no corredor. No caminho, passou por aquela porta que dava à escada que levava ao subsolo. Escutou mais barulhos vindos lá de baixo. A prudência lhe dizia para não descer, mas a curiosidade falou mais alto. Degrau após degrau, a sensação ruim aumentava. Escorando na parede, chegou até uma pequena câmara escura. Uma adega, com quatro prateleiras cheias de garrafas de vinho.

Do outro lado da adega, havia mais uma porta, aberta, para uma sala bem maior e iluminada. Esgueirando-se pela escuridão, Valberto chegou até o canto da porta e começou a espionar. De um lado da sala, havia uma porta de aço. Um painelzinho digital sobre ela indicava a temperatura: de quatro ponto três graus negativos.

Cauteloso, o rapaz olhou para o outro lado do cômodo. Alex estava deitado no chão, aos pés de Anselmo, que terminava de despi-lo. Completamente bêbado, murmurava coisas inaudíveis.

A velha de camisola rosa também estava lá, agora usando um avental. Estava de costas para Valberto e de frente para uma mesa de aço, que ficava encostada a uma parede e sobre a qual estava deitada uma garota grande. As pernas tatuadas não deixavam dúvida: era Denise. Estava inerte. A velha fazia alguma coisa com ela. Não dava para enxergar direito por causa da distância.

Anselmo pegou uma corrente, que estava pendurada em uma roldana no teto, e começou a puxá-la. Na ponta havia uma espécie de algema, com a qual Alex foi preso pelos calcanhares. Em seguida, numa demonstração incrível de força, o motorista gigante começou a puxar a outra extremidade da corrente. Aos poucos, Alex foi sendo suspenso pelos pés. Até ficar pendurado, de cabeça para baixo.

Segurando a corrente só com a mão esquerda — o cara era um animal —, Anselmo ergueu a direita até a roldana do teto e acionou uma trava. Pendurado de cabeça para baixo, Alex ainda balbuciava seus delírios de bêbado.

Nisso, a velha saiu da frente de Denise, e Valberto quase vomitou. Havia muito sangue em torno do pescoço dela. Estava morta. Valberto também viu que o avental que a idosa usava estava todo sujo de sangue. Em suas mãos, cobertas por luvas de látex, ela segurava o que parecia ser um monte de vísceras, que logo jogou dentro de uma grande pia de inox, ao lado da mesa onde estava o corpo.

O que aconteceu em seguida foi rápido. A velhota pegou um grande balde de ferro e uma faca — devia ser a mesma que ela havia afiado na cozinha. Então caminhou até Alex e posicionou o balde embaixo da cabeça dele. Com a faca, ela abriu a garganta do rapaz, que imediatamente começou a ter espasmos. O corpo todo tremia na corrente, enquanto o sangue jorrava do pescoço, direto para o balde. Da boca dele, saía um som horrível — agudo e gorgolejante, como o de um porco sendo sacrificado.

Em seguida, a velha voltou para a mesa onde estava Denise. Valberto assistia a tudo horrorizado e, lutando com suas entranhas, tentava não vomitar. Ouviu um barulho vindo da escada. Instintivamente, escondeu-se atrás de uma prateleira da adega. Por entre as garrafas, viu Leonardo passar e entrar na sala da carnificina.

Valberto esperou que o argentino se afastasse e voltou para o canto da porta. Em frente a Alex, Leonardo via o rapaz sangrar. O corpo já não tinha mais espasmos. Provavelmente estava morto. O chef de cozinha então deu uns tapinhas nas nádegas do cadáver, virou para Anselmo e disse:

— Amanhã teremos un gran banquete, han. — E caminhou até a mesa onde estava Denise.

— Essa aqui já tá limpa, Seu Leonardo — disse a velha.

— Muy bien.

O argentino então caminhou até uma prateleira em outro canto da sala e voltou com um cutelo na mão. Parou ao lado de Denise. Desferiu uns três golpes e arremessou a cabeça decepada para o cesto de lixo. Depois fez o mesmo com as mãos e os pés.

Terminado o serviço, largou o cutelo e deu mais algumas instruções à velha, apontando para o corpo de Denise. Ao motorista, que permanecia ali, parado como uma estátua, disse:

— Anselmo, bamos subir ahora. Precisamos pegar o otro.

— Tem mais um, Seu Leonardo? — perguntou a velha.

— Si, pero no és grande ni muito gordo. Só voy usar las nadegas y las coxas para hacer carpaccio. O resto voy dar a Tigre y León.

"Filho da puta, qué fazê carpaccio com meu rabo e dar o resto pros cachorros...", revoltou-se Valberto, que tornou a se esconder atrás da prateleira de vinho, esperando que o argentino e Anselmo deixassem a adega.

Quando terminou de ouvir os passos dos dois escada acima, saiu do esconderijo. Pensou em fazer o que Andrea lhe dissera: pegar a chave da van na cozinha e vazar dali o mais rápido possível. Mas, quando ia subir a escada, tomou outra decisão e voltou.

Na sala da carnificina, a velha continuava a trabalhar em Denise. Concentrada, ela não percebeu a aproximação dele. Quando o notou, Valberto já estava com o cutelo. Com um golpe certeiro, ele abriu a testa da velhota. Morreu na hora, ficou estirada no chão. Ele então olhou para o corpo sem cabeça de Denise. A idosa já havia retirado parte da pele da mina. Havia um buracão na barriga. Valberto chegou mais perto da pia de inox e viu a cabeça e aquele monte de tripas e órgãos e nojeiras. Deu uma bela vomitada, que respingou no corpo caído da velha.

Ficou alguns segundos sem saber o que fazer, só então pegou a faca e arrancou o cutelo, que continuava cravado na cabeça da idosa. Por garantia, foi até a prateleira e pegou outra faca. Guardou o cutelo no bolso interno do casaco. Deu mais uma olhada para Alex. O sangue, já reduzido a um filete, continuava a escorrer da garganta do rapaz. O balde estava bem cheio.

Antes de sair da sala, resolveu abrir a porta de aço. Ela dava em uma grande câmara fria. Dentro havia mais dois corpos grandes e gordos. Sem pele, sem mãos, sem cabeça e sem vísceras. Gado no frigorífico. Valberto deu mais uma vomitada.

Saiu do porão com uma faca em cada mão, disposto a enfiá-las em "Tigre y León", caso os rottweilers o alcançassem.

Quando chegou à porta da cozinha, porém, ouviu os gritos de Leonardo e Andrea no andar superior.

— NÃÃÃÃÃO!

— DONDE ÉL ESTÁ, PUTA MALDITA!?

"Merda", pensou Valberto. Andrea estava fodida. Eles iriam matá-la. Olhou a pia da cozinha. Como a mina falara, havia um monte de chaves na parede. "Foda-se" — Valberto voltou ao hall e começou a subir a escada, ouvindo os gritos da garota cada vez mais alto.

Chegou à porta do quarto. A menina estava no chão. Anselmo torcia o braço dela, enquanto Leonardo, agachado, dava-lhe tapas na cara, xingava-a e perguntava:

— DONDE ÉL ESTÁ ESCONDIDO?!

— Tô aqui, seu gringo filha da puta!

Ao vê-lo, com uma faca em cada mão, o argentino arregalou os olhos. Valberto avançou e, com uma das lâminas, deu uma estocada no pescoço dele. O sangue começou a jorrar. Leonardo caiu sentado no chão, com as mãos na garganta, tentando conter a sangria. Enquanto isso, Valberto se preparava para encarar Anselmo.

O gigante largou o braço de Andrea e começou a se aproximar bem devagar, para tentar desarmar o rapaz. Valberto foi recuando, até encostar na parede. "Fodeu. É agora ou nunca", pensou. E foi para cima de Anselmo. Primeiro tentou esfaqueá-lo com a mão direita. O motorista se esquivou e agarrou seu braço. Valberto então enfiou-lhe a faca da esquerda por entre as costelas. Mas foi como se não tivesse acontecido nada.

Mesmo ferido, Anselmo torceu seu braço direito até que largasse a outra faca, que caiu no chão. Em seguida, pegou o rapaz pelo pescoço e o ergueu, começando a estrangulá-lo. A vista de Valberto estava prestes a escurecer quando ele se lembrou do cutelo que estava no bolso interno do casaco. Em um movimento rápido, sacou e ergueu o instrumento. Tentou acertar Anselmo na cabeça, mas acabou atingindo o gigante entre o pescoço e o ombro.

Pelo menos, os braços do oponente amoleceram, e Valberto conseguiu se desvencilhar de suas mãos. Caiu no chão, meio sem ar, vendo Anselmo cambalear para trás. Ainda tonto, o rapaz esticou a mão e alcançou a faca que havia caído no chão. Dessa vez, cravou a lâmina na coxa do gigante, que soltou um grunhido. Finalmente, Valberto conseguiu se levantar e ir até Andrea. Ela estava em estado de choque, sentada no chão, assistindo ao argentino se esforçar para conter o sangue que jorrava de sua garganta. Valberto agarrou o braço da garota e deu um puxão.

— VAMO, PORRA!

Ainda meio em transe, ela obedeceu. E eles saíram correndo do quarto enquanto Anselmo se recompunha, arrancando as lâminas que estavam cravadas nele.

Sentado no chão, encostado na parede e ainda tentando estancar o sangue do pescoço, Leonardo viu Valberto e a garota deixando o quarto e os amaldiçoou com o olhar.

Logo o casal chegou à cozinha, onde havia três chaves de carro penduradas na parede.

— Qual é agora, porra? — perguntou Valberto, desesperado.

— Essa. — Andrea apontou uma chave com o símbolo da Mitsubishi. Com a chave na mão, a hora de enfrentar os cães havia chegado.

— Falta pouco — Valberto disse à menina, tentando acalmá-la. — Vamos tentar sair devagar. Sem fazer barulho. Se a gente trombar os cachorros, não corre, senão vai ser pior.

Andrea não respondeu. Só tremia. Valberto abriu a porta da cozinha que dava para o corredor do quintal. O dia já tinha amanhecido. Mais distante, na garagem, viu a van e mais dois modelos importados. Nem sinal dos cães — foi puxando Andrea. Bem devagar.

Já haviam avançado em um terço do caminho até os carros quando ouviram o rosnado. Vinha de trás. Viraram-se e viram os cães. Ambos estavam parados, no início do corredor, olhando fixamente para o casal e mostrando os dentes.

Andrea tremia tanto que parecia que ia ter um ataque. Valberto ficou paralisado. Ele e os monstros se encaravam. Sabia que, se dessem um passo, os cães atacariam.

Foi nesse momento que Anselmo abriu a porta da cozinha — cambaleando e sangrando, com o cutelo na mão.

Os cães devem ter ficado loucos com o cheiro do sangue que pingava, em grandes gotas, dos ferimentos do gigante. Assim que ele saiu da casa, arrastando a perna ferida pelo corredor, os rottweilers voaram em suas costas. Valberto aproveitou a deixa e saiu correndo, puxando Andrea. Um dos cães chegou a deixar Anselmo de lado para persegui-los, mas o rapaz conseguiu bater a porta da van a tempo de escaparem. Enfiou a chave na ignição e deu partida. Saiu cantando os pneus. Acabou passando por cima de Anselmo, enquanto este ainda lutava com o monstro, e quase perdeu a direção. Foi como se tivesse batido em um poste. Parou em frente à casa, os cães latiam ao lado da van e investiam contra ela. Andrea pulava no banco a cada golpe. Enfim, Valberto encontrou o controle no console do painel e apertou o botão. Os portões se abriram.

***

— Onde você quer que eu te deixe?

— Perto de qualquer metrô.

A fala de Andrea era um sussurro.

Essa foi a única conversa que tiveram na van. Quando encostaram perto da estação Clínicas, na avenida Doutor Arnaldo, Andrea só disse "aqui tá bom". Depois fez um carinho no rosto dele e desceu. O rapaz ainda dirigiu até uma travessa da Consolação e estacionou a van.

Trancou o carro, jogou a chave num bueiro e foi caminhando até um ponto de ônibus. No caminho, notou as manchas de sangue na camiseta e fechou o casaco para escondê-las. O relógio de rua marcava sete e meia da manhã.

O busão chegou rápido. Levou-o até a praça Ramos. Pensava em Andrea. Não sabia se queria vê-la de novo. "A mina levava gordos para o abate..." Da praça Ramos, foi pela rua Barão de Itapetininga até a República. Quase na esquina da Ipiranga com a São João, reconheceu o hippie tatuado da noite anterior, andando na calçada com as peças de durepoxi embrulhadas em um pano.

Quase passou reto, mas resolveu abordar o sujeito, que não o reconheceu.

— Pois não, sangue bom?

Valberto então sacou uma nota de vinte reais da carteira e lhe deu.

— Toma. Pro seu almoço.

O hippie ficou todo agradecido. E Valberto foi para casa. Precisava tomar banho para trabalhar. Havia chegado a segunda-feira.

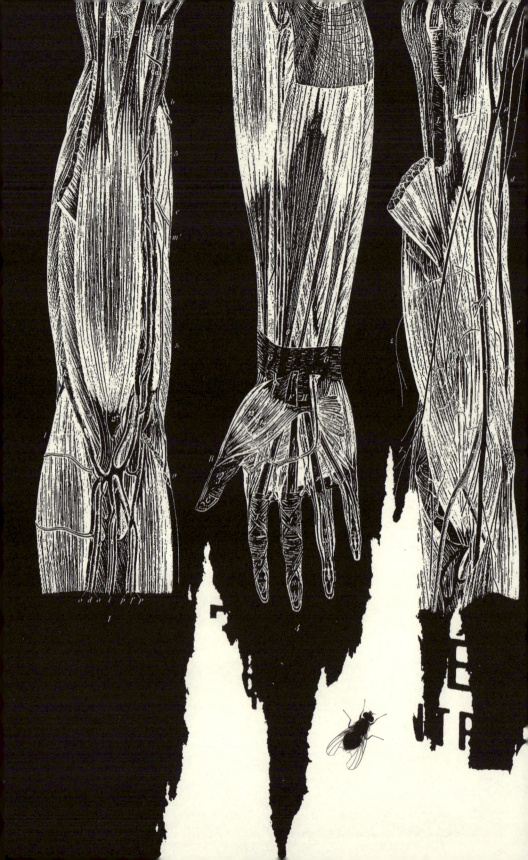

CAIXÃO FECHADO
MARCODES.//CASTRO

Ismael e Rodney eram como irmãos. Conheceram-se no colégio, aos oito anos de idade. Conversando na sala de aula, descobriram que moravam na mesma rua. Ambos filhos únicos de famílias paulistanas de classe média, tornaram-se melhores e inseparáveis amigos. E aproximaram também seus pais, que passaram a compartilhar tardes de fim de semana, fazendo churrasco e tomando cerveja, enquanto os meninos jogavam bola ou videogame.

A amizade seguiu forte na adolescência, quando dividiram todas as experiências que costumam marcar essa fase da vida. Os primeiros porres, os primeiros baseados, as primeiras baladas. E a primeira trepada, com a mesma prostituta, ocasião em que Ismael percebeu algo que até então nunca o havia incomodado.

— O bonitinho primeiro — disse a mulher, uma morena bem mais velha que eles, apontando para Rodney.

Dali para frente, Ismael passou a notar que as meninas, as professoras, até mesmo as vovozinhas do bairro, olhavam seu amigo de um jeito diferente. Eram sempre mais gentis com ele. Já Ismael, mal notavam.

Não que fosse feio. Tinha imperfeições. Os dentes da frente um pouco grandes e o nariz achatado, além das sobrancelhas grossas que havia herdado do pai. E, também a exemplo de seu pai, Ismael sabia que um dia ficaria calvo. Mas era um garoto comum, forte e esbelto. Apesar de não ser alto, tinha físico de esportista, o que chamava, sim, atenção de algumas garotas.

No espelho, porém, Ismael passou a se achar cada vez mais horrível, comparado a Rodney. Além de o amigo ser mais alto do que os outros moleques e de ter um cabelo loiro brilhante e ondulado, possuía aquele rosto de nariz fino e perfeito, com queixo bem desenhado. E, ainda por cima, aqueles olhos azuis que hipnotizavam as garotas.

Aos 16, Rodney virou o "pegador" da turma. Em menos de dez minutos de conversinha, já conquistava a menina e a levava a um canto para dar uns beijos. Ismael, por sua vez, além da autoestima baixa, era tímido. O coração disparava. Gaguejava, tremia, suava frio. Não conseguia levar a conversa com uma gatinha adiante. E as minas simplesmente acabavam desistindo dele. "Se eu fosse bonitão como o Rod", pensava melancólico.

Mas o tempo passou, e, assim como todos os seus amigos, Ismael também ficou com várias garotas. Mas havia um problema: ele não conseguia fazer isso sozinho. Não tomava a iniciativa. Precisava que Rodney estivesse junto.

Do modo como via as coisas, era pelo amigo que as meninas se interessavam. E, de fato, era Rodney quem chegava no grupinho de garotas, com aquele sorrisinho safado. Puxava papo, contava piadinhas e as fazia rir. Ismael ficava quieto, ao lado, a maior parte do tempo. Não precisava fazer muita coisa. Rodney ficava com a garota que queria, e, na maioria das vezes, sobrava alguma outra para ele.

Além disso, junto com o amigo Ismael se sentia seguro e perdia um pouco da timidez, deixando de gaguejar e tremer, pelo menos. "Se eu tô junto com ele, nenhuma mina sai andando", pensava.

Rodney costumava tirar sarro.

— Deixa comigo, mano! Fica quietinho, na sua, que você vai se dá bem também!

Ismael ria, mas, lá no fundo, também sentia certo rancor e invejava o camarada. Sabia que aquela situação de "depender" dele para conseguir ficar com as garotas um dia precisaria acabar. Por outro lado, não fazia nada para mudar essa dependência. Afinal, também estava beijando e transando. Até mais do que os outros garotos, que não eram tão amigos de Rodney.

***

Os dois continuavam inseparáveis no início da vida adulta. Ismael cursou ciência da computação numa faculdade, e Rodney estudou economia em outra. Mas, à noite, eles iam aos mesmos bares e às mesmas baladas. Também não mudou a galinhagem de Rodney, que continuava conquistando, comendo, usando e dispensando a mulherada. Ismael ia sempre colado nele, pegando as "sobras".

O amigo bonitão nunca namorava sério e se dizia "solteiro por convicção". Seus relacionamentos mais longevos duravam, no máximo, dois meses. Aos 24 anos, já formado e trabalhando em um banco como analista de crédito, tinha como seu maior objetivo continuar colecionando mulheres e mais mulheres, o máximo que pudesse. Para conseguir isso, resolveu sair da casa dos pais e convenceu Ismael a dividir com ele o aluguel de um apartamento de dois quartos, na Barra Funda, bem perto do centro de São Paulo. Seu pai seria fiador do imóvel. Ismael, que também não via a hora de sair da casa dos pais, topou sem rodeios. Estava trabalhando como técnico de TI em uma empresa grande, não ganhava tão bem quanto Rodney, mas poderia dividir o aluguel com ele numa boa. E já imaginava a grande quantidade de garotas que o amigo bonitão levaria para casa.

Em poucos meses, os dois se mudaram. Era um prédio antigo, de seis andares, sem elevador e sem porteiro. O quarto de Ismael era bem menor do que o de Rodney — "Meu pai foi fiador, né? O maior é meu", justificou ele. E Ismael não questionou. Ficou com o quarto estreito de empregada, onde só cabiam uma cama de solteiro e o armário, que era grande demais, mas, como foi presente de sua mãe para o apartamento novo, Ismael não pôde recusar.

O pouco espaço que restava, ele tinha que deixar livre para que as portas do armário e do quarto pudessem se abrir. A única coisa ali que havia trazido da casa dos pais era um espelho alto, retangular, que ficava pendurado atrás da porta, assim como em seu antigo quarto. O espelho em que se olhou durante toda a adolescência, comparando-se a Rodney e achando-se feio.

Mas a sala do apartamento era grande, espaçosa, com pé-direito alto. E, como Ismael havia imaginado, ali rolaram festas, bebedeiras, diversão e muitas mulheres. Rodney levava para casa as garotas que trabalhavam com ele, ex-colegas de faculdade, amigas da adolescência que ele reencontrava em redes sociais, garotas que conhecia na balada, no bar, no metrô... Muitas delas acabavam indo para o quartinho estreito com Ismael.

Depois dos primeiros meses de farra ininterrupta, porém, o peso do convívio, da rotina e das obrigações começou a entrar em cena.

***

Ismael sempre adorou a companhia de Rodney e o considerava seu melhor amigo. Mas, morando com ele, descobriu que o sujeito era extremamente folgado. Largava tudo pelos cantos da casa. Peças de roupa, bitucas de cigarro, pontas de baseado, copos usados, até restos de comida. Havia um rastro de sujeira e desarrumação por onde Rodney passava. A empregada, uma senhora que trabalhava havia anos para a família de Rodney, vinha uma vez por semana, mas, se Ismael não lavasse a louça e desse uma geral de vez em quando, o apartamento seria um ninho de baratas, moscas e formigas.

— Relaxa, mano, depois eu lavo... — sempre dizia Rodney. Mas nunca se mexia.

E havia as farras. Rodney aparecia quase diariamente com amigos, mulheres e um monte de cervejas sem avisar. Ismael começou a se irritar com aquilo. Gostava da presença constante de garotas bonitas em sua casa e não deixava de aproveitar as chances de trepar que surgiam dia sim, dia não. Mas, além de ser sempre ele quem limpava a sujeira, precisava acordar cedo todo dia. Entrava no trampo às 8h e largava às 16h. E era longe, em Santo Amaro. Precisava pegar dois ônibus.

Fora isso, quando morava com os pais, Ismael costumava passar bastante tempo sozinho, fechado em seu quarto, jogando videogame. Após se mudar, empolgado, comprou uma Smart TV de 80 polegadas, dividindo o pagam-ento em muitas prestações, pois sempre havia se imaginado jogando *Counter-Strike* numa tela grande. Tão grande que a TV não coube no seu quartinho. Ela ficou na sala, o que gerou outro problema: Ismael não conseguia mais jogar videogame com o mesmo sossego do quarto isolado da casa dos pais.

Como solução, tentava aproveitar ao máximo o tempo em que ficava sozinho no apartamento. Saía do trampo, em Santo Amaro, às 16h, e chegava em casa por volta das 17h30. Rodney trabalhava relativamente perto, na rua Bela Cintra, das 10h às 18h. Ia e vinha rápido, de metrô. Isso não dava a Ismael o tempo necessário para relaxar com seu *Counter-Strike*.

No início da noite, Rodney chegava, quase sempre acompanhado por amigos ou garotas. Eles apareciam falando alto, dando risada, abrindo latas de cerveja e acendendo baseados. E Ismael era obrigado a interromper o jogo.

Houve a noite em que Rodney chegou um pouco mais tarde, sozinho, e Ismael estava quase vencendo uma fase difícil. O amigo apareceu bêbado, falando pra caralho. Como Ismael, de olhos grudados na tela, não lhe dava atenção, Rodney arrancou a tomada do videogame da parede.

Nessa ocasião, os dois brigaram feio e quase saíram na mão. Ismael falou várias para Rodney, jogando em sua cara como era folgado e mimado. A resposta do amigo foi um golpe baixo, que fez Ismael virar as costas e se trancar em seu quartinho.

— Se não fosse eu, você não comia mulher nenhuma!

Nos dias seguintes à briga, Ismael passou a evitar Rodney. Pensou em cair fora daquele apartamento. Mas não queria voltar para a casa dos pais e não conseguiria bancar um apartamento daqueles sozinho. Diferente de Rodney, ele não era um jovem mimado. Seu velho, pão--duro e rígido, nunca aceitaria ser seu fiador.

Mas o tempo foi passando, e a tensão entre os dois esfriou. Depois de pouco mais de uma semana, fizeram as pazes quando Rodney chegou com duas garotas lindas que havia conhecido num bar. Uma ruiva e uma morena. Ismael ficou com a morena.

Depois daquela noite, ele refletiu e chegou à conclusão de que deixar de dividir aquele apartamento com Rodney poderia significar, além do fim da antiga amizade, nunca mais ter aquela facilidade inacreditável de pegar as gatinhas que, vira e mexe, iam até lá para se embebedar e fumar maconha com eles. E, lógico, havia ainda seu medo antigo e irracional de não conseguir ficar com nenhuma garota sem a ajuda do amigo.

***

Para não brigar com Rodney, Ismael foi deixando de frequentar a própria casa e quase não participava mais das farras diárias do camarada e sua turma. Chegava do trampo, jogava um pouco de videogame na sala e, lá pelas 18h30, antes que Rodney chegasse do trabalho, ia para a rua. Fazia hora e só voltava umas 22h30, 23h, quando Rodney e suas companhias, já bem loucos, tinham deixado o apartamento para pegar alguma balada. Só ficava junto com o amigo, e com as mulheres que vinham junto, de sexta a domingo.

Um dos principais refúgios à presença de Rodney era um café com wi-fi, a alguns quarteirões do prédio, onde Ismael passava horas jogando *Counter-Strike* em seu notebook. Mas não era o mesmo que jogar na sala do apartamento, em sua TV gigante.

Estava voltando desse café desanimado, numa noite, quando foi abordado numa esquina mal iluminada. O cara alto, forte e mal-encarado exigiu que ele lhe entregasse a mochila com o notebook, o celular, a carteira e o relógio. Tremendo de medo, ardendo de raiva por dentro, Ismael entregou tudo ao assaltante. O ladrão não precisou mostrar nenhuma arma para que obedecesse. Bastou intimidá-lo com sua presença ameaçadora naquela esquina que estava com a luz do poste pifada havia meses.

Depois do assalto, Ismael passou a evitar aquela esquina. E, como também estava começando a se achar gordo, resolveu gastar numa academia o tempo que passava antes no café e no videogame. Uma academia que também ficava na região de seu prédio e que tinha na porta um cartaz de "aulas de boxe", com a foto grande de um professor mal-encarado e cheio de tatuagens. Ismael passou a descarregar sua raiva e suas frustrações no saco de pancadas. E, a cada treino, empolgava-se mais com o esporte.

O professor tatuado do pôster, um ex-campeão estadual de boxe dos anos 1980, logo percebeu que ele tinha mãos pesadas e agilidade. Incentivava o aluno, dando-lhe atenção especial durante os treinos. E, em poucos meses, Ismael tornou-se dono de socos perigosamente potentes.

— Cuidado com essa mão pesada aí, meu! Se acertar um cruzado desse em alguém na rua, pode até matar! — alertava repetidamente o professor.

***

Numa noite de segunda-feira, quando estava chegando do treino, Ismael reconheceu uma moça que chorava sentada no meio-fio, em frente a seu prédio. Era uma garota que ele havia visto algumas vezes junto com Rodney. Uma loira, baixinha e sardenta, de olhos castanho-claros e rosto delicado. Na primeira vez em que aquela garota foi ao apartamento, Ismael havia ficado encantado com seu sorriso meigo e tímido. Agora, no lugar do sorriso havia uma careta vermelha, cheia de lágrimas. Ela soluçava descontroladamente. Não havia notado a chegada de Ismael, e ele quase entrou no prédio sem abordá-la. Mas resolveu falar com ela.

— Âhn... Oi... Tá tudo bem com você?

A garota tirou os olhos do chão. A maquiagem estava borrada na cara vermelha.

— É Elenice seu nome, né? Tá esperando o Rodney? Quer entrar?

— Não...

— Posso te ajudar?

— Seu amigo é um filha da puta! — E voltou a soluçar e derramar lágrimas.

— Calma... quer entrar, beber um copo d'água?

Por um momento, ela engoliu o choro e olhou para Ismael com raiva.

— Que é?! Quer me comer também?! Comer e jogar fora depois, que nem aquele filha da puta, canalha?

A menina aparentemente tímida que Ismael havia conhecido no apartamento agora era uma mulher brava, dona de um olhar cheio de mágoa e ódio.

— Não, só tô querendo ajudar. Se preferir, podemos ir até o bar ali na esquina. A gente conversa de boa. Sei que o Rodney é escroto de vez em quando...

O jeito como Ismael disse a palavra "escroto", ao se referir a Rodney, e a aparente sinceridade em sua voz chamaram a atenção de Elenice. Ela encarou o rapaz por alguns segundos e depois concordou em lhe dar a mão, para que ele a ajudasse a se levantar da calçada.

Foram ao bar da esquina, onde acabaram ficando mais de duas horas numa mesinha de canto, enchendo a cara com cerveja e dosezinhas de cachaça. Ela contou que cursava economia e fazia estágio em uma financeira. Sua família era de Sorocaba. Foi apresentada a Rodney por uma amiga, que trabalhava com ele. Em pouco mais de um mês de encontros quase diários, Rodney havia dito que a amava, que a apresentaria a seus pais e que queria ir ao interior, para conhecer a família dela. Dizia que queria viajar o mundo inteiro com ela.

Mas, de uma hora para outra, ele parou de responder suas mensagens e atender suas ligações. Passou a ignorá-la, sem mais nem menos.

— É típico dele... — grunhiu Ismael.

Com o álcool já fazendo bastante efeito, ele demonstrava claramente sua raiva. Não compreendia como o amigo podia ter sido filho da puta com uma mina tão linda. Não media as palavras ao se referir a Rodney.

— Aquele filho da puta faz isso com tudo quanto é mina. Você não é a primeira...

Elenice então o encarou, com olhar sério, e perguntou:

— Vem cá... pelo que eu sei, você e o Rodney são amigos de infância... Ele parece gostar muito de você... Mas, agora, ouvindo você falar, tô percebendo que tem raiva dele... Por que continua amigo daquele escroto?

Rodney travou. "Porque, sem ele por perto, não consigo pegar mulher", seria a resposta. E ele passou a sentir uma imensa vergonha. Àquela altura, o álcool estava batendo pra valer, e lhe veio uma súbita vontade de chorar. Algumas lágrimas escorreram de seus olhos.

Para sua surpresa, Elenice passou a mão em seu rosto, enxugando as lágrimas, e depois segurou sua mão.

— Ei, que é isso? Eu não quero me meter na sua vida... Não precisamos falar disso, se você não quiser...

Mas Ismael falou. Pediu mais uma cachaça Salinas pro garçom, virou num gole e desabafou com a garota. Falou tudo. Da infância, da puta que dividiu com Rodney e disse "o bonitinho primeiro", das minas que pegou na rebarba, de sua insegurança e, principalmente, de como se achava feio em comparação ao amigo.

— Sô feio pra caralho. Se não fosse amigo do Rodney, não pegava ninguém...

Elenice ouviu quieta aquele desabafo patético de machinho de classe média paulistana, cheio de frustrações. Esboçava um sorriso e murmurava "hummm..." enquanto escutava a choradeira besta do rapaz. Mas, apesar de aquilo ser ridículo, ficou com pena e gostou da sinceridade dele. Além do mais, também estava bêbada e lhe agradava a ideia de pegar o melhor amigo do ex escroto. E ele não era feio como dizia. Ao terminar de ouvir os lamentos de Ismael, ela olhou em seus olhos e disse:

— O Rodney realmente é um cara bonito, um cara lindo. Engraçado, charmoso e tudo mais. Mas é um escroto de merda. Você não é feio. Você também é bonito. E agora eu tô te achando muito mais bonito que o bosta do seu amigo...

E, até o bar começar a fechar as portas, os dois ficaram se agarrando naquela mesinha de canto. Depois de Elenice embarcar no Uber, Ismael voltou para casa mais contente do que já havia se sentido em toda sua vida. Rodney não estava no apartamento, o que o deixou ainda mais satisfeito. Foi direto para seu quarto e fechou a porta. Pela primeira vez naquela vida de galinhagem junto com o amigo bonitão, sentia-se apaixonado.

***

Nas duas semanas seguintes, evitou ainda mais a presença de Rodney. Praticamente não se viram. E Ismael se encontrou todo dia com Elenice. Iam ao cinema, a bares e restaurantes, sempre terminando a noite no apartamento onde ela morava, na Bela Vista. Rodney, que estranhou a total ausência de Ismael, mandou mensagens, convidando-o para ir "pra balada", "tomar umas", "catar umas mina". Mas ele sempre escapava com desculpas meia-boca. Só passava em casa para tomar banho, depois do trabalho, e já saía para encontrar a namorada. Levava na mochila a roupa do dia seguinte, para não ter que voltar ao apartamento de manhã.

Numa noite, Ismael passou em casa depois do treino de boxe, tomou um banho e foi se encontrar com Elenice no botequinho da esquina, onde tinham se beijado pela primeira vez. Ela havia ido comprar um vestido numa loja não muito longe dali, no shopping Higienópolis, e teve a ideia: "A gente toma uma cervejinha lá pra matar a saudade do primeiro encontro", escreveu no WhatsApp. Uma cervejinha acabou virando quatro. E estavam lá, bebendo, sentados lado a lado na mesma mesinha de canto da outra vez, ele com o braço em torno dela, quando Rodney apareceu.

Ismael e Elenice viraram estátuas de cera. Só então ele se tocou de que, bebendo ali, praticamente do lado de seu prédio, era grande a possibilidade de dar de cara com o amigo.

A princípio, Rodney não os viu. Havia passado lá para comprar cigarros. Dirigiu-se direto ao caixa. Só depois de digitar a senha do cartão de débito, deu uma olhada em direção à televisão da parede e percebeu a presença dos dois no canto. Ismael e Elenice o encaravam em silêncio, com rostos inexpressivos. Rodney abriu um sorriso e, após pegar o maço de cigarros com o tiozinho do caixa, foi até a mesa do casal.

— Caralho! Então vocês tão juntos?!

Petrificado, Ismael não conseguiu responder. Gaguejou algumas sílabas desconexas até ouvir a voz de Elenice, que saiu áspera e carregada de rancor.

— Sim! Depois que você foi cachorro comigo, sumiu sem dar satisfação, quem me consolou foi o Ismael! E agora eu tô apaixonada pelo seu amigo! Já você... Eu não quero mais nem olhar pra sua cara!

O sorriso de Rodney se desfez, dando lugar a uma expressão cínica, que fingia inocência e preocupação.

— Opa, peraí! Calma! A gente pode conversar. — Puxou a cadeira de uma mesa vazia e se sentou de frente para o casal. — Me desculpa pelo que eu fiz com você. Realmente fui um cachorro, um filha da puta! Mas quer saber de uma coisa? Agora fiquei feliz pra caralho que vocês tão juntos...

— Mas é um cínico filha da puta, mesmo! Me trata que nem lixo e agora vem com esse papinho!

Ismael, apesar de continuar travado, com uma certa tremedeira nas mãos e suando frio, não deixou de sentir uma pontada de ciúme ao ver Elenice naquele estado. Por um breve instante, passou por sua cabeça a ideia de que, se ela estava tão magoada, ainda devia gostar de Rodney.

Já o amigo, caprichando na cara de coitado, seguiu com as desculpinhas cínicas.

— Elenice, entendo perfeitamente que você tá brava. Mas eu sou assim. O Ismael pode te falar melhor que eu disso. — Nesse momento, ele olhou o amigo nos olhos, meio que buscando seu apoio. — Eu tenho tipo um problema, mesmo... Não consigo ter relacionamento sério com ninguém. Sou um bosta. Fico um tempo com uma mina, me dá um negócio na cabeça e dou área, desapareço. Desculpa, mesmo, pelo que eu fiz. Mas esse cara aqui — Esticou o braço sobre a mesa e deu tapinhas no ombro de Ismael. — é ponta firme! Não é que nem eu, não vai te magoar. E a melhor coisa que você pode fazer é esquecer o que rolou entre a gente e focar no que tá rolando entre vocês dois! Não é não, Mael!?

— É...

A resposta de Ismael saiu baixa e hesitante. Rodney continuou:

— E acho que, pra gente acertar isso, já que eu não quero ter problema nenhum com esse cara, que é meu irmão, meu melhor amigo, e com a namorada dele, acho que a gente tem que relaxar e tomar uma breja juntos. O que vocês acham?

Ismael e Elenice se olharam. Só então ela percebeu a tensão do rapaz. Havia um certo desespero no olhar do namorado, um sofrimento. Algo que pedia que ela aceitasse a sugestão de Rodney para que tudo ficasse bem entre os três. Por isso, meio a contragosto, resolveu concordar.

E beberam. Encheram a cara até o bar fechar. De início, Elenice estava áspera, falando pouco e de modo ríspido. E Ismael, desconfortável com a situação. Mas Rodney tinha lábia, era engraçado, sabia quebrar o gelo. À medida que todos foram ficando cada vez mais bêbados, o casal foi se soltando. E, depois que Elenice riu de uma besteira que Rodney falou, ficou claro que o rancor e a mágoa dela estavam sendo vencidos. Ismael, por sua vez, desfez-se de sua tensão e se permitiu sorrir também.

Depois que o bar fechou, foram os três para o apartamento, fumar uns baseados e tomar umas saideiras. Fizeram caipirinhas. Deram mais risadas, e Ismael se sentiu feliz. Não precisava mais se desfazer de sua amizade de infância. Estava tudo bem. A garota por quem havia se apaixonado estava lá, abraçada com ele, e todos eram amigos. Em certo momento, Rodney, completamente chapado, disse que precisaria acordar cedo no dia seguinte para ir ao dentista, na Vila Mariana. Deu boa-noite aos dois e foi para o seu quarto. E Ismael levou Elenice para o quartinho dele, onde deram uma bela trepada e dormiram abraçados na caminha de solteiro.

***

Pela manhã, como sempre, Ismael teve que acordar cedo para trabalhar. Estava com uma tremenda ressaca. Foi tomar banho e só acordou a namorada depois. Ela mal conseguia abrir os olhos. Estava passando mal e vomitou assim que entrou no banheiro. Depois começou a tomar um banho demoradíssimo. Em certo momento, enquanto ela ainda estava debaixo do chuveiro, Ismael olhou o relógio e viu que, se não saísse dali naquele instante, só chegaria em Santo Amaro depois das nove da manhã. Estava fodido, atrasadíssimo.

Pensou em deixar a chave do apartamento com ela e sair correndo, mas não queria largar Elenice lá, sozinha com Rodney, cujo quarto estava de porta fechada. "Péra... mas o Rodney disse que ia no dentista", lembrou. Foi até a porta do quarto do amigo e bateu. Não houve resposta. Abriu e constatou que não tinha ninguém.

Entrou no banheiro quando Elenice ainda estava se enxugando, deixou com ela uma cópia que tinha da chave do apartamento, deu-lhe um beijo, disse "eu te amo" e saiu correndo para o trabalho.

***

Passaram-se dois dias sem que Elenice respondesse as mensagens ou atendesse as ligações de Ismael. Sumiu também das redes sociais. Ele estava ficando desesperado.

Havia falado com ela pela última vez no banheiro do apartamento, antes de sair apressado naquela manhã. Depois, mais nada. Já na tarde daquele dia, ela começou a não responder as mensagens. Os tracinhos do WhatsApp sequer ficavam azuis. À noite, quando chegou em casa, Ismael encontrou em seu quarto o vestido que Elenice tinha comprado no dia anterior, no shopping Higienópolis. Ela devia tê-lo esquecido, o que era estranho. Estava muito empolgada com a compra daquele vestido. Quando Rodney chegou, à noite, acompanhado de um colega do trampo e quatro garotas, disse a Ismael que também não tinha tido nenhuma notícia de Elenice. E Ismael foi para seu quartinho, onde ficou trancado, escutando o som alto e as risadas que vinham da sala. Não dormiu aquela noite, mesmo depois de a farra de Rodney e seus amigos acabar.

No terceiro dia sem respostas, Ismael foi para a frente do prédio onde Elenice morava, segurando a sacola com o vestido novo. Ela deveria chegar do trabalho a qualquer momento. Ficou esperando por uma hora e meia. Nervoso, caminhava até a esquina e voltava para a frente do prédio. Depois ia até a outra esquina. No meio de uma dessas idas e vindas, viu Elenice passar, no banco de trás de um carro. Ela desceu do Uber e se dirigia ao portão do edifício quando Ismael chegou, correndo apressado. Elenice fez uma cara estranha ao vê-lo. Depois virou o rosto e empurrou o portão do prédio para entrar. Mas Ismael segurou o portão.

— Meu amor, o que é que eu fiz de errado? Me fala!

Elenice começou a chorar. Evitava encará-lo. O porteiro do prédio interviu:

— Algum problema aí, moça?

— De boa, companheiro, tamo só conversando... — respondeu Ismael ao porteiro, que continuou ali parado, de pé na entrada da cabine da portaria. De cara feia, observava o casal.

Elenice então respirou fundo e disse a Ismael, em voz baixa, mas áspera:

— Não quero mais saber de você nem de seu amigo na minha vida!

Ismael sentiu o chão ceder sob seus pés.

— Pelo amor de Deus, o que eu fiz de errado?

— Por que você me deixou sozinha no apartamento com aquele filho da puta? Vocês combinaram alguma coisa?

— O quê? Mas...

— Eu tava no quarto, me trocando... O filho da puta entrou e... — A fala foi interrompida pelo choro.

Parecia que a cabeça de Ismael havia sido atingida por uma forte paulada. Ficou estático, de olhos arregalados, olhando para a garota, que soluçava igual ao dia em que ele a encontrou, sentada na guia em frente a seu prédio. O porteiro voltou a intervir.

— Ô cidadão! Se não deixar a moça em paz, eu vou chamar a polícia!

Ismael explodiu:

— Cala a boca, caralho! Filho da puta! Não tá vendo que a gente tá conversando aqui, porra!?

Nesse momento, Elenice empurrou Ismael. Passou pelo portão e o fechou. Pela grade, encarou o rapaz.

— Ismael, me faz um favor. Some da minha vida, você e aquele seu amigo estuprador filha da puta. Não quero contato com mais nada que me lembre aquele canalha desgraçado.

Virou-se e entrou no prédio, enquanto o porteiro ainda encarava Ismael com raiva, mas agora também com um ar superior, de vitória. Desnorteado, o rapaz olhou a sacola com o vestido, ainda em sua mão.

***

Rodney já havia saído de casa quando Ismael chegou, por volta das 21h. Pela quantidade de latas de cerveja e pontas de baseado largadas na sala, dava para ver que ele havia trazido amigos e, de lá, partiram para algum rolê. Ismael foi até seu quarto e pendurou o vestido de Elenice em um cabide dentro do armário. Ficou um tempo olhando o vestido e caiu no choro. Sentou-se na cama, soluçando feito uma criança. Soluçava tanto, que mal podia respirar.

Em certo momento, seus olhos vagaram pelo pequeno quarto e encontraram seu reflexo no espelho pendurado atrás da porta. Sempre se achou feio, mas agora estava feio mesmo, com aquela cara de choro. Foi se contendo aos poucos, sem tirar os olhos de seu reflexo. Finalmente, engoliu a choradeira, encarando-se com seriedade. Seus olhos ainda estavam vermelhos por causa das lágrimas, mas faiscavam, cheios de ódio. Pegou o celular do bolso e mandou uma mensagem de WhatsApp a Rodney: "Onde vc tá?". A resposta chegou após alguns minutos: "Hj vim com o povo do trampo numa baladinha nova que abriu aqui na rua Barra Funda, pertinho de casa. Colaí!". Em seguida, veio a mensagem com a localização da balada. Ficava a cinco quarteirões dali.

Ismael ainda ficou algum tempo sentado na cama, pensativo. Imaginava a cena do estupro. Elenice disse que estava se trocando no quarto quando Rodney chegou. Ele devia tê-la pego a força e a comido ali mesmo, em sua caminha. Devia ter tapado a boca dela, para que não gritasse. Será que ela resistiu ou se debateu? Tentou fugir? Aquele maldito quarto era tão pequeno, Elenice não teria chance.

Enquanto as imagens se formavam em sua mente, Ismael rangia os dentes. Levantou-se da cama depois de cerca de meia hora, abriu uma das portas de seu grande armário e pegou a mochilinha onde guardava o equipamento do treino de boxe. Sua corda de pular, o protetor de boca, as luvas de ringue, que eram grandes e ocupavam quase todo o espaço da mochila, e as luvas próprias para bater no saco de pancadas. As luvas de bater saco eram leves, pequenas e duras. A da direita estava começando a descosturar devido à força de seus cruzados. Sempre havia imaginado como seria bater em alguém de carne e osso com aquelas luvas. Botou a mochila nas costas e saiu do apartamento.

***

"Dia de azar do caralho", pensou Rodney, enquanto limpava a camisa suja de vômito, no banheiro da balada da rua Barra Funda, para onde tinha chamado Ismael, via WhatsApp, algumas horas antes. Havia conseguido dar uns beijos numa garota nova do trabalho, que ele havia arrastado junto com a turma para o rolê. A menina, que tinha 20 anos, não estava acostumada a fumar maconha, mas deu uns pegas no baseado dele depois de ter tomado um monte de álcool. Às 2h e pouco da manhã, quando ele ia sugerir para saírem dali e irem para o seu apartamento, a garota soltou aquele jato de vômito no seu peito.

Após deixar o banheiro, com a camisa toda encharcada e ainda manchada de vômito, viu a garota sendo amparada pelos colegas do trampo em um canto da pista de dança. Estava bem louca.

"Que se foda", disse para si mesmo. E resolveu ir embora sem se despedir de ninguém. Pagou sua comanda e saiu. Acendeu um cigarro e começou a caminhar de volta para casa.

Olhou o WhatsApp, nenhuma resposta de Ismael. O amigo havia perguntado onde ele estava, mas não apareceu e não mandou mais nenhuma mensagem. Mesmo após Rodney insistir, escrevendo "e aí?" e "tá vindo?". "Será que ele descobriu?", pensou. Deu de ombros e continuou andando. "Que se foda! O cara nem quer mais sair comigo mesmo."

Não percebeu, porém, que, ao deixar a balada, Ismael estava parado sob a sombra de uma árvore, a poucos metros, do outro lado da rua. E que ele começou a segui-lo enquanto caminhava para casa.

***

Ismael entrou no corredor do velório, no cemitério do Araçá, de braço dado com sua mãe. Seu pai vinha logo atrás. Estancou ao chegar à entrada da sala onde estava o caixão com o corpo de seu amigo de infância. Sobre o caixão, estava debruçada "Tia Márcia", como ele chamava a mãe de Rodney. Ela soltava uivos agudos enquanto chorava desesperadamente. Já o pai de Rodney, "Tio Valdir", estava prostrado, com olhar perdido no vazio, em um banco encostado na parede. Familiares tentavam consolar os dois.

— Vamo, filho — disse a mãe de Ismael, puxando seu braço.

Ismael, que também sentiu a mão do pai sobre seu ombro incentivando-o a ir em frente, deu passos vacilantes em direção ao caixão, com as pernas trêmulas e o coração disparado. Chegando ao lado do féretro, a primeira coisa que notou é que ele estava fechado. Não havia sequer aquela janelinha sobre a tampa, que permitisse ver a cara do defunto. Havia apenas uma fotografia grande, que mostrava o rosto de Rodney, sorrindo, em um porta-retratos sobre a tampa do caixão. "O estrago deve ter sido feio", pensou.

Com os olhos fixos no rosto do amigo no porta-retratos e perdido em seu transe, ele não notou a aproximação de "Tia Márcia". Ao ver Ismael, a mãe de Rodney praticamente pulou sobre ele, abraçando-o com força e derramando lágrimas sobre seu ombro esquerdo.

— Ismael! Ismael! Quem fez isso com meu filho, Ismael? — gritava.

Equilibrando-se para não ser derrubado pelo peso da mulher, que era gorda e tinha a altura de Rodney, Ismael fez o que pôde para retribuir o abraço. Mas seus braços trêmulos pareciam não ter força. Sua voz também saía fraca, sem nenhuma firmeza.

— Calma, Tia... Calma...

— Calma?! — E ela se afastou um pouco, mantendo as mãos em seus ombros, encarando-o com aqueles olhos vermelhos e esbugalhados. — Não me deixaram nem ver meu filho, Ismael... Estragaram meu menino... Acabaram com ele, Ismael... Quem fez isso? Quem fez isso?

Ismael, que já havia chegado pálido ao velório, agora estava quase transparente.

— Não sei, Tia... Não sei... — respondeu, com aquela voz que quase não saía, enquanto balançava a cabeça negativamente.

A careta de choro da mãe de Rodney se contraiu ainda mais.

— Meu menino era tão lindo... Eu só queria ver o rosto lindo dele mais uma vez...

Em seguida, ela pareceu esquecer Ismael e voltou-se novamente ao caixão.

— Quero ver meu filho! Quero ver o que fizeram com meu filho!!! — começou a berrar. Ao mesmo tempo, investiu contra o caixão, tentando tirar a tampa.

Alguns familiares a seguraram e puxaram, tentando afastá-la do esquife, mas Márcia era forte e resistia. Até que se desvencilhou dos parentes. A força que usou para isso, no entanto, fez com que ela perdesse o equilíbrio e caísse em cima do caixão do filho. Os suportes de metal cederam, e o caixão foi para o chão junto com "Tia Márcia". Com o impacto, a tampa, por fim, abriu-se, revelando o corpo de Rodney.

Enquanto familiares foram socorrer a mulher, erguendo-a do chão, Ismael, imóvel, encarou o defunto. Aquela cara totalmente roxa, de sangue pisado, inchada e deformada, não lembrava em nada o rosto bonito de Rodney. O lado esquerdo da testa estava afundado. O nariz, quebrado, estava virado para o lado direito. O maxilar estava destruído, e a boca aberta do cadáver exibia dentes quebrados. O olho esquerdo, fechado, era uma massa inchada e arredondada. De Rodney, era possível reconhecer apenas o cabelo loiro encaracolado e o olho direito, que estava aberto, apesar de também inchado. E Ismael tinha certeza que aquele olho azul, arregalado, estava fixo nele. Condenando-o. Perguntando "por que você fez isso comigo?".

Aquilo era demais para Ismael. Precisava sair dali imediatamente. Virou as costas e deixou a sala do velório andando apressado, esbarrando nas pessoas. Ia sair do prédio pela avenida Doutor Arnaldo, mas deu de cara com a chegada de um grupo de amigos de Rodney que frequentava o apartamento dos dois. Pegou a saída da direita, que cortava o cemitério. Andou por um tempo, sem rumo entre os túmulos. Seu celular começou a tocar. Era sua mãe. Recusou a chamada. Depois era o pai quem tentava lhe telefonar. Ismael desligou o aparelho e sentou-se sobre um túmulo antigo, de cimento. O rosto deformado de Rodney, com aquele olho azul arregalado, não saía de sua mente.

"Eu acabei com aquele rosto bonito dele." Apesar de ainda estar aterrorizado com a visão do cadáver de Rodney, aquele pensamento, que surgiu de repente, o fez sorrir. Lembrou-se da discussão derradeira com o amigo, duas noites atrás. Depois de segui-lo por dois quarteirões, após Rodney deixar a balada da rua Barra Funda, resolveu abordá-lo naquela esquina deserta e mal iluminada, a mesma onde havia sido assaltado meses antes. O lugar continuava com a luz do poste pifada. Rodney parou ao ouvi-lo chamar seu nome e forçou a vista, para reconhecê-lo no escuro.

— Ismael, é você?

Ele se aproximou sem dizer nada. Parou em frente a Rodney, tirou a mochila das costas, pegou as luvas de bater saco e, após botar a mochilinha de volta nas costas, começou a vesti-las.

— Caralho, que susto, mano... Ei, mas o que você tá fazendo?

Sem dizer uma palavra, Ismael fechou as amarras de velcro da luva, aproximou-se mais e soltou um direto de direita na cara de Rodney, que caiu sentado na calçada.

— Puta que pariu! O que você tá fazendo, porra!? — gritou o amigo.

— Você estuprou minha mina... — A fala de Ismael era quase um sussurro, que saía de sua boca carregado de ódio e loucura.

— Ah, sabia que aquela puta ia mentir pra você... — Enquanto falava, Rodney ia tentando se levantar, mas outro soco de Ismael, agora um cruzado de esquerda, impediu-o, acertando seu nariz. — Porra, Ismael! Para com isso, caralho! — disse Rodney, levando ambas as mãos à napa, que começava a sangrar e fazia lágrimas escorrerem de seus olhos.

— Aquele dia você disse que ia no dentista, filho da puta. Mas voltou pro apartamento depois que eu saí e estuprou minha mina...

— Peraí, caralho, deixa eu levantar que te conto tudo.

Sem dizer nada, Ismael deu um passo para trás e deixou Rodney ficar de pé, mas manteve os punhos erguidos, fechando a guarda, o pé de apoio atrás. Um pugilista pronto para o combate. Aquilo estava deixando Rodney realmente assustado, e ele começou a se explicar:

— Aquele dia eu ia no dentista. Ia, mesmo! Já tava no Uber, indo pra lá, quando o dentista me mandou uma mensagem, dizendo que tinha tido um problema e não ia poder me atender. E o que eu fiz? Pedi pro motorista me levar de volta pra casa...

Ismael permanecia impassível, em sua pose de boxeador, ouvindo o amigo falar. Conhecia aquele tom de voz, aquela expressão de coitado, de injustiçado. Era o mesmo Rodney cínico que havia visto no bar, pedindo desculpas para Elenice.

. — ... entrei no apartamento e vi ela pelada, no seu quarto, de porta aberta. Até pedi desculpa e fui pro meu quarto, mas ela veio atrás, eu juro. Veio atrás de mim e me agarrou, aquela puta. Juro por Deus, Mael... Eu não queria, mas acabei ficando com tesão e comi ela...

— Você tá mentindo...

— Não é mentira, porra! Você sabe que ela é louca por mim! Só tava com você pra ficar perto de mim! Ela disse isso enquanto me dava a boceta naquele dia, Mael... Acredita em mim, mano! Igual essa puta tem um monte por aí! Volta a sair comigo, mano, que a gente vai comer tod...

Agora o cruzado de direita saiu com muito mais força e atingiu em cheio a boca de Rodney, que foi atirado de costas no chão. E Ismael não parou de bater. Apoiou o joelho direito no abdome de Rodney, ao mesmo tempo imobilizando-o e dificultando sua respiração, e continuou a castigar aquele rosto bonito. Aquele rosto belo e perfeito que sempre havia invejado. Alternava golpes de esquerda e direita, sempre na cara. Em sua mente, todas as vezes que sentiu raiva de Rodney por ele conseguir a mina que quisesse, por ter um quarto maior, por ser um folgado, por sujar o apartamento e não limpar, por todas as vezes que interrompeu seu lazer com o videogame... Bateu até se cansar. Nunca soube ao certo por quanto tempo esmurrou o rosto do amigo de infância.

Quando finalmente parou, viu Rodney estirado no chão, imóvel, com o rosto coberto de sangue. Naquele momento, não sabia se ele estava apenas inconsciente ou morto. Saiu de cima do corpo inerte de Rodney e deu uma olhada ao redor. A rua estava deserta. Os estabelecimentos comerciais que traziam movimento só funcionavam durante o dia. Tornou a se agachar e soltou mais um último soco, dessa vez no estômago de Rodney, para ver se haveria alguma reação. Não houve. Precisava sair dali imediatamente.

No caminho de volta ao prédio, tirou as luvas sujas de sangue e as jogou em um bueiro.

***

Ainda sentado no túmulo do cemitério do Araçá, olhando para o vazio, Ismael remoía aquela história. Agora pensava nas chances de ser descoberto, preso. Após espancar Rodney, foi para casa. O único ser vivo que viu no caminho foi um cão vira-lata, que vagava sem rumo. Os moradores do prédio haviam decidido, na última reunião do condomínio, que seria feito um rateio para instalar câmeras de segurança na entrada e nas escadas, já que não havia porteiro. Mas o equipamento ainda não havia sido instalado.

Quando foi acordado, por volta das 6h, pelo telefonema de "Tio Valdir", que, com a voz chorosa, lhe deu a notícia de que o corpo de Rodney havia sido encontrado na rua Barra Funda e levado ao IML, fingiu espanto e se ofereceu para ajudar a família. Faltou no trabalho e até foi junto com um primo de Rodney ao Serviço Funerário Municipal, para marcar o velório e o enterro. Até aquele momento, ninguém parecia estar desconfiando dele. Arrependeu-se, porém, de ter deixado o velório daquele jeito. Talvez sua saída apressada levantasse suspeitas. Mas não tinha como permanecer ali, com aquele caixão caído, meio inclinado e aberto, revelando o rosto deformado de Rodney, que o encarava. O rosto de Rodney... O rosto castigado e deformado de Rodney.

— Mas ele teve o que mereceu — disse a si mesmo.

Nisso, ouviu um barulho de vassoura. Um homem, com jaleco da prefeitura, varria aquela rua do cemitério e estava cada vez mais perto de Ismael, que decidiu voltar ao velório. Pretendia se desculpar por sua saída abrupta e faria um esforço para ficar até o enterro. Mas, assim que se pôs de pé, o varredor do cemitério o encarou. E, sob o bonezinho verde do uniforme da prefeitura, estava o rosto deformado de Rodney. Ismael teria gritado, se o horror não tivesse levado sua voz embora. Ficou travado e, só após alguns segundos de paralisia, correu entre os túmulos até encontrar a saída do cemitério.

***

Há dois dias Ismael estava trancado no apartamento. Não quis receber seus pais quando eles foram lá procurá-lo. Tocaram várias vezes o interfone, e ele não atendeu. Seu pai chegou a entrar no prédio acompanhado do síndico e bateu na porta, chamando seu nome, mas acabou desistindo. Ouviu a voz do síndico dizer "acho que não tem ninguém aí, mesmo. Se eu ver o filho do senhor, podexá que eu ligo avisando".

E ele permaneceu ali, deitado no sofá da sala, agarrado a uma almofada, com o celular desligado. À noite, ficava no escuro. Estava apavorado. Não saía dali nem para comer, tamanho era o terror que sentia. Não importava o lugar, onde quer que fosse tinha certeza de que encontraria Rodney.

No dia do velório, depois de sair correndo do cemitério, parou em um bar, onde pediu uma cachaça. Virou o goró numa só talagada e pediu outra dose. Enquanto o atendente pegava a garrafa para servi-lo, tornou a ver o rosto deformado de Rodney o encarando. Agora o amigo estava sentado na ponta do balcão, também bebendo.

Saiu do bar apressado e tomou um ônibus para casa. Mas, depois de alguns minutos de viagem, teve que descer, pois viu Rodney sentado em um banco na parte da frente do coletivo. Acabou indo a pé até sua casa. E, no caminho, tornou a ver Rodney várias vezes. Andando pela rua, parado em um carro no semáforo, pedindo esmola, sentado na calçada... Sempre o encarando, com aquela cara roxa, inchada, e aquele olho azul aberto, que o condenava.

No fim da tarde de seu segundo dia de isolamento, Ismael continuava deitado no sofá, agarrado à almofada. De vez em quando, levantava ao ouvir algum ruído e checava se Rodney não estava por perto. Começava a ter alucinações devido à falta de alimentação. Estava nesse estado delirante quando ouviu o barulho da chave na fechadura do apartamento e foi dominado pelo desespero. Certamente, era Rodney, que havia vindo buscá-lo para arrastá-lo ao inferno. Teve a confirmação quando a porta abriu e viu o rosto castigado do amigo de infância. Rodney ficou alguns segundos ali, parado na entrada do apartamento, encarando-o.

— Me deixa em paz, filho da puta!!!!! — gritou Ismael, dominado por uma mistura de ódio e terror, enquanto pulava do sofá e avançava em direção àquele morto-vivo, para novamente, aos murros, mandá-lo de volta às profundezas do inferno.

Veio correndo e atingiu a cara deformada de Rodney com o cruzado mais potente que soltou em sua vida, fazendo o oponente decolar e aterrissar no chão do hall de entrada do apartamento. Depois, como na noite em que o matou, ajoelhou-se sobre sua barriga e passou a socá-lo, alternando esquerda e direita, enquanto gritava "vai embora!" e "me deixa em paz!". Fez isso até que dois vizinhos o agarraram e o puxaram para trás. Só parou de se debater quando olhou para o chão e viu que o corpo inerte, de rosto ensanguentado, não era de Rodney. Era Elenice, que ainda estava com a cópia da chave do apartamento e havia decidido procurar Ismael, após saber que Rodney havia sido assassinado.

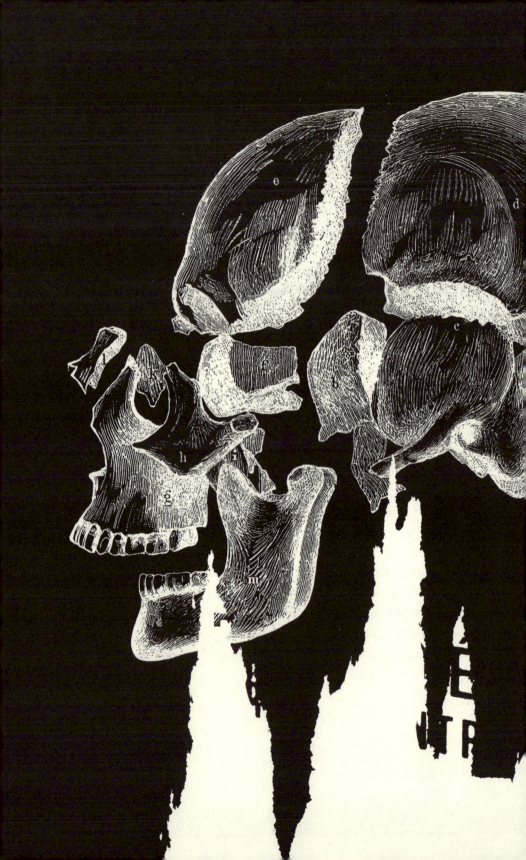

LP

MARCO DE S. // CASTRO

O LP estava exposto em uma prateleira, na porta de um sebo que ficava escondido na rua Álvares Machado, na Liberdade. *Os Grandes Sucessos de Evaldo Braga*. O preço: "Apenas R$ 2". Alcides, que estava cortando caminho para ir a outro sebo da região, parou. Pegou o disco e o tirou da capa cor-de-rosa e violeta, que trazia uma foto do cantor. Não tinha nenhum arranhão, brilhava até. Uma edição de 1980. Mas o que o convenceu mesmo a levá-lo para casa foi o que encontrou na contracapa. Uma dedicatória escrita com caneta esferográfica, cheia de erros de português, por um homem que aparentemente sofria de amor.

"Marilena
Perdi voce. Já faiz mais de um ano. Voce nao me qué mais e sinto que num tem mais nada pra mim aqui. Decidi passa pro otro lado. Assim vai se mais facio fica junto de você. Prefiro morre como o Evaldo Braga fala na letra de Meu Deus. Quando voce escutar esse disco e escutar Meu Deus eu ja deverei te partido.

Quero que voce guarde esse disco para sempre. Quando voce por ele na vitrola, estarei perto de voce. Lembre que so o home que mais te amo nessa vida e que nao sairei do seu lado. Estarei com voce pra sempri.

Ednaldo - 10 de agosto de 1981"

"Será que o cara se matou?", pensou Alcides ao terminar de ler. "Essa vai pro blog, com certeza."

Seu blog, Amor na Capa, reunia mensagens românticas escritas em capas de LPs antigos que ele garimpava nos sebos. Alcides sempre postava a foto do LP e transcrevia os textos. Depois revendia os discos em sua loja de vinis on-line, Cidão Records. Os LPs cujas mensagens de capa tinham feito mais sucesso entre os seguidores do blog eram vendidos mais caro. Um disco como aquele de Evaldo Braga chegava a ser vendido por 60 reais, graças à mensagem tosca escrita na capa.

E assim Alcides estava levando a vida. Ultimamente, até que estava conseguindo pagar as contas só com a renda de sua lojinha on-line. "Curto meu trampo, se é que posso chamar isso de trampo", costumava se gabar para os camaradas que, como ele, já tinham passado dos 35 anos. A diferença é que os outros se matavam de trabalhar para sobreviver, enquanto Alcides fumava maconha o dia inteiro, dava rolê atrás de discos e bebia cerveja.

Com o vinil de Evaldo Braga sob o braço, Alcides olhou os outros discos de música brega e MPB à venda no sebo, todos em péssimo estado e sem dedicatórias. Entrou na loja. O lugar era escuro e dominado por um forte cheiro de mofo. Em um canto, numa mesinha velha de escritório, um homem moreno e baixinho de meia-idade descansava com os cotovelos apoiados na mesa e as mãos no rosto. Alcides se aproximou.

— Com licença.

O susto fez o homem quase cair da cadeira. Em seguida, com certo ar de loucura e olhos arregalados, ele ficou encarando o rapaz.

— Ehhh... Desculpe, senhor. Eu queria levar esse disco.

Ao reparar que aquele cara largado, de cabelo comprido e que cheirava a maconha segurava o vinil do Evaldo Braga, o homem arregalou ainda mais os olhos.

— Sim! Sim! Pois não! É dois real.

Alcides tirou sua carteira surrada do bolso e pegou uma nota de dez. O cara do sebo deu uma breve examinada nos bolsos de sua calça e em uma gaveta.

— Amigo, não tenho troco. Mas pode levar o disco. É de graça. Dou pra você.

— Que é isso? Eu pago, faço questão. Vou até o bar da esquina e troco o dinheiro.

— Não precisa, amigo. Pode levar. É um presente.

Alcides deu de ombros, agradeceu e saiu com *Os Grandes Sucessos de Evaldo Braga* debaixo do braço.

***

Ao chegar no pequeno e empoeirado apartamento do Bixiga, que dividia com uma centena de vinis, Alcides foi logo colocando o LP na vitrola. Enquanto Evaldo Braga cantava "Sorria, meu bem. Sorriiiiiia...", ele já fotografava com seu celular a capa do disco e o detalhe da dedicatória. Em poucos minutos, as fotos estavam no notebook, e Alcides transcrevia o texto para o blog. Terminou de postá-lo ao mesmo tempo que a quarta faixa do lado A, "Meu Deus", começou a tocar — a música que o tal de Ednaldo mencionava no recado à sua amada Marilena.

"Será que o cara se matou mesmo?", voltou a pensar Alcides. Após sair do computador, ele foi se sentar em seu sofazinho velho. Tirou do bolso uma caixinha de metal, que tinha a tampa pintada com as cores da bandeira da Jamaica, abriu-a e pegou um enorme baseado, já bolado.

Evaldo Braga sofria na vitrola: "Eeeeeeeeu seeeei/ Que viver sem esse amor/ É uma looonga tortura/ Eu prefiro morreeeeeeer...".

Alcides sentiu um calafrio ao ouvir aquele trecho da letra e até deu uma engasgadinha com a fumaça do baseado. "É uma vibe muito ruim essa pira de suicídio. Talvez seja melhor eu apagar o post do blog", começou a pensar. O celular tocou em seguida.

— Alô.

— Oi, Alcides. Você tá maluco, é?

Quem falava era Alicinha, seguidora mais fanática do Amor na Capa e com quem Alcides estava tendo um rolo. Alicinha era uma estudante de jornalismo de 26 anos, magrinha e baixinha, que sonhava viver um romance como os das letras do Chico Buarque. O revendedor de discos a achava jovem demais e, às vezes, meio mala. Mas era gatinha. E, ultimamente, a única mulher que se interessava por ele.

— Fala, Licinha. O que aconteceu?

— Cara, aquela coisa que você postou no blog tá muito esquisita.

— É... É uma pira meio suicida, né? Tava aqui pensando se eu apagava ou não o post.

— Suicida? Eu não achei isso, não. Achei muito...

Alcides não conseguiu ouvir o resto, pois o som da vitrola começou a aumentar sozinho.

— Peraí, que eu não tô escutando!

Tentou baixar o volume, mas o aparelho não obedecia. Tirou a agulha do disco e voltou a botar o telefone na orelha.

— Alicinha, tá aí ainda?

Mas a ligação havia caído. Alcides resolveu ir até a mesinha, onde estava o notebook com o novo post do Amor na Capa iluminando a tela. O que Alcides leu, no entanto, o fez estremecer.

"Marilena

Voce nao merecia o que fiz por voce, sua vaca filha da puta. Esse disco é seu e vai volta pra voce. Aí a gente vai acerta as conta. Fui uma besta de acredita em voce. Voce nunca mereceu meu amor nem minha confianssa.

Ednaldo - 2 de agosto de 2015"

Era a data daquele dia. Alcides estava intrigado e lendo aquele texto pela quarta vez quando o aparelho de som voltou a funcionar no volume máximo, fazendo o riponga quase cagar nas calças com o susto. E tocava justamente a faixa "Meu Deus". Assustado, Alcides foi até o aparelho e puxou o fio da tomada. Pegou o disco e o enfiou na capa.

Antes de largá-lo numa pilha de outros vinis, bateu o olho na contracapa e percebeu algo diferente. Agora, por cima das palavras escritas em caneta esferográfica, ele lia outra coisa, com letras grandes e pretas que pareciam ter sido queimadas com brasa: "O DISCO NÃO É SEU".

Assustado, Alcides largou o LP sobre a pilha de vinis. Depois pensou melhor, apanhou-o de volta e o enfiou debaixo de pelo menos 20 outros discos.

— Acho que preciso tomar umas — disse a si mesmo.

Acendeu novamente o beck, deu mais algumas fortes tragadas e, antes de sair do apartamento, apagou o último post do blog.

***

Era por volta de uma da manhã quando Alcides voltou ao apartamento, já meio bêbado. Olhou para a pilha de discos que escondia o Evaldo Braga e olhou para a vitrola. Tudo parecia normal. Pegou sua maconha, botou um pouco no dechavador e bolou um baseadão.

De uma estante mais arrumada, onde guardava os discos que não revendia, tirou o *Acabou Chorare*, dos Novos Baianos. Pôs o LP na vitrola. Depois, usando um grande headphone, deitou-se no chão e acendeu o beck quando Baby Consuelo começava a cantar "O tio Sam está querendo conhecer...".

Ficou lá, fumando e batendo o baseado num cinzeiro apoiado sobre sua barriga de chope. Nesse momento, chegou a se esquecer totalmente dos acontecimentos aparentemente sobrenaturais daquela tarde. Antes que acabasse o lado A do Novos Baianos, adormeceu com o beck apagado na mão e o cinzeiro sobre a pança.

Acordou dando um pulo, minutos depois, com a voz de Evaldo Braga cantando "Meeeeu Deeeeeus" em um volume altíssimo no headphone. O cinzeiro voou de sua barriga e atingiu o *Acabou*

Chorare, que misteriosamente havia saído da vitrola e estava jogado num canto. O impacto do objeto rachou o disco dos Novos Baianos ao meio.

Alcides arrancou o headphone das orelhas e o tacou no chão. Ficou parado, apavorado, olhando para aquele disco rodando na vitrola e escutando a música brega estourada, que saía dos fones. A capa do Evaldo Braga estava agora em cima dos discos empilhados. Um brilho estranho começava a aparecer sobre ela.

Tremendo, Alcides se aproximou para conferir o que era aquilo. E viu letras surgindo em brasa sobre a foto do cantor, no meio da cara dele. Era um endereço: rua Coronel Alves Fonseca, 229, Tatuapé. Logo em seguida, mais brasas formaram a frase: "ME LEVA ATE LA!".

O revendedor de discos ficou alguns segundos tremendo, sem saber o que fazer. Deu alguns passos para trás, até cair sentado em seu sofazinho. Permaneceu mais um tempo tremendo, sentindo calafrios e tentando raciocinar, enquanto escutava a voz distorcida de Evaldo Braga saindo dos headphones no chão. Depois tirou o celular do bolso e discou um número.

— Alicinha... Oi... De-desculpa e-eu te ligar essa hora. N-não... Tá tudo bem, sim. Deixa eu te perguntar. Posso ir dormir aí?... Não? É queeeee... Rolou um problema no meu apartamento... Tá tarde, né... Vou tentar... Oi? Os dois vinis do Chico? Tudo bem, eu levo... Ah, tudo bem. Sem problema... Já já tô aí. Brigado...

***

Quando Alicinha abriu a porta de seu apartamento para Alcides, às 3h30 da madrugada, logo notou que ele estava bem perturbado.

— Entra, Cides.

— Brigado, Licinha.

Alcides adentrou a pequena quitinete da rua Augusta meio sem jeito e sem saber direito o que dizer à garota. Segurava uma sacolinha de plástico com vinis. Por todos os lados do apartamento, os olhos azuis de Chico Buarque os observavam dos diversos pôsteres espalhados pelas paredes.

— Senta — disse Alicinha, apontando para o pequeno sofá-cama, que dividia o espaço da quitinete com sua vitrola e, como na casa de Alcides, um monte de discos empilhados por todos os cantos.

Alcides se sentou, já mais aliviado por estar longe daquele disco do Evaldo Braga. Tirou mais um baseadão da caixinha de metal e acendeu. Alicinha sentou-se a seu lado.

— Vai querer uma colombiana?

Alcides deu uma risadinha enquanto soltava a fumaça.

— É peruana, Licinha! Hehehe...

— Ah, é tudo da América Latina...

Ele estendeu o beck para ela.

— Faz uma aí, então...

Meio sem jeito, Alicinha tragou o baseado, depois virou a ponta que queimava para o lado de dentro da boca. Com o beck preso entre os lábios, ela assoprou a fumaça para dentro da boca de Alcides. Mas, enquanto ele ainda tragava a fumaceira, ela já cuspiu o baseado, tossindo e passando os dedos na língua, para tirar as cinzas que haviam caído nela.

Alcides deu uma risada.

— Engoliu cinza? Hehe... Mas você tá aprendendo...

Ela terminou de dar mais uma tossida e respondeu:

— Você sabe que não gosto de maconha nem cigarro. Só faço isso por causa de você.

Um sorriso meigo se formou no rosto da garota e deixou Alcides meio sem jeito. Nisso, ele se lembrou de que estava com a sacola com os dois primeiros vinis de Chico Buarque, em edições originais. Havia meses que Alicinha estava de olho neles, mas Alcides não os vendia, pois também eram de sua coleção particular. Estendeu a sacola para ela.

— O que tá acontecendo, Cides? Você tinha dito que nunca ia me vender esses discos.

— Éeeee... Que aconteceu uma coisa em casa que preciso te contar... Nem sei como...

Enquanto ele falava, Alicinha já abria a sacola para ver os LPs do Chico. Notou então que, além deles, havia um terceiro vinil.

— E esse disco, aqui?

Ao vê-la tirar do plástico aquele maldito disco do Evaldo Braga, Alcides gritou "caralho!" bem alto, levantando-se do sofá-cama com horror estampado no rosto.

Assustada com a reação, Alicinha o repreendeu quase que cochichando.

— Tá louco, Alcides? Não grita, que vai acordar o prédio inteiro...

Com o disco nas mãos, ela deu um passo em direção a Alcides, que se afastou, tropeçando no sofá-cama e caindo sentado sobre o móvel.

Alicinha não entendia nada. Tremendo, Alcides apontou para o vinil.

— Para, para! Tira isso daqui... Joga fora...

— Mas é um disco, Alcides...

— Não! Joga fora, pelo amor de Deus!

Como ele estava voltando a levantar a voz, e Alicinha não queria a vizinhança reclamando, concordou. Dizendo "tá bom, tá bom", saiu da quitinete e foi até a lata de lixo coletiva do andar, que ficava ao lado do elevador. Jogou lá o vinil do Evaldo Braga e fechou a tampa.

— Pronto, pronto... — disse, voltando ao apartamento e fechando a porta.

Ainda sentado, Alcides não sabia o que dizer. Como explicaria tudo a Alicinha? Ao mesmo tempo, sentia medo e vergonha. Mas, com doçura, a jovem foi até ele, agachou-se em sua frente e pôs a mão em seu ombro.

— Calma, Alcides... Já passou... Me cont...

A fala dela foi interrompida por um barulhinho — "flipt"—, vindo da entrada da quitinete. E os dois viram que *Os Grandes Sucessos de Evaldo Braga* havia sido empurrado por debaixo da porta.

— Filha da puta! — gritou Alcides.

Alicinha foi até a porta e a abriu para ver quem tinha feito aquilo, mas o corredor do prédio estava vazio. Depois, abaixou-se e pegou o LP.

Alcides então tomou uma atitude. "Dá isso aqui", disse, levantando-se e pegando o disco das mãos de Alicinha. Depois abriu a janela e jogou o vinil do sétimo andar.

Girando, o LP fez trajetória em curva no ar e caiu no meio da rua Augusta. Alcides fechou a janela.

Por um ou dois segundos, tudo ficou calmo. Alcides e Alicinha se encararam em silêncio. Ela ainda sem entender porra nenhuma, e ele respirando, aliviado. Mas logo em seguida um urro sobrenatural vindo do além castigou os tímpanos do casal e fez tremer a quitinete. Ao mesmo tempo, os pôsteres de Chico Buarque e a coleção de vinis de Alicinha começaram a pegar fogo.

Aí quem passou a gritar desesperadamente foi ela, enquanto Alcides pegava uma almofadinha de cima do sofá-cama para bater nas chamas e apagá-las. Quando cessou aquele urro infernal, sobraram os discos parcialmente derretidos e as capas chamuscadas. E pôsteres com grandes manchas pretas no lugar do rosto de Chico Buarque.

Alicinha chorava inconsolável, vendo sua coleção destruída por algo que não podia compreender. Nessa hora, a campainha tocou. Era o síndico, Seu Horácio, um senhor de uns 60 anos que estava de pijama. Com lágrimas nos olhos, a jovem abriu a porta para atendê-lo e dizer que, apesar da gritaria e de ela estar chorando, estava tudo bem.

Antes que ela fechasse a porta para dispensar o tiozinho, porém, ele deu uma boa espiada na bagunça dentro do apartamento e apontou o dedo para a cara de Alcides.

— Olha aqui, seu hippie vagabundo! Se você machucar essa moça ou fizer arruaça neste prédio, vou te dar voz de prisão, hein! Sou sargento reformado da polícia militar!

Alicinha então insistiu que estava tudo bem, que não havia sido nada, e fechou a porta, ainda derramando muitas lágrimas. Com pena da jovem, Alcides aproximou-se dela e lhe deu um abraço. Disse "desculpa, Licinha...", sentindo-se responsável por ter levado aquela desgraça ao apartamento da jovem.

Ela ainda chorava em seu ombro quando escutaram, vindo das caixas de som, o barulho da agulha tocando a superfície do disco. Olharam em direção ao aparelho, e lá estava ele. O vinil de Evaldo Braga. Girando e começando a tocar "Meu Deus".

Inclinada sobre uma das caixas, a capa estava encostada na parede. Alcides então ficou aterrorizado ao ver surgir nela outra mensagem em letras chamuscadas: "VOCES NAO VAO SE LIVRA DE MIM TAO FACIO".

Antes que ele pudesse ter qualquer reação, Alicinha o empurrou, soltando um grito estridente de ódio que nasceu do fundo de sua alma. E começou a dar socos no peito de Alcides, gritando sem parar.

— Por que você trouxe essa merda pra minha casa!? Caralho... Você não quer namorar!!!... Aparece de vez em quando... Me come, sai fora e quase nunca liga, seu filha da puta!!!!... Aí tô quieta aqui, dormindo... E você me traz essa desgraça!!... Por que fez isso comigo!? Por quê!!!!???

Quando um dos socos acertou a cara de Alcides, ele achou melhor começar a conter aquela explosão de raiva e segurou os pulsos de Alicinha, dizendo "calma... calma...". Mas ela acertou um forte chute em sua canela e se desvencilhou dele. Enquanto tudo isso acontecia, o volume da vitrola ia aumentando. Até que Alicinha parou, olhou para o disco de Evaldo Braga e avançou sobre ele. Quando agarrou o vinil para arrancá-lo da vitrola, no entanto, algo estranho aconteceu. A garota virou os olhos e começou a tremer. Parecia estar tomando um choque. Depois ficou parada.

Devagar, Alcides aproximou-se por trás dela e botou a mão em seu ombro. A reação de Alicinha foi virar e lhe dar um tabefe na cara, fazendo-o voar até bater as costas em um dos pôsteres chamuscados de Chico Buarque. Só após cair sentado no chão, Alcides viu que o rosto da jovem estava desfigurado. Era como a máscara de um demônio, que o encarava. Só isso já o deixou apavorado, mas sua espinha gelou de vez quando ela começou a falar com voz grossa, de homem.

— Cabeludo de merda, filha da puta! Você vai fazê o que eu mandá, endendeu!?

Dito isso, o corpo possuído de Alicinha avançou em uma fração de segundo sobre Alcides. Com apenas uma das mãos apertando a garganta dele, ela ergueu-o do chão e, sem desviar seus olhos, totalmente brancos, dos olhos esbugalhados do revendedor de discos, disse:

— Você vai até a Marilena!!! Vai devolvê o disco pra ela!!! Não adianta tentá destruí o disco, não adianta tentá se livrá do disco!!!! Se der o disco pra outra pessoa, vou atrás da outra pessoa, mas também vô voltá pra acertá as conta com você!!!! Entendeu!!??

Chorando e sufocado, Alcides tentava sem sucesso dizer "entendi, entendi...".

Nesse momento, um barulhão chamou a atenção de Alcides e daquela entidade demoníaca que controlava Alicinha. Era o síndico, em seu pijama, agora com um revólver .38 na mão. Ele havia acabado de arrombar a porta da quitinete com um pontapé!

— Vamo pará com essa porra, agor...

Mas aquela cena surreal interrompeu a valente fala do PM aposentado. Incorporada por aquela força maligna, Alicinha só virou seus olhos brancos em direção ao síndico e disse: "FORA DAQUI!!!".

Nesse momento, uma fumaça saiu do cabo da arma do velho policial, e ele, com a palma da mão queimada, deixou o revólver cair no chão. Apavorado, o sargento da reserva balbuciou um "me desculpe" e, dando passos trêmulos para trás, foi saindo do apartamento e encostando a porta arrombada.

Pouco depois disso, Alicinha fechou os olhos e desabou no chão, junto com o quase estrangulado Alcides. Respirando com dificuldade, exaurido, o revendedor de vinis aos poucos se recuperou e verificou que a garota estava inconsciente, mas viva. Depois escutou, novamente, o disco de Evaldo Braga voltando a tocar sozinho na vitrola.

***

Quando Alicinha despertou, a luz do dia já iluminava sua quitinete, eram seis e meia da manhã. Alcides havia aberto o sofá-cama e a colocado deitada lá. Ele estava sentado ao lado dela, abraçado aos joelhos. Havia perdido as contas de quantas vezes havia escutado aquele maldito disco, que ainda tocava no repeat. Ele não se atreveria a chegar perto da vitrola.

Ao notar que a jovem havia acordado, disse-lhe "bom dia" com uma voz fraca. Ela olhou em volta e, ao ver os pôsteres queimados do Chico, disse a Alcides:

— Que merda, não foi pesadelo...

— Não, não foi...

— E o disco ainda tá tocando...

— Pelo menos o volume tá baixo...

— É...

— Olha, Licinha... Desculpa te envolver nisso... Eu vim pra cá pra fugir desse disco... Comprei ele num sebo da Liberdade ontem à tarde, e aí começou a acontecer esses negócio estranho. Tipo, não sei como esse disco entrou dentro da sacola e veio até aqui. Não era a intenção...

— Tudo bem...

Em seguida, ela viu suas pilhas de vinis queimadas.

— Tudo bem o caralho! — prosseguiu, com rancor na voz. — Esse espírito, fantasma, entidade... Sei lá... Vai pagar pelo que fez comigo e com meus vinis. Afinal, o que essa merda quer com a gente?

— Pelo que entendi, quer que eu leve o disco até a tal da Marilena, da dedicatória escrita na capa. Até apareceu um endereço na capa, olha! — Alcides se levantou e, meio hesitante, pegou a capa do disco de cima da caixa de som, mostrando a Alicinha aquele endereço, "rua Coronel Alves Fonseca, no Tatuapé", que ele lia em letras pretas sobre o rosto do cantor.

— Que endereço? Eu não tô vendo nada...

— Aqui, ó! Ainda escreveu com letras grandes embaixo: "Me leva até lá". Você não vê?

— Não... Só vejo a dedicatória.

— Caralho...

Depois de pensar alguns segundos, Alicinha disse:

— E por que a gente não leva o disco pra esse endereço?

— Não sei... Só queria me livrar logo desse disco...

— E o sebo onde você comprou? E se for lá devolver?

Alcides pareceu se animar.

— Pode ser uma boa... Porra... Você... Quer dizer, o espírito que possuiu você... Não falou nada sobre devolver o disco...

— O espírito que me possuiu?

— É, você não lembra, mas ontem à noite ficou com a cara deformada, os olhos brancos e falou com voz de homem...

— Vixe...

Alcides fez uma careta e imitou a entidade falando:

— "Não adianta tentá se livrá do disco, não adianta dá ele pra ninguém..." Mas não disse nada de devolver pro cara que me vendeu. Acho que vou lá no sebo agora mesmo...

Só aí Alicinha notou as marcas de dedos no pescoço de Alcides.

— E o que é isso?

— É de quando você tava possuída. Me jogou na parede e depois apertou minha garganta e quase me matou estrangulado.

— Ah...

A conversa foi então interrompida pelo som de batidas. Era Seu Horácio, o síndico, já empurrando devagar a porta arrombada e metendo a cabeça pelo vão.

— Com licença, posso entrar?

— Olha, não é uma boa hora, Seu Horácio... — respondeu a moradora, também surpresa por sua porta estar destruída.

— É que eu preciso pegar a minha arma — disse ele, apontando para o revólver com a mão enfaixada, devido à queimadura. A arma ainda estava no chão, no mesmo local em que ele a havia deixado cair.

Alicinha concordou, também espantada por ver uma arma no chão da quitinete.

Quando Seu Horácio abriu totalmente a porta para entrar, o casal pôde ver que ele não estava sozinho. Junto havia uma mulher de meia-idade, magra, negra e trajando roupas brancas. Em uma das mãos, ela trazia uma folha de espada-de-são-jorge. Na outra, um galho de arruda.

Após se abaixar para pegar a arma e guardá-la na parte de trás da cintura, sob a camisa, o síndico apresentou a mulher:

— Essa é a Edith, uma amiga minha de longa data... Ela também mora aqui no prédio, no nono andar. Depois do que vi aqui ontem, tomei a liberdade de chamá-la. Ela é médium... Acho que pode ajudar, se vocês quiserem...

— Bom dia — disse Edith, já lançando um olhar estranho para o disco que girava na vitrola.

Alcides e Alicinha se encararam.

— Bom dia — responderam, ao mesmo tempo.

Sem tirar os olhos do disco, a médium deu alguns passos e ficou frente a frente com a vitrola. E o disco parou, de repente, fazendo com que a quitinete mergulhasse em um tenso silêncio.

Edith fechou os olhos e começou a murmurar coisas inaudíveis, erguendo devagar o galho de arruda e a folha de espada-de-são-jorge até a altura dos ombros.

Seu Horácio recostou a porta arrombada e andou devagar até o lado do sofá-cama. De lá, ele, Alcides e Alicinha ficaram observando a cena.

Fazendo caretas cada vez piores à medida que subia o tom de voz, Edith parecia estar levando adiante uma discussão, mas ainda não era possível entender o que ela dizia. Até que começou a gritar com seu interlocutor invisível.

— Não!!!! Nãaaaooo!!!!!! Ninguém vai fazer o que você quer!!!!! Nãaaooooo!!!! Deixa ela em paaaaaz!!!!

Nesse momento, a espada-de-são-jorge e o galho de arruda começaram a pegar fogo. Um baque violento jogou Edith contra o sofá-cama, onde a médium caiu entre Alcides e Alicinha. Ao mesmo tempo, a vitrola voltou a tocar o disco de Evaldo Braga, em alto volume. Seu Horácio, instintivamente, sacou a arma e atirou três vezes contra o aparelho.

A vitrola parou. Mas, após um segundo, o disco voltou a girar, tocando Evaldo Braga, mesmo com o equipamento soltando faíscas e fumaça. As mãos do velho policial, ainda segurando a arma apontada para a vitrola, começaram a tremer. Os olhos do PM aposentado então se reviraram, e seu rosto se contorceu, formando aquele mesmo semblante demoníaco que Alcides havia visto em Alicinha durante a madrugada. "Meeeeeeu Deeeeeus", gritava Evaldo Braga no som.

Abalada, Edith levantou-se lentamente do sofá-cama, encarando Seu Horácio ou o que quer que fosse que estava assumindo o controle do corpo do velho sargento. E começou a gritar:

— Deixa ele em paz! Vai embora daqui!!!!! Em nome de Jesus Cristo, vai embooora!!!!!

Em um gesto rápido, o policial possuído desviou a arma da vitrola para a médium e disparou em seu peito. Ela voltou a cair no sofá--cama, entre Alicinha e Alcides, ambos tomados de horror diante de toda aquela violência paranormal.

Dirigindo-se a Alcides, a entidade voltou a falar, agora através da boca de Seu Horácio:

— O disco não é seu! Você vai levá de volta pra ela! E vai fazer isso ainda hoje! Senão mato você e essa vagabunda! — terminou a frase agarrando Alicinha pelos cabelos e forçando-a a encarar Alcides.

Em seguida, o PM aposentado jogou Alicinha sobre o corpo agonizante de Edith e caminhou até a janela. Após arrebentar o vidro com uma co-ronhada, deixou-se tombar para frente, como um boneco. Seu Horácio foi decapitado assim que sua garganta atingiu o vidro estilhaçado da janela. Seu crânio quicou e rachou ao atingir a calçada da rua Augusta.

Alcides não conseguia falar, pensar ou se mexer, olhando o corpo decapitado do velho policial sob a janela, jorrando sangue contra a parede branca.

Deitada sobre Edith, Alicinha também estava apavorada. Mas sua atenção estava voltada para a médium, que ainda estava viva e tentando dizer algo, enquanto tossia e cuspia sangue.

— Chama um médico, Alcides! — gritou a garota, chorando.

— Médico não vai adiantar — murmurou Edith, pegando a mão dela.

— Fica calma, respira devagar...

Edith voltou a tossir sangue, que respingou na cara de Alicinha, calando-a. Falando com dificuldade, ela prosseguiu:

— Esse disco carrega uma entidade muito má e muito poderosa... cof, cof... Vocês não vão conseguir se livrar do disco fácil... E, se vocês fizerem o que ela mandar, também vão encontrar sofrimento... Cof, cof...

— O que a gente tem que fazer?

— Enquanto tiverem com esse disco, não podem sentir raiva... Esse espírito obsessor se alimenta do ódio... Se você sentir raiva, ele toma conta de você... cof, cof... — Mais respingos de sangue na cara de Alicinha. — Procura... Ajuda... Do Pai Antônio Aguiar... cof, cof... Ele conhece essa entidade...

Assim que ela disse aquele nome de pai de santo, a vitrola voltou a tocar em volume máximo, encobrindo a voz da médium.

— Onde?! Onde encontramos o Pai Antônio Aguiar?! — gritava Alicinha, tentando ouvir Edith.

A médium, desfalecendo, fez sinal para que a jovem encostasse o ouvido à sua boca ensanguentada. Quando Alicinha obedeceu, ela disse:

— Procura no Google...

E morreu. O disco parou de tocar em seguida. Da porta arrombada da quitinete, vários vizinhos curiosos apareciam para observar a cena.

***

Na sala do delegado plantonista do 4º DP, da região da Consolação, o casal escutava quieto o sermão do doutor. Sobre a mesinha que os separava, o disco de Evaldo Braga e a caixinha de metal de Alcides aberta, revelando quatro grandes baseados bolados.

— ... Não sei que porra aconteceu naquele apartamento! Não acredito em porra nenhuma de espírito nem assombração nem em bosta de disco do capeta! Não quero ouvir mais essa história, entenderam?!

Os dois, lado a lado, retraídos e cabisbaixos, fizeram sinal que sim.

— Não sei que porra de droga vocês usaram além da maconha pra terem uma porra de viagem louca dessas! E não sei como um PM aposentado e uma macumbeira também foram se enfiar nisso... Nada faz sentido...

Alcides continuava a olhar para o chão. Alicinha arriscou dizer "eu não uso drogas, senhor delegado".

— Calaboca! Eu queria meter os dois em cana, mas vou ter que liberar vocês, pois é evidente que o PM aposentado atirou na mulher e se matou em seguida. A princípio, vocês não causaram essas mortes. Por hora, o cabeludo maconheiro vai assinar um porte de droga e aguardar a decisão do juiz pra fazer algum trampinho comunitário de merda. Mas ficaremos de olho nos dois. Até o final desse inquérito, não saiam da cidade, não sumam. Senão vou indiciar vocês! Entenderam!?

Novamente, o casal fez que sim com a cabeça.

— Agora, vaza os dois da minha frente.

Ambos levantaram-se de suas cadeiras e, quando saíam da sala, ouviram de novo a voz do delegado.

— E podem levar esse disco!

Os dois deram meia-volta e ficaram parados, olhando o vinil sobre a mesa.

— Não entenderam, porra? Pega a merda desse disco e dá área daqui.

Devagar e com a mão tremendo, Alcides pegou o vinil, e os dois saíram da sala. Enquanto caminhavam em direção à escadaria em frente ao distrito policial, viram que havia mais um problema: repórteres e cinegrafistas de dois telejornais sensacionalistas já os aguardavam, de câmeras ligadas e microfones em punho.

— Não vamos falar nada pra esses urubus, vem... — disse Alcides a Alicinha.

Puxando-a pelas mãos, ele passou no meio da imprensa, que metia os microfones em suas caras e fazia perguntas como "as vítimas eram amantes?", "o que aconteceu no apartamento?", "é verdade que havia muita droga no local?", "que tipo de droga vocês usam?", "houve alguma briga antes dos tiros?", "o que vocês estão sentindo?"...

Os repórteres eram uma moça alta, bonita e de cabelo alisado a chapinha, e um gordinho de terno. O gordinho era mais chato. Punha-se à frente de Alcides e Alicinha, tentando obstruir o caminho. Alcides foi ficando cada vez mais irritado com ele.

— Moradores do prédio dizem que as mortes aconteceram durante um ritual de macumba. Vocês confirmam? — insistiu o repórter.

Nesse momento, Alcides deu um tapa na mão do gordinho, e o microfone saiu voando. Depois ele encarou o jornalista, que se espantou ao ver um rosto desfigurado, de olhos totalmente brancos. "Sai da frente, filha da puta!", disse, com a voz distorcida. O casal pôde então passar e descer as escadas da frente do DP, enquanto o repórter perguntava ao cinegrafista: "Gravou? Gravou isso?".

Alcides continuou com o passo firme, segurando o disco de Evaldo Braga em uma das mãos. Com a outra, puxava Alicinha. Eles seguiam pela rua Marquês de Paranaguá, em direção à Consolação.

— Espera, Alcides! Espera!

Com um puxão, Alicinha se desvencilhou do rapaz, que parou e lançou a ela um olhar agressivo.

— Você tá bem, Cides?

— Não enquanto eu tiver com essa merda de disco! Por quê?

— Vamo procurar aquele pai de santo que a Edith falou.

— Olha, cansei dessa merda. A gente não tinha decidido que era melhor levar o disco de volta onde eu comprei? Vou devolver pro filha da puta que me vendeu essa porra. Aliás... Que me deu, porque não tinha troco...

— Mas, Cides... Não é melhor...

— Tá resolvido e pronto, caralho!

Aquela, novamente, não era a voz de Alcides. Alicinha recuou, assustada.

— Calma, Cides... Calma... Não fica com raiva... Lembra do que a médium disse...

Após encará-la por um instante com um olhar estranho, Alcides deu meia-volta e desceu a Consolação, em direção ao metrô Anhangabaú.

Já Alicinha pegou seu iPhone 4 e digitou "Pai Antônio Aguiar" no aplicativo do Google.

* * *

A cabeça de Alcides estava muito confusa. Ele não conseguia pensar com clareza, sentia uma crescente irritação, além do pavor causado por todos aqueles eventos sobrenaturais. E ainda tinha assinado um porte de droga por causa da maconha. "Delegado filha da puta!", pensava. Sentia raiva. Quando o metrô chegou, não estava lotado. Alcides jogou-se num banco e ficou largado, de pernas abertas, com o disco no colo, sem se importar com a cara de reprovação de uma senhora que pretendia se sentar ao seu lado, mas decidiu procurar outro banco.

Alcides então notou que no assento do outro lado do vagão, de frente para ele, um garotinho de uns oito anos de idade o encarava, enfiando o dedo no nariz. Ao lado, a mãe falava sem parar ao celular, com uma voz estridente e alta.

A princípio, Alcides não ligou. Mas, toda vez que seu olhar voltava a encontrar o do garoto, que não tirava a porra do dedo do nariz e continuava a encará-lo, a irritação ia crescendo dentro dele.

Fora isso, a maldita da mãe não parava de falar no celular, com a voz chata e gesticulando. Quando já rangia os dentes de raiva, Alcides sentiu um cheiro de queimado. Olhou a capa do Evaldo Braga e viu surgir uma nova mensagem em brasa: "Dá um chute nesse pivete de merda!". Assustado, Alcides olhou para as pessoas ao seu redor. Ninguém mais havia notado aquela frase infernal surgindo em brasa na capa do vinil. Alcides então voltou a olhar para o menino, que continuava a encará-lo, sem nenhuma alteração no semblante. E ainda tirou o dedo do nariz e comeu a catota.

Aquilo encheu Alcides de nojo e de um ódio assassino. E a entidade voltou a se manifestar por meio de outra mensagem na capa do vinil: "Chuta até matar esse moleque e mata a vagabunda da mãe também!", diziam as letras em brasa.

Quando o revendedor de discos encarou novamente o menino, já não era mais o seu rosto que o garoto via, mas a cara desfigurada pela entidade obsessora. O guri soltou um grito de horror. Mas tomou um tapão na cabeça, dado por sua mãe.

— Calaboca, moleque! Não vê que tô falando no telefone?!

Em seguida, o trem parou na estação Sé, e mãe e filho desceram. Apavorado, o garoto se afastou na plataforma, encarando Alcides.

Depois daquilo, o revendedor de vinis voltou a si, assustado e suando. As outras pessoas não haviam percebido nada. Voltou a olhar a capa do vinil, onde leu apenas "RÁ RÁ RÁ RÁ". Era a entidade rindo de sua cara. Alcides não tornou a olhar para aquela capa maldita até descer na estação Liberdade.

***

Quando chegou ao local onde funcionava o sebo mofado em que comprou o disco, Alcides deu de cara com o lugar fechado. A porta de metal, daquelas de rolar, estava baixada. Sua irritação só aumentou. Deu uns murros na porta de metal, esperando que, talvez, houvesse alguém lá dentro. Mas não teve resposta.

Dirigiu-se então ao bar da esquina. Perguntou a um balconista sobre o dono do sebo. O balconista disse que conhecia o sujeito, sim. Que ele morava num predinho logo ali, na mesma calçada.

— Ontem, aliás, ele tava muito estranho. Fechou a loja mais cedo e veio aqui beber. Pagou rodada de cachaça pra todo mundo. Disse que era o melhor dia da vida dele...

Alcides agradeceu e, antes de sair, achou que podia ser uma boa ideia tomar uma dose de pinga com mel, para aliviar os nervos. Após virar o goró, resolveu pedir outra dose, que também matou em um só gole.

A bebida, em vez de relaxar, pareceu ter alimentado ainda mais aquele fogo interno que tomava conta de Alcides. Mas ele não se sentiu mal. Pior: sentiu-se mais à vontade, confiante, sem saber que estava entregando de vez sua alma à entidade maligna, satisfazendo a vontade dela.

Saiu do boteco com passos firmes e o disco na mão, em direção à portinha do prédio onde morava o dono do sebo. Quando estava no meio da rua, no entanto, viu o homem saindo do edifício. Estava arrumado, de camisa social enfiada dentro da calça e cabelo molhado penteado para trás. Trazia uma grande e antiga mala de viagem em uma das mãos.

Assim que passou pela portinha do prédio, seu olhar encontrou o de Alcides. O homem então saiu correndo, e Alcides, gritando "espera!", disparou atrás.

Desesperado, após meio quarteirão, o homem abandonou a mala que segurava e continuou sua corrida. Os dois estavam na avenida Liberdade quando Alcides o alcançou. Segurando a gola da camisa do sujeito com força, espremeu-o contra a grade da capela Nossa Senhora dos Aflitos.

— Você me deu esse disco de graça porque queria se livrar dele, né?! — vociferou Alcides na cara do pobre comerciante.

— Não... Não sei do que o senhor tá falando...

Alcides deu um chacoalhão no homem.

— Socorro! Socorro! — O dono do sebo pôs-se a gritar.

Em sua pressa habitual, os paulistanos que passavam observavam a situação, mas nenhum deles parava para ajudar aquele senhor.

— Eu vim devolver essa merda de disco pra você! — continuou Alcides.

— N... não aceito devolução...

— O QUÊ?!!

Aquele rosto desfigurado por feições infernais voltou a ser a face de Alcides. E a entidade gritou por sua boca:

— ACHOU QUE IA SE LIVRÁ DE MIM FÁCIL, NÃO É??????

— Ai, meu Deus... Socorro! Socorro! — Agora o homem do sebo chorava, e um monte de urina escorria por dentro de suas caças. Estava completamente aterrorizado.

— TE MANDEI LEVAR O DISCO PRA ELA, MAS VOCÊ NÃO OBEDECEU...

— Pelo amor de Deus! Desculpa! Desculpa! Não! Nããããão! Socorr...

E o corpo possuído de Alcides arremessou o homem sobre o asfalto da avenida Liberdade, onde as rodas de uma Fiorino que fazia delivery de comida japonesa passaram por cima dele. Em seguida, descontrolado, o carro ainda atropelou um ciclista na ciclovia e subiu no canteiro central, onde finalmente parou depois de se chocar contra um poste. Outros veículos que vinham atrás formaram um engavetamento. Um deles passou com a roda sobre a cabeça do dono do sebo, espatifando-a e fazendo o cérebro se espalhar sobre o asfalto como polpa de melancia.

Antes indiferentes, os transeuntes agora estavam chocados, parados, observando Alcides se afastar. Totalmente dominado pelas trevas, após o assassinato ele simplesmente saiu andando pela calçada da Liberdade, sentido Sé.

Antes de chegar à praça João Mendes, ainda atravessou a avenida e voltou ao boteco onde havia pedido informações sobre o dono do sebo. Ao ver aquele rosto desfigurado de demônio, o balconista tomou um susto.

— Me dá aquela garrafa... — a entidade disse com sua voz cavernosa.

Trêmulo, o atendente pegou a garrafa de cachaça Velho Barreiro da prateleira e entregou à criatura, que saiu caminhando e mamando a pinga no gargalo, com o vinil do Evaldo Braga debaixo do braço.

***

Alicinha saiu de um elevador antigo, num prédio na região da Vila Buarque, e verificou os números dos apartamentos. Tocou a campainha do 23. Um homem negro, alto, careca e musculoso, apesar de já ter passado dos 60 anos, abriu a porta. Usava camiseta regata e calça de agasalho da Adidas.

— Alice, né? Pode entrar — disse o negro.

Estava sério. Havia preocupação em seu rosto.

Acanhada e cabisbaixa, Alicinha pediu licença e entrou no apartamento. O local não era grande, mas era muito bem arrumado. Em um canto, uma cômoda servia de altar, com várias estatuetas de entidades, velas acesas e patuás. Nas paredes, quadros traziam mais representações de entidades da umbanda.

— Sente-se — convidou o homem, apontando para um sofá.

Alicinha obedeceu, enquanto ele se acomodava em uma poltrona de frente para ela e acendia um cachimbo com um palito de fósforo.

— Obrigado por me receber, Pai Antônio...

— Pode me chamar de Tonho.

— Ahn... Brigada, Tonho. Eu preciso muito da ajuda do senhor...

— Cê tava falando muito rápido no telefone, mas entendi que seu problema tem a ver com um disco e que foi a Edith quem falou pra me procurar. Certo?

— Sim, ela me disse para procurar o senhor, antes de morrer nos meus braços...

— O quê?! A Edith morreu!? — reagiu ele, surpreso, inclinando-se para frente na poltrona.

— Sim... — Alicinha começou a soluçar. — Ela tentou ajudar a gente... Aquele maldito disco fez o seu Horácio atirar nela... Ela disse que o senhor já tinha enfrentado isso antes...

Pai Antônio tirava vagarosamente o seu cachimbo da boca, enquanto Alicinha prosseguia. A preocupação em seu olhar agora era muito mais evidente.

— ... é um disco que o Alcides, um amigo meu, achou num sebo...

— Disco do quê?

— Como assim do quê?

— De uma banda, de uma cantora... De um cantor...

— É... Um cantor.

O pai de santo se mexeu na poltrona, parecendo desconfortável.

— Qual cantor?

— É... É... Aguinaldo... Não... Pera...

— Evaldo Braga.

— Isso!

O pai de santo voltou a botar o cachimbo na boca e deu duas baforadas, olhando fixamente para Alicinha, parado, como uma estátua. Ela se sentiu incomodada com aquilo.

— Ehn... O senhor pode ajudar a gente, então?

— Quê... Ahn... — Tonho acordou de seu transe.

Ele então se levantou e pôs-se a caminhar de um lado a outro da sala, pensativo, observado pela jovem. Depois se sentou ao lado dela no sofá.

— Alice... — Ele hesitou um pouco antes de continuar. — Você e seu namorado arrumaram um problema sério...

— Eu sei...

— Eu confesso que, agora, acabei de pensar em mandar você embora daqui, pra depois pegar minhas coisas e ir viajar pra um lugar bem longe. Mas não posso fugir do inimigo.

Aquela última palavra foi pronunciada de um jeito estranho, carregado de gravidade. O pai de santo voltou a se levantar e a andar de um lado para o outro da sala. E começou a contar uma longa história:

— Esse disco foi comprado muito tempo atrás por um homem chamado Ednaldo e mandado de presente para uma mulher chamada Marilena...

***

Apesar de parecer romântico e apaixonado em sua dedicatória na capa do disco, Ednaldo era um homem cruel e violento. Ladrão de banco. Chefe de uma quadrilha que atacava agências em cidades do interior de São Paulo e Minas Gerais no fim dos anos 1970. Seu grupo ficou conhecido na época como a Gangue do Capeta, graças à violência bestial de seus assaltos, nos quais reféns com quem Ednaldo cismava eram espancados, algumas vezes até a morte. E também porque ele usava uma máscara de Diabo e evocava entidades malignas durante as ações criminosas.

Sim, evocava entidades porque, além de bandido, Ednaldo era feiticeiro. Dizia-se filho de uma bruxa com o próprio Diabo. E muitos acreditavam, pois ninguém havia conhecido sua família — Ednaldo havia crescido nas ruas e em unidades de internação para menores infratores. Fora isso, toda vez que passava perto de um terreiro ou de uma casa espírita, as entidades ficavam confusas, irritadas, descontroladas. As forças negativas prevaleciam.

Desde jovem, Ednaldo mexia com o oculto. Vivia em contato com quiumbas, espíritos de baixa vibração e magos trevosos. Sentia-se atraído pelo mal. Estudava feitiços e realizava sessões que envolviam sacrifícios e orgias satânicas em cemitérios, à meia-noite. Era natural que tivesse escolhido o crime como modo de ganhar a vida.

Em seu bando, inspirava tanto medo quanto respeito. Muitos comparsas acabavam entrando na quadrilha porque havia a lenda de que os exus blindavam Ednaldo contra a polícia. De fato, os policiais eram sempre despistados. As viaturas batiam. Quebravam. O radiocomunicador da PM pifava... Coisas que chegavam a deixar os tiras assustados.

Quando os jornais populares souberam das ações violentas do grupo e que seu líder era envolvido com ocultismo, exploraram o assunto ao máximo. Foi aí que nasceu o nome Gangue do Capeta. E Ednaldo, cujo ego foi afetado pela presença constante nas páginas policiais, adorou o apelido dado pela imprensa.

Mas nem tudo era violência na vida do bandido. Isso por causa de Marilena. Uma morena linda por quem ele era completamente louco e a quem enchia de mimos e presentes. Quando estava junto com ela, Ednaldo nem parecia ser a mesma pessoa.

Os dois haviam se conhecido por acaso, em uma festa junina no Tatuapé. Na ocasião, ele a defendeu de um ex-namorado ciumento, que ameaçava espancá-la no meio da rua. Depois de empurrar o sujeito para um canto e enfiar o cano de um .38 na boca dele, ameaçando estourar seus miolos, o cara foi embora da festa.

Ednaldo então deu carona à jovem e depois não saiu mais do pé dela. Marilena a princípio o achava estranho. Ele nunca falava sobre a sua família. Dizia que trabalhava como segurança e estava sempre tendo que viajar.

No entanto, ela aceitava os convites para passear e os presentes, além da ajuda financeira. Não estava percebendo no começo, mas, após conhecer Ednaldo, muitas coisas na vida dela começaram a dar errado. Perdeu o emprego, sua mãe ficou doente, um rapaz por quem ela era apaixonada morreu em um assalto... Só Ednaldo parecia poder ajudá-la. Começou a pagar um tratamento para a mãe dela. E também a lhe dar dinheiro para pagar contas, compras de supermercado e tudo mais.

Marilena não sabia, mas toda a situação era fruto de um feitiço de amarração lançado a ela pelo próprio Ednaldo, que, por sua vez, nunca havia se sentido tão atraído e obcecado por alguém. Apesar de toda a maldade que possuía em seu espírito, ele estava apaixonado.

Com o passar do tempo, a fama da Gangue do Capeta só aumentava, assim como a caçada ao bando promovida pela polícia. À frente dos tiras, estava o delegado Isaías, considerado um herói pelos jornais. Um homem de bem, temente a Deus, evangélico. Um exemplo de moral e dedicação à Bíblia e à Justiça. Quando ele entrava em um caso, não havia bandido que conseguisse escapar.

E a quadrilha de Ednaldo era vista pelo delegado como a maior de todas as abominações que já enfrentara. O fanatismo evangélico do policial não podia tolerar a existência de assaltantes que evocavam forças demoníacas, usavam máscara de Diabo e riam das leis do homem e de Deus. Para Isaías, acabar com as ações daqueles criminosos era uma missão divina.

A caçada à Gangue do Capeta durou quase o ano inteiro de 1979. Como sempre, algo atrapalhava a polícia. E os bandidos fugiam. Mas a fé do delegado Isaías também era muito forte. E Ednaldo, um dia, cometeu um erro. Tomou umas a mais num bar e arrumou briga com o dono, que, por causa do horário, queria fechar o estabelecimento e mandar todos embora. Na ocasião, Ednaldo puxou a carteira do bolso, tirou de dentro dela um monte de dinheiro e jogou na cara do sujeito, dizendo "tô pagando e você vai me servir!".

Como o homem se recusou, Ednaldo pulou por cima do balcão e o espancou até a morte. E ainda estuprou e matou a moça que trabalhava no caixa. Depois, tomou mais umas doses de cachaça, enquanto o sangue dos cadáveres formava poças no chão do bar, e foi embora.

Mas, além de deixar dois mortos para trás, Ednaldo também deixou sua carteira em cima do balcão. Excitado e bêbado, esqueceu-se dela completamente.

Dentro da carteira, policiais encontraram uma foto de Marilena e um pedaço de papel onde estava anotado o número da conta bancária da mãe da jovem, em que Ednaldo depositava periodicamente o dinheiro que bancava a namorada e a sogra.

Bastou a polícia ligar alguns pontos e escutar alguns informantes para descobrir que aquele crime bárbaro havia sido cometido pelo líder da Gangue do Capeta. E não passou muito tempo até Marilena ser identificada e levada pelos policiais à sala do delegado Isaías, onde ele costumava torturar suspeitos e arrancar confissões — nem sempre reais.

Mas não houve necessidade de usar violência contra a garota. Bastou o delegado mostrar fotos de reféns espancados por Ednaldo, entre eles uma gerente e uma caixa de banco que também haviam sido estupradas.

Marilena ficou chocada. Chorou. Vomitou. Quase desmaiou. Era evidente que ela não fazia ideia de que seu namorado era o líder da Gangue do Capeta, o tal bandido que usava máscara de Satanás e barbarizava suas vítimas.

Naquele dia, a carreira de Ednaldo como criminoso começou a ruir. Com autorização de Marilena, a polícia instalou uma escuta em seu telefone. Isaías a orientou que, quando Ednaldo ligasse, ela conversasse com ele normalmente. Foi assim que os tiras interceptaram um telefonema do bandido feito de um orelhão em Monte Mor, no interior de São Paulo.

No dia seguinte, policiais à paisana circulavam por todas as agências daquela cidade. E, quando uma delas foi atacada pelo bando, houve uma intensa troca de tiros. Morreram três reféns, quatro membros da gangue e um policial. Ednaldo foi baleado no braço, mas conseguiu escapar.

Aliás, foi o único que conseguiu escapar. Além dele, outro integrante do bando sobreviveu, mas foi preso. A quadrilha estava acabada.

Depois disso, Ednaldo ficou desaparecido por um tempo, recuperando-se do tiro no braço. A polícia havia passado a conhecer sua identidade, e os jornais publicavam sua foto. Um dia, disfarçado, ele foi ao Tatuapé e seguiu Marilena. Ela estava diferente, vestida como evangélica, com saia abaixo do joelho.

Quando ele a abordou, em uma rua mais deserta, ela chorou e o chamou de demônio. Disse que queria que ele saísse de sua vida para sempre e que o entregaria à polícia, se voltasse a procurá-la.

Enlouquecido de ódio, Ednaldo se viu naquele momento obrigado a deixar de lado a única coisa que parecia ser boa em sua vida: o amor que sentia por Marilena. A amarração, apesar de poderosa, parecia ter perdido o efeito após ela ter começado a frequentar a igreja.

Sem Marilena e recuperado do tiro no braço, Ednaldo voltou ao crime cinco meses depois, ainda pior. Tornou a vestir a máscara de Diabo e reviveu a Gangue do Capeta com novos integrantes. Mas agora o feiticeiro-ladrão estava completamente entregue à violência e à loucura. Já não apenas espancava reféns. Havia arrumado uma faca grande e afiada e passou a executá-los numa espécie de ritual macabro. E suas vítimas eram principalmente os vigias das agências, porque, dizia ele, eram os protetores do patrimônio dos ricos. Ednaldo fazia com que se ajoelhassem no chão lado a lado e, após recitar algum feitiço maligno, cortava a garganta deles diante dos demais reféns. Dizia que condenava suas almas ao sofrimento eterno no plano espiritual.

Até mesmo os membros da gangue começaram a ficar apavorados. Um dia, Ednaldo botou na cabeça que um dos comparsas era informante da polícia. Não havia nenhuma prova ou evidência daquilo, mas ele torturou o ladrão até a morte em frente ao resto da quadrilha. A gangue debandou depois daquilo. Todos abandonaram Ednaldo, e alguns acabaram pegos pelo delegado Isaías, que continuava sua caçada.

Com sua gangue novamente arruinada e sentindo que não demoraria a ser pego pela polícia, Ednaldo concluiu que preferia ser morto. Sabia que havia chegado a hora de partir e se tornar um daqueles magos trevosos que sempre o haviam atraído no plano espiritual. Seria o mais poderoso deles.

Seu plano incluía, ainda, voltar para perto de sua amada. Para isso, comprou um vinil do Evaldo Braga.

Antes de mandar o disco pelo correio a Marilena, realizou seu último ritual de feitiçaria, para o qual sequestrou e sacrificou uma garota evangélica de 13 anos, virgem, cortando sua garganta e fazendo o sangue dela jorrar sobre uma foto em que ele e Marilena apareciam juntos. Tudo isso ao som do vinil.

A escolha do cantor Evaldo Braga não havia sido por acaso. Braga teve uma vida muito sofrida, sendo criado, como Ednaldo, em instituições para menores infratores. O cantor sempre tentou descobrir quem era a sua mãe. Quando conseguiu sucesso como artista, passou a oferecer dinheiro a quem desse a ele pistas do paradeiro dela. Morreu precocemente num acidente de carro, sem saber quem era a mãe. O que acabou gerando uma aura negativa em torno de sua obra.

Ednaldo usou aquilo. Usou essa aura como veículo para chegar até sua amada. Enquanto aquele disco estivesse com Marilena, ele também estaria com ela. Após enviar o LP pelo correio, Ednaldo cortou a própria garganta. Morreu com a máscara de demônio que usava nos assaltos.

O feitiço deu certo. Ao morrer, Ednaldo viajou junto com o disco até a casa de Marilena. Mas também foi só aí que ele soube que o amor de sua vida havia se casado. O delegado Isaías havia se tornado o marido dela.

Não havia rancor e ódio no mundo que se comparasse aos daquele espírito trevoso naquele momento. Ednaldo passou então a se apossar do corpo de Isaías e a espancar e estuprar Marilena. Para punir o policial, também fazia com que ele se cortasse, impusesse queimaduras a si mesmo e até arrancasse o próprio olho. Nessa época, a mãe de Marilena, buscando ajuda para a filha, entrou em contato com Pai Silvio de Ogum, cujo discípulo era um jovem conhecido como Tonho — o Pai Antônio Aguiar.

***

— Puta que pariu, que história...

Alicinha tinha escutado toda a narrativa com muita atenção.

— Pois é. E ainda não acabou. O Pai Silvio teve muito trabalho pra lutar contra essa maldita entidade. Ele conseguiu tirar ela do delegado Isaías, que morreu pouco tempo depois por causa dos ferimentos que o Ednaldo fez nele...

— Mas como vocês venceram o Ednaldo?

— Não é que a gente venceu. Ganhamos uma batalha, mas sabíamos que, se ele retornasse, voltaria com mais força. Por isso a gente se apressou pra enterrar o disco em solo sagrado, num cemitério, o da Vila Formosa, a sete palmos do chão. De onde era pra ele nunca mais ter saído.

Alicinha sentiu um calafrio.

— E o Pai Silvio?

— Alzheimer. Vive num asilo. Não poderemos contar com ele. O que a gente precisa fazer agora é encontrar seu namorado.

— Ele não é meu namorado...

— Tudo bem, precisamos encontrá-lo.

— Eu tentei ligar pro Alcides quando tava chegando aqui, e ele não atendeu, Mandei WhatsApp, e também não respondeu — disse ela, pegando o celular para ligar de novo.

— Ele corre muito perigo. E, com certeza, o Ednaldo tá fazendo ele levar o disco até a Marilena.

— É... Não atende... — disse ela, desistindo da ligação.

— Espera um pouco.

Pai Antônio saiu da sala por um instante e voltou de óculos, com uma agenda telefônica na mão. Pegou um telefone fixo sem fio na estante e discou um número.

— Alô... Gostaria de falar com a Mãe Eduarda... Oi, Mainha, tudo bom com a senhora?... Não tava reconhecendo sua voz... Faz tempo, né? Mainha, me diz uma coisa: a Dona Marilena continua frequentando seu terreiro aí no Belém? É... A Marilena que teve aquele problema no passado... Ah... Continua?! Perfeito. Perfeito. A senhora não tem o telefone dela não, né? OK... Anoto...

Após anotar o número na agenda, Antônio agradeceu e desligou, tentando em seguida telefonar para Marilena.

— O celular tá dando caixa postal, e o fixo só chama. Mas não podemos perder tempo. A Mãe Eduarda disse que a Marilena ficou de ir às sete da noite lá no terreiro. Se a gente sair agora, chega lá mais ou menos nesse horário. Vou me trocar e pegar umas coisas que a gente vai precisar. Depois, vamos pra lá. Fica à vontade. Se quiser, liga a TV enquanto me arrumo...

Alicinha agradeceu. Após o pai de santo deixar a sala, ela ligou a TV de plasma dele e começou a zapear. Não estava com a cabeça boa pra ficar vendo televisão, mas mudou de ideia ao reconhecer a própria imagem. Eram ela e Alcides saindo do 4º Distrito Policial, filmados pelo telejornal sensacionalista daquele repórter gordinho. O vídeo mostrou Alcides dando aquele tapão no microfone do repórter, enquanto Alicinha escondia o rosto.

Depois de a câmera focalizar o jornalista assustado, perguntando "gravou isso?", o programa cortou para o estúdio, onde o apresentador disse: "Onde já se viu uma barbaridade dessa? Quer dizer que o repórter é agredido bem na frente da delegacia e ninguém faz nada? Olhaí!" — a TV voltou a mostrar a imagem do casal deixando a delegacia, agora em câmera lenta. "Esses dois vagabundos podem estar envolvidos na morte de duas pessoas! O que a polícia faz? Deixa eles saírem soltos e ainda deixa eles agredirem um repórter! É um absurdo! É lamentável uma coisa dessas! Enfim... Esperamos que algo seja feito logo a respeito! Agora temos imagens de outra barbaridade que aconteceu na região central de São Paulo. Na avenida Liberdade, um homem foi brutalmente assassinado na tarde de hoje!"

O coração de Alicinha acelerou mais ainda ao ver as imagens da avenida Liberdade, com uma área da pista isolada pela PM e alguns carros batidos atrás do cordão de isolamento. Ao vivo, o repórter passou a ouvir uma testemunha, um senhor de idade que passava pelo local na hora do crime.

"Foi um cabeludo muito feio! A cara dele parecia a do Capeta!"

Alicinha ficou ainda mais nervosa. Após algumas palavras, o repórter foi interrompido pelo apresentador. O programa voltou ao estúdio. "Calmaí, calmaí, que acabou de chegar uma informação quente aqui no programa... Pessoas estão ligando para nossa emissora e afirmando que o cara que saiu da delegacia e agrediu o nosso repórter, na região da Consolação, é o mesmo que cometeu o assassinato na avenida Liberdade! Vamos entrar em contato agora com a polícia e checar essa informação..."

Alicinha começou a chorar.

***

Havia acabado de escurecer quando uma guarnição da Rota, ocupada por três soldados, um sargento e seu superior, o tenente Emiliano, passava devagar pela avenida Radial Leste, sentido centro, iluminando com potentes lanternas a pequena praça em frente à estação Belém do Metrô.

Quando a luz dos PMs iluminou Alcides, que vinha caminhando entre as árvores da praça no sentido contrário, o soldado que segurava a lanterna deu o aviso.

— Tenente! Elemento em atitude suspeita! Bate com a descrição do suspeito daquele homicídio da Liberdade!

O veículo reduziu ainda mais a velocidade. Após um breve toque da sirene, o carro parou, e quatro ocupantes desceram, enquanto o motorista manobrava, subindo na calçada e iluminando ainda mais o local com os faróis, antes de desembarcar e se juntar aos outros.

Alcides pareceu não tomar conhecimento. Continuou andando com o disco de Evaldo Braga debaixo do braço, passando pelos PMs sem sequer olhar para eles.

— Parado aí! — gritou forte o tenente Emiliano.

Todos os policiais sacaram as armas e as apontaram para Alcides. Após o grito do oficial, ele parou, mas continuou de costas para a guarnição. O tenente fez sinal para que os homens lhe dessem cobertura e, com passos cautelosos, foi chegando mais perto do suspeito.

— Devagar, vagabundo! Levanta as mãos e vira de frente pra mim.

O que se ouviu em seguida foi uma gargalhada sinistra. E Alcides se virou lentamente. Os faróis da viatura iluminaram então seu rosto de demônio, com aqueles olhos totalmente brancos. Deformada por um sorriso maligno, a boca revelava dentes pontiagudos.

— De joelho, vagabundo! Larga isso que cê tá segurando, ajoelha no chão e bota as mãos na cabeça! — gritou o tenente.

Mas o demônio não tomava conhecimento. Continuava a rir da cara do policial.

— Do que você tá rindo, vagabundo? Ninguém ri da cara da Rota e continua vivo! — Dito isso, o tenente fez menção de ir para cima de Alcides. Mas algo o impediu. Uma força invisível. Nesse momento, a criatura parou de rir e passou a declamar um feitiço em voz baixa.

— Cala a boca! Cala a boca! — gritou o tenente, sem entender aquela paralisia que o impedia de se mover. — Atirem nele! — gritou para seus homens.

Mas não houve resposta. E, quando Emiliano olhou para trás, em direção aos outros policiais, constatou que todos eles agora apontavam as armas para sua cabeça. Antes que o oficial da Rota pudesse pensar em qualquer coisa, seus subordinados dispararam ao mesmo tempo, fazendo explodir o crânio do tenente. O corpo fardado desabou no chão da pracinha, regando o gramado com um jorro de sangue.

Continuando a declamar seus feitiços, a criatura caminhou lentamente em direção ao corpo. Depois, abaixou-se junto a ele. Da bota calçada no pé esquerdo do tenente, arrancou um coldre onde o policial trazia uma faca grande, pontiaguda e afiada. Em seguida, lançou um olhar para os demais integrantes da guarnição, e todos se ajoelharam ao mesmo tempo, enfileirados. Ainda declamando aquelas palavras incompreensíveis, Alcides caminhou até eles. E cortou a garganta de um por um, sem que reagissem.

O horrível abate daqueles homens fardados foi testemunhado por alguns transeuntes, além de moradores de rua que habitavam a praça. Todos, em seguida, viram Alcides amarrar o coldre com a faca em sua canela e seguir seu caminho por um trecho de calçada da Radial Leste. Ainda levando aquele LP debaixo do braço.

***

Alicinha estava sozinha, no banco de passageiro do Ford Ka do pai de santo, que estava estacionado em frente ao terreiro onde ele realizava seus trabalhos, no Bixiga. Escutava o noticiário no rádio do carro, atenta a alguma informação sobre Alcides ou o assassinato ocorrido na Liberdade.

Logo Antônio saiu do terreiro e entrou no carro. Estava todo vestido de branco, com patuás em volta do pescoço. Trazia uma grande sacola de feira, que entregou a Alicinha. Deu partida e pôs o Kazinho a caminho da zona leste.

A garota começou a examinar o conteúdo da sacola. Velas, sal grosso, galhos de arruda, um vidrinho de água benta...

— Será que isso vai ajudar a gente a salvar o Alcides?

— Não sei... Se esse negócio que passou no jornal é verdade, que ele matou um cara... Vai ser mais difícil. Quando chega nesse ponto, é porque o obsessor já tá exercendo um domínio muito forte no obsediado. Precisamos achar uma maneira de...

Um boletim urgente da rádio interrompeu a fala de Antônio. Alicinha aumentou o volume.

"A polícia acaba de confirmar que uma guarnição inteira da Rota, com cinco policiais, foi atacada na Radial Leste. Os cinco policiais foram brutalmente assassinados... Repito: Cinco policiais da Rota foram brutalmente assassinados! E isso ocorreu em pleno fim da tarde de hoje, em uma praça que estamos sobrevoando agora com o nosso helicóptero. De lá, informações ao vivo com o repórter Ricardo Teixeira."

"Boa tarde, ouvintes. O crime ocorreu há pouco mais de meia hora. Daqui do helicóptero, podemos ver a viatura que os policiais ocupavam, ainda com giroflex e faróis ligados. Ela está parada entre as árvores da praça. Os corpos dos cinco PMs ainda estão por aqui também, mas não conseguimos vê-los devido às árvores. A área está isolada. Outras viaturas da Rota estão chegando ao local a todo instante. O trânsito começa a ficar totalmente parado nos dois sentidos da Radial..."

Uma pergunta do apresentador interrompeu o repórter: "Ricardo, por favor, sabe informar se a polícia já tem alguma pista de quem cometeu esse crime hediondo e de como essa chacina ocorreu? Se houve confronto, troca de tiros...".

"Então, ainda não está totalmente confirmado pela polícia, mas fontes dizem que um policial foi executado com tiros na cabeça e os demais foram degolados, ou seja, tiveram suas gargantas cortadas. Além desses detalhes horríveis, o que mais impressiona na história é o fato de, segundo testemunhas, essa chacina ter sido cometida por apenas um homem, que deixou o local andando pela avenida, no sentido zona leste. Existe também a possibilidade de este crime estar ligado ao assassinato de um homem durante a tarde de hoje, na avenida Liberdade, e às mortes de outras duas pessoas, pela manhã, na região da rua Augusta, centro da cidade..."

— Meu Deus... — murmurou Alicinha, em choque.

O programa continuou a ser transmitido do estúdio.

"Obrigado ao repórter Ricardo Teixeira, que está sobrevoando em nosso helicóptero um trecho da Radial Leste onde cinco policiais militares da Rota foram assassinados agora há pouco, no final da tarde. Mais informações sobre este caso também chegam aqui ao estúdio. A Secretaria Estadual da Segurança Pública acaba de confirmar as ligações entre os três casos envolvendo mortes violentas, que ocorreram na região central e na zona leste da cidade entre a manhã e, agora, o fim da tarde. Também afirma que já identificou dois suspeitos de envolvimento nos crimes: o casal Alcides Gomes de Pádua, de 32 anos, e Alice Maria Fernandes, de 25 anos. De acordo com o que já apurou a nossa produção, este casal foi levado ao 4º Distrito Policial, na região da Consolação, na manhã de hoje, por ligação a um suposto assassinato seguido de suicídio, cometido por um policial militar aposentado. Eles haviam sido liberados da delegacia durante a tarde, e, poucas horas depois, o suspeito Alcides teria matado um homem, ao empurrá-lo no meio da avenida Liberdade, onde a vítima foi atropelada. O assassino fugiu em seguida e, ao que tudo indica, se envolveu nessa chacina de policiais da Rota... Puxa vida, mas que história estranha e horrível... Repetindo os nomes: Alcides Gomes de Pádua, de 32 anos, e Alice Maria Fernandes, de 25 anos. A secretaria de segurança pede que quem tenha informações sobre este casal entre em contato com o telefone 190, da Polícia Militar, ou o Disque Denúncia..."

Alicinha não conseguia acreditar naquilo. Não bastasse tudo que estava acontecendo, agora ela também era procurada pela polícia. Ficou quieta, catatônica e boquiaberta, ouvindo os anunciantes da emissora.

Pai Antônio esticou o braço e abriu o porta-luvas, de onde tirou seus óculos escuros estilo aviador e deu a Alicinha.

— Põe isso na cara. Se teu namorado matou uns home da Rota e a polícia tá te procurando, é melhor ninguém te reconhecer. Aqui na sacola tem um pano branco, também. Enrola na cabeça, tipo lenço...

Alicinha começou a soluçar enquanto seguia as instruções do pai de santo.

— O filho da puta do Alcides... Foi me envolver nessa merda...

— É... Teu namorado...

— Não é meu namorado, porra!!!! Não chama mais aquele filho da puta de meu namorado!!!!!

Antônio se assustou diante da reação violenta da moça. Ela desabafou:

— Ele aparecia na minha casa de vez em quando! Trepava comigo e nunca ligava no dia seguinte! Aí veio com essa porra de disco pra minha casa, e agora eu posso até ser morta pela Rota!!!! Meu Deus! Tanto homem no mundo! Por que fui me enrolar com esse filho da puta?!

— Calma, Alice... Desculpa. Não vou mais chamar ele de seu namorado... Mas peço que você se lembre de não sentir raiva. Se você tiver com raiva, é melhor nem ir junto...

Alicinha bufou, contrariada. Antônio continuou:

— Você tá indo, não porque ele é seu namorado. Tá indo porque você é uma pessoa boa. Me procurou e fez tudo certo até agora, pra ajudar alguém que tá precisando. Aliás, eu preciso da sua ajuda. Não conheço o seu... O Alcides. Você tem que estar lá, porque, na hora que a gente conseguir tirar o obsessor das costas dele, você é quem vai dar força pro Alcides resistir. Já vai pensando em algo que ele gosta, algo em que ele possa pensar, que dê força ao espírito dele, assim que a gente tirar a entidade...

— Aquele filho da puta só gosta de fumar maconha...

E os dois ficaram quietos, enquanto Antônio alterava o caminho que pretendia fazer. Seria melhor ir ao Tatuapé pela Marginal Tietê, para evitar o trânsito da Radial Leste e os policiais da Rota.

***

Após caminhar algumas centenas de metros pela calçada da Radial Leste, o corpo possuído de Alcides chegou a um trecho razoavelmente deserto. Com uma agilidade sobrenatural, ele então pulou o alto muro que separa a avenida dos trilhos do metrô. Em seguida, passou à linha da CPTM. E continuou sua caminhada rumo ao Tatuapé ao lado da ferrovia.

Já havia passado das 19h, e os trilhos estavam tomados pelo breu, à exceção de um ou outro ponto iluminado pela fraca luz dos postes instalados do lado de fora dos muros.

Como sempre acontecia naquele horário, os amigos Elias, Robson e Daniel, de idades entre 13 e 14 anos, moradores do Belenzinho, passaram por um buraco no muro do trem para fumar maconha ao lado dos trilhos. Haviam saído da escola no fim da tarde e faziam hora na rua, antes de voltar para casa.

Escutando, pelo celular de Daniel, MC Rodolfinho com seu hit "Como É Bom Ser Vida Loka", os três se sentaram sobre uma mureta velha de cimento, num canto bem escuro. Elias acendeu um baseado gigante.

— Olha o que eu trouxe aqui também... — disse Robson, tirando de sua mochila escolar um líquido transparente, armazenado dentro de uma garrafa plástica de Gatorade. Abriu a tampa, estendendo a garrafa aos outros, para que sentissem o cheiro.

— Caralho, mano... trouxe essa porra de thinner — reagiu Elias, que não curtia o barato que aqueles solventes davam. Passou o baseado para Daniel.

— Ah, eu quero, sim. Hahahaha... — disse o último, que pegou a garrafinha com thinner, deu uma baforada no gargalo e, logo em seguida, com a outra mão, deu um trago grande no baseado. Acabou se engasgando feio na hora de soltar a fumaça.

Os três caíram na gargalhada. Pouco depois, Elias pareceu ter visto alguém passar sob um poste.

— Peraí... Acho que tá vindo algum mano aê...

Os outros dois não prestavam atenção, alternando os pegas no baseado e as baforadas no solvente. Mas logo Elias viu com clareza que era mesmo um homem, e muito esquisito, caminhando com passos firmes de encontro a eles. Sentiu um calafrio.

— Caralho, porra! Olha, tá vindo um mano esquisito ali!

Seus amigos, já chapados, olharam na direção indicada pelo amigo e viram o vulto do sujeito que se aproximava, segurando um LP debaixo do braço.

Corajoso, em parte devido ao efeito do thinner misturado com maconha, Daniel deu um passo à frente, gritando para o estranho: — Aê, maluco! Quem é você que tá vindo aê!?

O homem deu mais uns passos e então parou, já a poucos metros do adolescente. Ficou calado. Não era possível ver seu rosto, que estava contra a luz do poste mais próximo. Daniel deu outra baforada no thinner, antes de continuar.

— Aê, maluco! Quem é você? O que você qué?

Num movimento rápido, o estranho estendeu o braço e arrancou a garrafa com thinner da mão do jovem. Em seguida, começou a virar o líquido goela abaixo.

— Caralho! Essa porra não é pinga, não, mano!!!!!

Com a lanterninha de seu celular, Daniel resolveu iluminar o homem, que, após dar o último gole na garrafa de thinner, atirou-a de lado e baixou a cabeça, revelando aos garotos seu rosto de feições demoníacas e olhos brancos.

Antes que Daniel pudesse esboçar qualquer reação, a criatura já havia estendido novamente a mão, dessa vez para arrancar o celular do garoto. Em seguida, tacou o aparelho no chão e pisou nele, silenciando aquele maldito funk ostentação.

Daniel deu passos para trás até se juntar aos amigos, e os três, apavorados, ficaram tremendo, parados entre a muretinha e aquele sujeito estranho, com cara de monstro de filme de terror, que havia virado uma garrafa de solvente no gargalo e ainda continuava de pé.

Elias então se lembrou de que estava com o baseado aceso na mão e teve a ideia de oferecê-lo ao monstrão.

— Qué fumá aí, mano?

Nesse momento, um trem passou pelo local, iluminando o grupo. Os garotos puderam então ver mais detalhadamente aquele rosto horrível que havia se tornado a cara de Alcides. Além dos olhos brancos, grandes e opacos, havia o queixo e o nariz compridos e a boca enorme e retorcida, cheia de dentes pontiagudos. Tudo emoldurado por uma pele que lembrava as escamas de um réptil peçonhento.

A criatura então estendeu a mão e pegou o baseado gigante da mão de Elias, levando-o, lentamente, até a boca. Em seguida, acabou com o enorme beck em apenas um pega. Mas depois se engasgou, tossindo fortemente. E acabou soltando um violento jato de vômito cheio de thinner em cima dos garotos, ao mesmo tempo que emitia um rugido infernal. Nessa hora, os meninos dispararam correndo, a toda velocidade possível, encharcados de vômito de thinner, em direção ao buraco no muro da CPTM.

Alcides cambaleou um instante, meio zonzo, e se aproximou de um poste. A luz, porém, não iluminou mais uma cara de demônio, mas a do revendedor de discos, que não sabia onde estava ou o que tinha acontecido. Viu os trilhos e que um trem se aproximava ao longe. Não estava entendendo nada, então olhou para sua mão esquerda e viu que continuava a segurar aquele maldito disco de Evaldo Braga.

— Merda!

Tentou jogar o disco longe, mas não conseguiu. Sua mão não o largava. Nisso, percebeu que a mão estava diferente. Deformada, ossuda. Com unhas pretas. Possuída pela entidade. Alcides começou a gritar, desesperado, enquanto uma nova mensagem surgia em brasa, na capa do disco: "Desiste. Quem manda so eu".

Desesperado, Alcides sentia que o espírito trevoso estava voltando a dominá-lo e, vendo que o trem estava chegando, resolveu tomar uma medida drástica. Correu até o trilho e se deitou ao lado dele, colocando o braço que segurava o LP amaldiçoado no caminho das rodas do trem.

Naqueles segundos que antecederam a passagem da composição pelo local, a batalha entre o obsessor e o obsediado se intensificou. Com o rosto de Alcides dando lugar ora ao semblante do mago trevoso, ora ao do revendedor de vinis. E, quando o trem finalmente passou, o corpo girou para o lado.

Depois se levantou. Ainda com o braço esquerdo e ainda segurando o disco de Evaldo Braga.

***

Saindo da Marginal, o trânsito estava totalmente parado na avenida Salim Farah Maluf. Ainda de óculos escuros, apesar de já ter anoitecido, e com um pano branco enrolado na cabeça, Alicinha olhava para o movimento nas calçadas através da janela do carro. Havia ficado calada e pensativa depois da conversa com Pai Antônio.

Já Tonho estava começando a perder a paciência com o trânsito. Na tela do celular pendurado no painel, o mapa do Waze só mostrava vias em vermelho na região. Com certeza, reflexo do que havia acontecido na Radial Leste.

Várias vezes, viaturas com PMs de armas em punho e mal-encarados pendurados nas janelas passaram perto do carro com a sirene ligada, abrindo caminho em meio ao congestionamento. Estavam à caça de Alcides — e de Alicinha também.

O pai de santo então aproveitou o trânsito parado para tentar novamente falar com Marilena. Discou o número no celular preso ao painel e colocou no viva-voz. Uma mulher atendeu.

— Dona Marilena, é você? — perguntou Antônio.

— Quem fala?

— É o Pai Antônio Aguiar. Lembra de mim?

— Eita! E como eu ia te esquecê, homem? Tá tudo bem?

— Éééé... Mais ou menos, Dona Marilena. Você tá indo pro terreiro da Mãe Eduarda, né?

— Então, acabei de chegar aqui... Você já ficou sabendo da Mãe Eduarda?

— Não... O que aconteceu?

— Ela passou mal e foi parar no hospital... Falaram que ela de repente começou a receber umas entidades que tavam muito agitadas... Aconteceram coisas estranhas; cadeira, mesa voando sozinha... Não é por isso que você tá ligando?

— Não... Não é por isso...

— Tem algo a ver com aquele problema antigo, lá?

— Olha, Dona Marilena, eu tô no trânsito...

— Sua voz tá estranha, Pai Antônio...

Tonho respirou fundo.

— Aquele disco do Evaldo voltou. O disco reapareceu... De certo, por isso as entidades tão agitadas, e aconteceu isso aí, que a senhora falou, no terreiro da Mãe Eduarda. Ele já tá aqui por perto...

— Mas como ele voltou? — A voz de Marilena agora estava trêmula.

— Seguinte: eu e uma amiga tamo quase saindo aqui da Salim Farah Maluf. Tá um trânsito muito ruim, mas já-já a gente escapa. Me diz uma coisa: você ainda mora naquela mesma casa, onde... — Por um instante, ele procurou palavras para descrever a situação. — ... onde aconteceu o problema naquele tempo?

— Não, por quê?

— Menos mal... Provavelmente ele deve ir te procurar lá.

A voz de Marilena voltou ainda mais trêmula.

— Hoje, quem mora lá é minha filha...

***

O imóvel era térreo, de portão baixo, com um pequeno jardim na frente e espaço para guardar um carro ao lado. Ao som das palmas, a porta se abriu, e, de trás dela, apareceu a cabeça de uma mulher jovem e muito bonita.

— Pois não? — a moça perguntou àquele cara estranho, meio largado e sujo, que trazia um LP nas mãos e parecia surpreso ao vê-la.

— Marilena... Você não mudou — murmurou Alcides.

A garota sorriu.

— Marilena é o nome da minha mãe. Faz uns 15 anos que ela já não mora mais aqui.

Alcides abriu o portãozinho baixo e começou a entrar no quintal. A garota não gostou daquilo.

— E o seu nome, qual é? — quis saber ele, já encostando o portãozinho atrás de si.

— Marieva... Moço, acho melhor o senhor esperar um pouco, que vou chamar meu marido.

— Por que você precisa chamar seu marido? — Agora ele caminhava em direção a ela.

Marieva hesitou um pouco, mas gritou:

— Guiiiiiii! Vem aqui, agora!

Guilherme, o marido, jogava o game da Fifa em seu PlayStation 3, com um enorme baseado ao lado, que ele acendia para dar uns pegas nos intervalos das partidas. Estava dando uma dessas tragadas quando ouviu a mulher chamar.

— Caraio! Que que é, agora?

Depositou o beck no cinzeiro e se levantou para ir ver o que a mulher queria. Quando chegou até ela, deparou-se com aquele sujeito estranho parado diante da porta e Marieva com cara de assustada. Guilherme estufou o peito e tomou dianteira, ficando frente a frente com Alcides. Encarando-o com ar desafiador, perguntou:

— Pois não, meu amigo? Quem é você e o que você quer?

— Vim trazer esse disco pra uma velha amiga minha, a Marilena.

De trás do marido, a jovem respondeu.

— Já falei, moço. Minha mãe já não mora mais aqui...

— É... Talvez eu nem precise encontrar sua mãe. Pode ser só você, mesmo. — Seus olhos estavam fixos em Marieva. E ele deu mais um passo à frente, para entrar na casa.

— Peraí, cara! — disse Guilherme, encostando a palma da mão no peito do estranho, para impedi-lo de entrar.

Assim que tocou em Alcides, no entanto, Guilherme foi atingido por uma força invisível, que o atirou de costas contra uma das paredes da sala, onde ficou grudado, com as pernas e os braços estendidos.

Enquanto Marieva gritava, desesperada, o agressor entrou na casa, e a porta se fechou com violência atrás dele. Quando Alcides voltou a encará-la, as feições de demônio haviam retornado ao seu rosto. Ao ver aquela cara horrível, Marieva gritou mais ainda e saiu correndo até o quarto de seu filho Maurício, de nove meses, que dormia no berço.

Ao passar pela porta do quarto, Marieva a fechou, já empurrando uma cômoda para bloqueá-la. Pegou o bebê no colo e pensou em fugir com ele pela janela, mas não teve tempo. De repente, a cômoda que bloqueava a porta voou sozinha de encontro à parede da janela, quase atingindo a garota e o bebê.

A criatura entrou no quarto, ainda com o disco de Evaldo Braga debaixo do braço. Caminhava em direção à jovem e à criança quando o toque do telefone fixo da casa o deteve. Deu então meia-volta e retornou à sala, onde atendeu o aparelho. Quando tirou o fone do gancho, Guilherme, que ainda estava grudado na parede, começou a gritar:

— Socoooorro! Socorro, porra!!! Minha mulher e meu filho tão em peri...

Bastou um gesto da criatura para um feitiço amarrar a boca do rapaz, que, sem conseguir se mexer ou falar, só derramava lágrimas de desespero. O ser trevoso então falou ao telefone.

— Oi, Marilena, meu amor... Há quanto tempo, hein... Acabei de conhecer a Marieva... Como é bonita... Puxou a mãe...

Nesse momento, Marieva passou correndo pela sala com o bebê no colo, em direção à porta. Mas bastou um olhar da entidade para que ela ficasse paralisada no meio do caminho. Ednaldo voltou então a falar com Marilena.

— Acho que é hora de uma reunião em família, meu amor. Estamos te esperando.

***

Quando o Ford Ka do Pai Antônio entrou na rua Coronel Alves Fonseca, Alicinha tirou os óculos escuros e viu uma mulher de cerca de 60 anos de idade descer correndo de um táxi para entrar em uma casa térrea.

— Olha lá a Dona Marilena — disse Tonho.

— Aquela é a casa? — perguntou Alicinha, já prevendo a resposta.

O pai de santo nem ouviu a indagação da jovem. Parou o carro do outro lado da rua, em frente à casa. De lá, já podiam ouvir o som da música de Evaldo Braga.

— Muito bem, agora precisamos ir com calma — Tonho explicou.

Desligou o carro, e os dois desceram. Ele então pôs a sacola de feira com os apetrechos religiosos sobre o capô.

— Vou precisar desse pano, Alice — pediu ele.

Alicinha desenrolou o pano branco que trazia na cabeça e o entregou a Antônio. Ele o colocou sobre os ombros, em torno da nuca. Sobre o pano, ainda pôs um monte patuás. Seus movimentos eram cuidadosos, estava concentrado. Em seguida, passou a dar instruções à jovem, mostrando-lhe o que havia dentro da sacola.

— Essas ervas aqui — disse-lhe, pegando um maço de mato —, a gente vai queimar. Você vai andar em volta da casa, espalhando a fumaça, certo? Fora isso, você também vai espalhar esse sal grosso e essas pétalas de rosa pelo chão, entendeu? Mas não gasta tudo. Depois, você vai entrar na casa e também vai espalhar a fumaça, o sal e as pétalas pelo recinto onde vai acontecer a desobsessão. Tudo bem?

Alicinha fez que sim com a cabeça. Pai Antônio continuou, entregando o maço de ervas, cujas pontas já começou a queimar com um isqueiro. Uma fumaça de cheiro forte passou a sair das folhas.

— Agora, quero que você fique aqui do meu lado um instante, se concentre e balance esse instrumento, desse jeito e nesse ritmo.

Ele tirou da sacola um adjá — espécie de chocalho metálico e dourado utilizado em rituais de umbanda. Antes de estendê-lo a Alicinha, mostrou como ela deveria chacoalhar o instrumento, em um ritmo constante e hipnótico. Ela hesitou.

— Mas não manjo nada de percussão...

— Acredita, minha filha. Balança o instrumento, que você vai conseguir.

Alicinha começou a balançar o adjá. No início, estava desajeitada, mas logo depois de Antônio tirar seu cachimbo do bolso, acendê-lo com o isqueiro e dar algumas baforadas, o braço da garota pareceu ganhar vida, e ela passou a balançar o instrumento com confiança, no mesmo ritmo que o pai de santo havia lhe mostrado.

Antônio passou a respirar fundo e a fungar, teve uns tremeliques e se curvou. Depois puxou algumas vezes a fumaça do cachimbo e, sem tragá-la, assoprou no ar. Então adotou uma postura que parecia a de um idoso, curvado e com tremedeiras. Com os olhos fechados, um sorriso bondoso e uma voz diferente — de velho —, virou a cabeça na direção de Alicinha:

— Ô mizinfia. Vassuncê já pode espaiá as coisa invorta da casa, visse...

Meio sem jeito e impressionada, ela perguntou, apontando pro adjá:

— Ééé... Vai precisar disso aqui ainda?

— Vai pricisá de tudo, mizinfia. Bota isso aí dentro da sacola e leva a sacola com vassuncê tomém.

Alicinha obedeceu e começou a seguir as instruções que Pai Antônio havia lhe dado, espalhando a fumaça, o sal e as pétalas em torno da casa. Enquanto ela fazia isso, o Preto Velho abriu a porta do imóvel e entrou.

**

No momento em que havia entrado na casa, a primeira coisa que Marilena viu foi a filha e o genro, lado a lado, grudados de costas numa das paredes da sala. Estavam a pelo menos um metro do chão, com as pernas e braços estendidos. Não conseguiam falar, só grunhir.

— Minha filha! — gritou a mãe, correndo em direção a eles e agarrando as pernas de Marieva. A moça olhava para ela desesperada e chorando, sem conseguir falar. Guilherme fazia o mesmo.

Marilena então se lembrou do neto.

— E o Maurício?! Cadê o Maurício!?

Grunhindo, o casal olhou para o outro canto da sala. Acompanhando seus olhares, Marilena viu uma cena que a deixou aterrorizada. O videogame do genro e a TV de 40 polegadas estavam no chão. Haviam dado lugar, na cômoda, à sua antiga e empoeirada vitrola, que ficara guardada em um quartinho nos fundos durante décadas. Em cima da tampa de acrílico amarelada do aparelho, de cócoras e segurando o bebê no colo, estava aquela criatura de semblante demoníaco de que ela nunca se esquecera.

Só aí Marilena também se deu conta de que estava escutando *Os Grandes Sucessos de Evaldo Braga*, aquele maldito LP que tanto sofrimento havia lhe causado no passado.

Ao ver a criança nas mãos daquele ser infernal, a avó enlouqueceu. Soltou um grito estridente e avançou contra o monstro. Mas nesse momento a mesma força paranormal que mantinha a filha e o genro grudados na parede a atingiu, atirando-a para trás. Agora ela também estava grudada, de braços e pernas abertos, em outra parede da mesma sala.

Sem se mexer, o demônio continuava sobre a vitrola, dando agora uma risadinha sinistra e irritante.

— Marilena... Há quanto tempo, hein... Como você envelheceu...

— Larga meu neto, seu filho da puta! — respondeu ela.

— Mas ele também é meu neto...

Aquela resposta pareceu confundir Marilena.

— N... n... não... Marieva é filha do Isaías, não é sua filha...

A entidade gargalhou alto.

— Como ela pode ser filha daquele delegado crente de merda, se ele não passava de um viado?

Marilena ficou sem resposta e trocou um olhar com a filha, enquanto Ednaldo continuava suas provocações.

— Ou você não lembra que aquela bicha enrustida só ficava orando e não trepava com você, até eu começar a tomar conta do corpo dele?

— Mentira! — Ela agora chorava. — Quando você possuiu meu marido, foi pra me espancar, me estuprar e me torturar, seu filho da puta!

— Nem sempre foi assim, meu amor... No começo, você não percebia... Mas já era eu que tava indo pra cama com você...

— É mentira! É mentira... — Chorando, Marilena baixou a cabeça. Aquelas palavras a haviam deixado confusa.

Escutando os soluços e vendo as lágrimas da mulher, Ednaldo continuava a rir sobre a vitrola. Mas, de súbito, seu sorriso desapareceu. Foi no exato momento em que Pai Antônio abriu a porta e entrou na casa, de olhos fechados, curvado e com passos lentos, soltando fumaça pelo cachimbo.

— Boa noite, boa noite... — disse Tonho, com simpatia e voz de idoso.

Ednaldo respondeu:

— Boa noite o caralho, Preto Véio filha da puta! Sai daqui, que ninguém te chamou!

— Ô mizinfio Ednaldo... Óia nóis si incontrando di novo, né memo?

— SAAAAI DAQUIIIIII!

Ao mesmo tempo que Ednaldo deu aquele grito ensurdecedor, móveis e objetos da sala passaram a voar em direção a Pai Antônio. Mas, antes de atingi-lo, eles desviavam. E, quando a grande poltrona onde Guilherme gostava de se sentar para jogar videogame voou em direção ao Preto Velho, este apenas ergueu sua mão direita, e a poltrona voltou o chão, sobre os quatro pés e virada de frente para a vitrola. Pai Antônio deu a volta em torno dela e se sentou, ficando cara a cara com a entidade maligna.

— Vassuncê sabe qui num podi atingi o Preto Véio, mizinfio Ednaldo... Meu amor é muito mais forte que seu ódio! Agora, dá licença, que eu quero falá com o mizinfio Alcides. Vassuncê taí, Alcides?

A resposta foi outro grito cavernoso e ensurdecedor da criatura. Em seguida, Ednaldo simplesmente jogou de lado o bebê, que chorava aos berros em seu colo. Em vez de se espatifar no chão, porém, Maurício levitou até cair sobre um sofá. Tomada pelo ódio, a criatura saltou sobre o pai de santo, agarrando-o pela garganta e tirando-o do sofá para erguê-lo no ar. Mas o Preto Velho pareceu não se importar ou sentir qualquer dor. Ainda com a mão de Ednaldo em torno de sua garganta, tragou calmamente seu cachimbo e baforou fumaça na cara do demônio, causando-lhe uma forte crise de tosse e fazendo com que o possuído cambaleasse, até largar o pescoço do pai de santo.

Alicinha entrou na casa em seguida, carregando no ombro a sacola de feira e o maço de ervas, que ainda queimava e soltava uma fumaceira. Sem olhar para ela, o Preto Velho falou:

— Mizinfia Alice, tráiz essa fumaça mais pra cá pá módi miajudá... Também podi pegá a água benta e tacá nele!

Alicinha estava nervosa e tremia, mas a vontade de acabar com aquela entidade infernal que havia destruído sua coleção de vinis lhe dava fúria e coragem para avançar contra o corpo possuído de Alcides, balançando as ervas fumegantes em torno dele e chacoalhando o vidrinho de água benta.

Sentindo a água benta tocar a pele, Ednaldo urrava como um animal ferido. O Preto Velho então se aproximou dele e pôs a mão em sua testa, soltando mais baforadas de cachimbo em sua cara.

Sem perder a serenidade na voz, ordenou à criatura:

— Sai desse corpo, Ednaldo... Seu lugar é nas treva, longe dos vivo... Vassuncê num ganha nada se vingando, vassuncê não ganha nada prejudicando as pessoa... Tô mandando agora vasssuncê imbora daqui! Sai desse corpo e dessa casa pra sempri!!!

Com a mão de Pai Antônio na testa, Ednaldo foi, aos poucos, ajoelhando-se no chão. Nesse momento, até Maurício, que observava a batalha com seus olhinhos de bebê, parou de chorar. O Preto Velho subia o tom de voz:

— Alcides, mizinfio, mi ajuda a expursá essa coisa que tá te dominando!

Mas enquanto estava de joelhos, aparentemente sendo derrotada, a entidade puxava lentamente para cima a barra direita da calça, sob a qual havia guardado o coldre com a faca que havia apanhado do tenente Emiliano, da Rota. Assim que os dedos de sua mão ossuda e de unhas pretas tocaram o cabo da faca, a criatura puxou a lâmina numa velocidade sobrenatural e a cravou entre as costelas do pai de santo.

Segurando a faca cravada no corpo do adversário, Ednaldo se ergueu e o encarou. Os olhos de Antônio, que até então haviam permanecido fechados, agora estavam arregalados e fixados nos olhos brancos e opacos do mago trevoso, que voltara a soltar sua risadinha irritante. Enquanto isso, o bebê, que parecia entender tudo que estava acontecendo, recomeçava seu berreiro.

Apavorada, Alicinha bateu com as ervas fumegantes nas costas da criatura, que nem tomou conhecimento. Ao atingir o demônio, as ervas simplesmente se incendiavam e viravam fuligem. Em seguida, a jovem foi alvejada por aquela mesma força sobrenatural da qual Marilena, a filha e o genro haviam sido vítimas. Alicinha foi arremessada de costas contra a parede, ao lado da vitrola, onde ficou imóvel, com os braços e pernas estirados. Em sua mão esquerda, porém, ela continuava segurando o vidrinho de água benta. Pendurada em seu ombro, ainda estava a sacola de feira com os apetrechos de Tonho.

Com a lâmina enfiada entre as costelas e o cachimbo pendurado nos dentes, quase caindo da boca, o pai de santo grunhia no centro da sala. A criatura, que ainda segurava firmemente o cabo da faca fincada em Antônio, usou a outra mão para puxar o cachimbo da boca do inimigo e o esmagou entre os dedos. Os pedaços de madeira caíram junto com brasas e cinzas ao chão. Na sequência, a criatura empurrou o pai de santo, tirando a lâmina de sua carne, e Tonho desabou de costas, sangrando, sobre a poltrona.

— Pai de santo de merda! Achô que ia me derrotá de novo!? — provocou a criatura, enquanto dava a volta em torno da poltrona e se posicionava atrás do pai de santo, para cortar sua garganta.

Inerte, presa à parede, Alicinha escutava o choro estridente de Maurício e assistia àquela cena em agonia e desespero. Nada podia fazer, pois a força maligna que a mantinha presa ali não permitia sequer que conseguisse gritar. Mas, nisso, ela ouviu uma voz, que lhe falou ao ouvido:

— Calma, minha filha. Respira fundo e tenta esquecê o medo que cê tá sentindo. Se livra de toda a raiva, de todo ódio, pois você é uma pessoa muito boa...

Alicinha reconheceu a voz. Era de Edith, a médium assassinada em sua quitinete. Nesse momento, ela piscou e viu o espírito da mulher, flutuando em sua frente. Do olhar de Edith, emanava pura bondade. E, mesmo na situação em que se encontrava, Alicinha se sentiu invadida por uma onda de otimismo e alívio.

Recitando seus feitiços malignos e com a lâmina da faca a milímetros da garganta de Tonho, Ednaldo interrompeu o ritual ao perceber que havia algo errado e olhou na direção de Alice. Antes que a criatura pudesse fazer qualquer coisa, a jovem se desprendeu da parede. Quando os pés dela atingiram o chão, Alicinha já sabia o que fazer. Abriu a tampa da vitrola e despejou toda a água benta do vidrinho sobre o disco de Evaldo Braga.

A ação foi seguida por um grito de Ednaldo, que se contorceu como se tivesse sido gravemente ferido. Alicinha aproveitou para tirar o sal grosso e as pétalas de rosa de dentro da sacola de feira, também jogando-os sobre o LP. A agulha começou a pular na faixa "Meu Deus", e a voz de Evaldo Braga foi ficando lenta e distorcida. Feito isso, ela ainda sacou o adjá da sacola e pôs-se a chacoalhar o instrumento com força, tirando dele um barulho irritantemente alto, que encobria o berreiro da criança.

Cambaleando e com a faca ainda em punho, Ednaldo saiu de trás da poltrona onde Tonho estava sentado para tentar chegar até Alicinha. Para ele, o barulho do adjá era uma tortura insuportável.

Apesar de gravemente ferido, o pai de santo sabia que tinha de aproveitar aquele instante de fraqueza do oponente para atacá-lo. Reuniu suas forças e ergueu-se da poltrona, tentando estancar a hemorragia da facada com as mãos. Ficou momentaneamente desorientado ao ver o seu cachimbo em pedaços no chão. Mas, em seguida, olhou em volta e notou, caído sobre o carpete, o baseadão que o marido de Marieva estava fumando antes de a entidade chegar à casa. Ainda tonto e a passos vacilantes, Ednaldo já estava quase chegando a Alicinha e a encurralando no canto da sala quando a mão do pai de santo puxou seu ombro, obrigando-o a olhar para trás. Novamente incorporado com o Preto Velho, Tonho voltou a impor a mão sobre a testa do adversário e soltou uma grande baforada de fumaça, desta vez de maconha.

A fumaça do baseado pareceu atingir a entidade bem mais do que o fumo do cachimbo. Ednaldo passou a tossir com força, tanto que deixou a faca cair no chão. Continuou tossindo e perdeu o equilíbrio, caindo para trás, aos pés de Alicinha. A cada tossida que dava, o demônio ia perdendo suas feições, e o rosto foi voltando a ter as características de Alcides.

— Li... Li... Licinha... — disse ele, ao bater os olhos nela.

Mas, na sequência, Alcides soltou outro urro, e seu rosto voltou a ganhar traços demoníacos.

A garota então gritou para o Preto Velho:

— Com licença! Posso tentar uma coisa!?

— Podi, sim, mizinfia! Fica à vontádi, viu!

Tirando o baseado da mão do pai de santo e dando uma grande tragada, Alicinha pôs o beck na boca, com a ponta em brasa virada para dentro. Depois agachou-se sobre Alcides, agarrou-lhe o rosto entre as mãos e encostou seus lábios nos dele, fazendo uma tremenda peruana.

Os dois se desgrudaram na sequência, ambos tossindo muito. E, no auge do ataque de tosse de Alcides, uma fumaça densa e preta saiu de sua boca. Aquela fumaça pairou um instante sobre a sala, como uma névoa estática, até que o Preto Velho a puxou pelo nariz, aspirando-a inteira, para em seguida assoprá-la em direção à porta da casa, que se abriu para que ela se espalhasse pelo ar do lado de fora.

O disco de Evaldo Braga, que ainda teimava em rodar na vitrola, mesmo coberto de água benta, sal e pétalas de rosa, finalmente parou de girar. Imediatamente, cessou o choro de Maurício. E Pai Antônio caiu, inconsciente. Marilena, Marieva e Guilherme despencaram das paredes ao mesmo tempo. Após a queda, Marieva levantou-se correndo e foi pegar o filho.

Alicinha se atirou em Alcides, abraçando-o. Depois o ajudou a levantar-se. Completamente atordoado, ele não entendia nada.

Agachada ao lado de Pai Antônio, que ainda estava no chão, inconsciente e sangrando, Marilena tentava reanimá-lo.

— Precisamos chamar uma ambulância pra ele, rápido! — gritou ela.

Enquanto Alicinha pegava seu iPhone para pedir socorro, Alcides caminhava pela sala da casa, confuso. "Que porra de lugar é esse?", pensava. Notou então que havia luzes azuis e vermelhas na rua. Caminhou até a porta e viu que uma viatura da Rota estava parada diante da casa. Nesse instante, tiros que partiram de diversas armas o atingiram.

***

Após fugirem correndo de Ednaldo e terem passado pelo buraco no muro da CPTM, os garotos Elias, Daniel e Robson acabaram se escondendo em um terreno baldio que havia ali por perto. Apesar do susto, em vez de voltarem para suas casas, eles preferiram bolar outro baseado — afinal, aquele cara estranho havia fumado o beck deles inteiro e bebido toda sua garrafinha de thinner.

Daniel estava terminando de bolar quando viram novamente Ednaldo. Ele caminhava pela rua rumo à antiga casa de Marilena. Foi Daniel quem teve a ideia de segui-lo, já que aquele feioso também havia quebrado seu celular. Queria se vingar do sujeito de alguma forma.

De longe e com cuidado, o trio o seguiu até vê-lo entrar no imóvel do Tatuapé. Estavam em um canto escuro da calçada, observando a casa. De lá, escutaram os primeiros gritos de Marieva. Depois, viram a chegada de Marilena, seguida pela de Tonho e de Alicinha. Ficaram impressionados ao ver o pai de santo incorporando o Preto Velho. Depois que a garota espalhou a fumaça em torno da casa e entrou, passaram pelo portãozinho e ficaram do lado de fora, espiando o que acontecia pelas frestas da janela da sala. Bastou que vissem algumas cenas do embate entre Ednaldo e o Preto Velho para que ficassem assustados e resolvessem cair fora dali.

Quando já estavam no meio do caminho para voltar ao Belenzinho, no entanto, os garotos foram parados por uma das inúmeras guarnições da Rota que patrulhavam a região atrás de Alcides. E os PMs encontraram a maconha que traziam.

Após tomar um tapão na cara, Daniel, com medo de que os policiais fossem levá-los para alguma quebrada e executá-los, resolveu dizer que um cara esquisito havia destruído o seu celular e que eles o haviam seguido até "uma casa logo ali", onde estava ocorrendo uma briga feia que parecia ser um exorcismo.

O comandante da guarnição quis saber mais sobre aquilo e, ao ouvir a descrição do tal sujeito esquisito, percebeu que as características batiam com as do homem que havia matado seus colegas na Radial

Leste. Fez então que os garotos levassem a guarnição até a casa. Pouco depois de a porta se abrir sozinha e uma fumaça preta sair do imóvel, os PMs viram Alcides sair na porta. Não havia dúvida. Era o cara que estavam procurando. No total, 15 tiros o atingiram.

***

Gritando "assassinos" e chorando desesperadamente após ver Alcides ser transformado em peneira pelos policiais, Alicinha foi levada de camburão e interrogada no 30º Distrito Policial, do Tatuapé, de onde acabou liberada após prestar depoimento.

Pai Antônio sobreviveu à facada que levou de Ednaldo — outra viatura, que chegou em seguida, levou-o ao pronto-socorro da região. Antes de ser levado, ele, com a voz enfraquecida, instruiu Marilena a enterrar o disco de Evaldo Braga em um cemitério, a sete palmos do chão, o que ela fez naquela mesma noite, com a ajuda do genro.

Três dias depois, ocorreu o enterro de Alcides, no cemitério da Vila Nova Cachoeirinha. Com exceção de Pai Antônio, que ainda estava internado, todos os envolvidos naquele episódio estavam no sepultamento. Marieva e Guilherme, que estavam com o filho, disseram a Alicinha que a casa seria vendida. Eles já haviam saído de lá com o bebê e estavam morando temporariamente no apartamento de Marilena. Já Marilena disse que estava pensando em deixar São Paulo e ir viver no interior.

Quando Alicinha se despediu deles, teve a impressão de ver aquela cara horrível de demônio no lugar do rosto do bebê. Mas achou que poderia ter sido só sua imaginação.

Alicinha chorou muito no momento em que o caixão de Alcides desceu na cova. Mas logo superou a perda. Meses depois conheceu outro cabeludo, dessa vez roqueiro, e eles começaram a namorar.

Ela então substituiu sua coleção derretida de MPB por discos seminovos de bandas como AC/DC, Led Zeppelin e Black Sabbath, entre outros. Sua quitinete passou a ostentar pôsteres do Motörhead e do Iron Maiden, e o visual riponga da garota deu lugar a roupas pretas, bota e jaqueta de couro.

Em uma tarde de domingo, quando a morte de Alcides já havia completado cerca de um ano, ela e o namorado chegaram à quitinete, vindos de uma feira de vinis. Eufórica, ela apanhou uma edição impecável de uma das sacolas. *Hotter than Hell*, do Kiss.

Enquanto estava colocando o vinil na vitrola, porém, sentiu um calafrio ao ouvir o namorado, que mexia nas outras sacolas de LPs, dizer: "Ei! Veio junto um disco de música brega. Você comprou?".

18

MARCO DES,//CASTRO

ANIVER-SÁRIO

"Nunca vi alegria tão forçada", pensava Seu Lair, olhando o filho, a nora e os três netos. Todos sentados à mesa, batendo palmas e cantando "Parabéns pra Você". "Parabéns pra mim? Por fazer 86 anos? Ser viúvo? Não beber? Não trepar? Não ter força pra andar até a esquina? Que bela merda!"

Quando terminaram, o velho, sem nenhum entusiasmo, apagou as velinhas, em formato de oito e seis, no bolo floresta negra.

— Um pedação com duas cerejas pro senhor, Seu Lair — disse Aline, a nora, cortando o pedaço e pondo no pratinho.

Seu Lair olhou aquele pedaço de bolo e soltou um suspiro desanimado.

— Que tristeza é essa, pai? É seu aniversário — disse Guilherme, o filho, com um sorrisinho besta na cara.

— Se é meu aniversário, quero uma boa dose de cachaça.

— Ô pai... Que é isso? O senhor sabe que não pode...

— Caralho, uma porra de um copo de uísque não vai me matar. E, se matar, melhor. Tô cansado dessa vida de merda. Quero tomar um trago. Só isso.

Os sorrisos forçados foram começando a desaparecer. Os semblantes tornavam-se mais sinceros. Mostravam impaciência. Só o filho, heroicamente, esforçava-se para manter o falso sorriso.

— Precisa falar desse jeito, pai? O senhor tá na frente dos seus netos...

— Paulinho, você acha ruim quando o vô fala palavrão? — perguntou o idoso ao neto caçula, que tinha 9 anos. Gostava daquele moleque.

— Não, vô.

— Você fala palavrão também?

— Falo, vô.

— Paulinho, o que é isso? Te boto de castigo! — ralhou Alice, visivelmente irritada.

— Deixa o moleque, porra! Essa vida é uma merda, mesmo. Tem mais é que falar muito palavrão!

— O senhor não fale assim comigo, Seu Lair.

— Tô na minha casa. Falo do jeito que eu quero.

Agora Guilherme não sorria mais.

— Pai, para com isso. É seu aniversário, e a gente veio aqui te trazer um bolo. O senhor devia ser menos mal-agradecido e tratar a gente bem.

— Mal-agradecido? Eu pedi essa porra desse bolo? Pega essa merda e vai embora. Me deixa morrer sozinho e em paz!

— Pra mim chega. Vamos embora, crianças! — disse a nora, levantando-se.

Os moleques a seguiram em silêncio. O único que disse "tchau, vô" foi Paulinho. Seu Lair sorriu pro guri, mas não falou nada.

— Amor, vai indo pro carro que já vou.

A esposa só olhou feio para Guilherme, pegando a bolsa e saindo com as crianças.

— Pai. A gente precisa conversar...

— Não precisa, não. Vai embora com sua mulher e seus filhos.

— Pai, o senhor tá cada vez mais ranzinza. Desde que o médico te proibiu de beber, o senhor só dá patada. Assim tá difícil...

— Olha, Guilherme... Você sempre foi um bom filho. Acho legal você lembrar de mim e vir aqui com meus netos. Mas minha vida já acabou. Sou um velho de merda que daqui a pouco não vai mais nem conseguir limpar o próprio rabo sozinho. Tudo que quero é morrer antes de chegar a esse ponto.

— Mas, pai...

— Não tem "mas, pai". Se você quer me ver contente, vai até o supermercado e me traz uma garrafa de cachaça ou de uísque ou de vodca ou de conhaque ou de qualquer merda que tenha álcool. Quero ficar aqui, sozinho, enchendo a cara até morrer.

— PARA COM ISSO, PAI! Não vou comprar merda nenhuma. Agora chega. Andei vendo umas casas de repouso...

— Ah... então você vai me largar num asilo... num depósito de velhos...

— Vou. O senhor tá ficando louco. Não dá mais pra te deixar sozinho, e não sei mais o que fazer...

Dito isso, os dois ficaram em silêncio por alguns minutos. Ambos olhando para o vazio. Até que Guilherme se levantou.

— Bom... Vou indo. A Alice e os meninos tão no carro me esperando.

O velho continuou em silêncio. Nem olhou para o filho, que foi embora sem falar mais nada. Ficou sozinho, sentado em frente ao seu pedaço de bolo, desejando a morte. Pensou em se enforcar com o lençol. Depois pensou em cortar os pulsos. Mas lembrou que tinha as pílulas e decidiu tomar quarenta de uma só vez. Levantou-se, foi até a cozinha e pegou o frasco cheio no armário. Voltou para a sala de jantar com um copo d'água na mão. Despejou as pílulas sobre a mesa. Olhou para o floresta negra.

— Só queria um último trago. Só um último trago... — disse a si mesmo.

— Feliz aniversário...

A voz vinha de trás. O idoso virou e viu um homem encostado à parede da sala de jantar. Ficou paralisado.

— Parece que você tá vendo um fantasma, hehehe...

— E n... n... não tô? — A voz de Seu Lair quase não saía.

— É... Tá, sim...

Só então Seu Lair reparou que o visitante tinha uma garrafa debaixo do braço.

— Trouxe uma cachacinha da boa pra comemorar seu aniversário com a gente. Você podia pegar os copos, não? — intimou ele, indo até a mesa com a garrafa de cachaça amarelinha.

— Lizário... Você foi atropelado. Faz uns 40 anos... Eu fui no seu enterro. O que você tá fazendo aqui?

— Você vai pegar os copos ou não? Tô com sede... — disse o fantasma, sentando-se à mesa e pegando o pratinho com a fatia do floresta negra que Seu Lair havia ignorado.

O velho, não entendendo nada, levantou-se, foi até a cozinha e voltou com dois copos pequenos. Pegou a cachaça, enquanto Lizário comia o bolo, e examinou a garrafa. "Puta merda", murmurou. E encheu os copos. Esvaziou o seu em uma só golada. Sentiu a bebida descer rasgando.

— Meu Deus... Que delícia!

— Não fala em Deus. Quem te mandou isso foi o Diabo.

— O quê?

— O Diabo. Sabe? Eu, o Valtão, o Joca... Tamo tudo no inferno. De lá a gente vê a merda que os camaradas tão vivendo aqui. Ainda bem que não fiquei velho. Isso é que é um verdadeiro inferno...

— Ser velho é uma bosta...

— Com certeza... A gente fica vendo você aí, definhando, sem poder se divertir. Dá muita pena. Por isso resolvemos aparecer. Daqui a pouco os outros tão chegando.

Seu Lair já virava o segundo copo.

— Mas vocês podem sair de lá e vir pra cá assim, do nada?

— Não é do nada... É que caras que nem a gente, que passaram a vida na putaria, enchendo a lata e vagabundeando, não podem ir pro céu. A gente acaba indo pro inferno, mas recebe um tratamento diferenciado. Não somos pessoas malvadas, que merecem castigo, como os estupradores de crianças, os magnatas políticos mal-intencionados e fascistas em geral. Esses passam a eternidade chafurdando em sofrimento e desgraça!

— Caralho... Mas o que acontece com os bêbados e vagabundos no inferno?

— Não acontece nada. O Capeta gosta de caras como nós. Até aparece pra beber com a gente de vez em quando. Pegou um pedaço do inferno e construiu vários botecos. Ficamos lá, enchendo a cara o dia inteiro...

— Mas isso é muito bom... E como é que você veio parar aqui?

— Então... Como eu disse, de lá a gente fica observando tudo que acontece por aqui. Imaginamos que você ia ter um aniversário ruim. Aí eu tomei a iniciativa de trocar uma ideia com o Satanás. Ele autorizou nossa vinda e ainda deixou que trouxéssemos bastante bebida pra fazer uma festinha.

— Porra... O Diabo então é gente boa...

— Sim, pra gente é. Agora, pros fascistas ele é o cão! Hahahahaha...

Seu Lair se juntou ao amigo fantasma na gargalhada. No quarto copinho, a cachacinha começou a dar moleza. Lizário era o melhor amigo de Seu Lair, até ser atropelado, em 1974, aos 56 anos de idade. Durante muitos anos se lembrou dele, com saudade. Agora botavam a conversa em dia.

— Você parece muito bem, Lizário. Tá com olheiras, cara de bebum, como era normalmente. Mas você tava muito mais velho quando morreu. Parece que rejuvenesceu...

— É que a idade do espírito é diferente da idade do corpo. No inferno não tem velho.

— Porra. Preciso ir pra lá agora.

— Relaxa. Daqui a pouco o Satanás em pessoa vai aparecer. Aí você troca uma ideia com ele.

— Porra... O Capeta na minha casa!?

— É... Mas vamos mudar o assunto. Você viu a mulherada que chorou no meu enterro?

— Se vi... Ficou até chato. A Lurdes passou mal de raiva. Por falar em Lurdes, e as nossas mulheres? A Izidra morreu faz quatro anos.

— Eu sei. Mas ela foi pro céu. A gente não tem contato com o pessoal que vai pra lá... A Lurdes tá viva ainda. Cega, surda e numa cadeira de rodas. Mas é outra que vai pro céu. O Capeta falou que pro inferno ela não vai, não.

— É... Coitada da Lurdes... Então a Izidra tá no céu... Ela vivia na igreja e me enchia o saco por causa da bebida. Fico feliz por ela... Mas eu quero ir é pro inferno.

Logo começaram a chegar os outros camaradas. Valtão, Joca, Marivaldo... Aos poucos, a sala de jantar foi se enchendo de gente. Uns dez amigos da antiga apareceram. Zé, morto de cirrose em 1968, trouxe um pandeiro. Artur, vítima de um derrame em 1980, trouxe um cavaquinho. Sisnaldo, esfaqueado em 1975, trouxe um surdo. Seu Lair e os manos do inferno caíram no samba, como nos velhos tempos em que frequentavam o Bixiga.

E todos os mortos que chegavam traziam mais e mais bebida.

— Amigos, e as mulheres? Não tem mulher na porra do inferno?

Seu Lair já estava completamente breaco.

— Calma, Lair. Daqui a pouco ele tá trazendo a mulherada — disse Marivaldo.

— Ele quem?

— Ele... — Com os dedos, o amigo fez chifrinhos na cabeça.

A roda de samba estava infernal. A sala de Seu Lair pegava fogo. Ele só não entendia como nenhum vizinho aparecia pra reclamar. De repente, subiu um forte cheiro de merda, e a batucada parou.

— Porra... Alguém soltou uma bufa violenta.

— Não é bufa, Lair — disse Lizário, com cara séria. — É que, quando ele aparece, no começo sempre tem esse cheiro. Mas logo passa.

— Ele quem?

— Lair, esse é o Diabo.

Lizário apontava para a porta da sala, atrás de Seu Lair, que virou e viu um cara alto, loiro, boa-pinta, trajando um chique terno branco.

— Prazer, Lair — disse o visitante, estendendo a mão, com olhar sereno e voz de locutor de rádio.

— O prazer é todo meu, Seu Satã. Bem-vindo à minha humilde residência.

Seu Lair apertou a mão do Capeta.

— Pensei que o senhor fosse vermelho e tivesse chifres.

O Capeta deu um sorrisinho só com o canto da boca.

— Também há gente que acha que tenho cara de bode. Mas não me chame de senhor... Ele está no céu.

Ouvindo isso, todo mundo caiu na gargalhada. Menos o Satanás, que apenas manteve aquele sorrisinho sem vergonha.

— Tá certo. Mas muito obrigado por deixar meus camaradas virem aqui hoje com toda essa bebida... Tá sendo o melhor aniversário da minha vida!

— Agradeça a eles. Todos gostam muito de você. Especialmente o Lizário, que foi falar comigo. Além do mais, sua alma já é minha.

— Quer dizer que eu vou pro inferno?

— Você tem alguma dúvida disso?

— E quando eu vou?

— Logo... Mas agora quem precisa ir sou eu. Tenho que supervisionar a tortura de algumas almas. Principalmente a de um líder religioso, que chegou esses dias.

— Um líder religioso no inferno?

— A grande maioria deles acaba indo para lá... Mas obrigado pela hospitalidade, Lair. Estarei à sua espera.

Seu Lair novamente apertou a mão do Capeta, que deu meia-volta e saiu da sala. O idoso então voltou sua atenção para os amigos e seu queixo caiu.

— Feliz aniversário!!! — gritou em coro a mulherada.

Vindas diretamente do inferno, estavam antigas namoradas, companheiras de boteco, prostitutas, mulheres que traíram seus maridos com Seu Lair. Rejuvenescidas como seus amigos sambistas, elas correram para o idoso e o agarraram por todos os lados, beijando-o e se esfregando nele.

Enquanto isso, os camaradas improvisavam "Parabéns pra Você", em ritmo de samba.

Depois de bombardear o velho com beijos, a mulherada começou a rebolar ao som da batucada e a formar pares com os manos de Seu Lair. O aniversário infernal de Seu Lair estava completo. Bêbado, o aniversariante nunca havia se sentido tão feliz na vida. Até que a mulata Eunice, a ruiva Isabel e a morena Vilma, três das principais paixões de sua juventude, arrastaram-no para o quarto. Mas, quando elas começaram a arrancar a roupa do idoso, ele, de uma hora para outra, passou a se sentir deprimido.

— O que foi, Lair? — quis saber Eunice.

— Tô velho. Não aguento mais o tranco. Faz mais de 20 anos que não vou pra cama com uma mulher. Imagina com três de uma só vez?

— Não fala besteira, Lair. Você tá bonitão como sempre. Olha no espelho — disse Isabel.

Seu Lair seguiu o conselho da ruiva e se espantou ao ver, no espelho da penteadeira de sua falecida esposa, a imagem de um jovem de 25 anos. Aí sentiu-se viril como nunca. Olhou as amantes com um sorriso quase maligno. As três estavam sentadas na cama. E o jovem Lair mergulhou no meio delas.

Guilherme voltou para ver o pai três dias depois. Já havia assinado a papelada da casa de repouso e estava receoso. Preparado para ouvir um monte de desaforos. Era muito difícil lidar com o velho.

— Pai!? — chamou, ao entrar.

Não obteve resposta. Passou para a sala de jantar. Espantou-se ao ver que a bandeja do floresta negra ainda estava sobre a mesa. O bolo, porém, tinha sido todo devorado. Também viu as pílulas coloridas ainda espalhadas ao lado do frasco. Continuou a procurar pelo pai.

Encontrou o cadáver deitado na cama do quarto. Nu e com um grande sorriso no rosto.

Seu Lair estava no inferno.

MARCODES.//CASTRO
ESTUDO DE ANATOMIA INTERROMPIDO

(Pausa para ir ao banheiro e comer biscoito)

— Porra, Val! Que história maluca, mano! Até o Capeta foi no samba na casa do véio! — exclamou Jucélia.

— Tipo, o melhor aniversário da vida do Seu Lair! Morreu contente...

— Vou ficar lembrando disso quando eu estiver no samba com o Josué!

— Opa! Agora gostei, hein! Tá decidida mesmo a ir no samba com o garoto! Vai lá minha filha, aproveita a vida... Aliás, desculpa, mas escutei aquelas coisas que você falou antes de a gente começar a conversar...

— O quê?

— Ah... Que você tava fazia um tempo sem sair com nenhum cara...

— Ai, caralho, que vergonha! Tinha até esquecido que falei aquilo pra você! Além de não saber que morto falava, não sabia que morto escutava, porra!

Os dois caíram na gargalhada. E a gargalhada sinistra de Val, com voz de morto, fazia Jucélia gargalhar mais ainda!

— De boa, sou seu truta! — continuou Val. — Não tô mais vivo e a maior parte do tempo fico dentro do tanque de formol daquela sala ali, no escuro, com dois colegas que não são de muita conversa. Então, ouça o meu conselho: aproveita a vida! Transa bastante, mas não perde tempo com babaca! Se você percebe que o cara com quem você tá saindo é um trouxa, manda à merda logo e parte pra outra...

— Aliás, na boa, o cara bonitinho daquela história, que foi espancado até a morte pelo amigo, teve o que mereceu, hein! Foda que o amigo pirou, depois...

— Já estava meio pirado, né? Passou a vida se achando feio, numa relação doentia de dependência com o outro...

— E o cara nem era feio, né? Só não saía da cola do amigo idiota... Se fosse uma pessoa baixinha e gorda, que nem eu...

— Para com isso, Jucélia! Você não é feia!

— Ah, mas não sou bonita!

— Lógico que é! Ninguém deixa de ser bonito só porque não é parecido com ator de comercial.

Jucélia se lembrou da loira, no cartaz publicitário do elevador.

— É... Você tá certo! A gente tem que se valorizar, mesmo!

— Não viu o jeito que o Josué sorriu pra você? É só você ir pro samba, que os dois vão se dar bem hoje! Divirtam-se por mim!

— Tomara que nesse samba não tenha churrasco, senão vou ficar pensando naquela porra daquele cozinheiro argentino! Tá louco, hein! Rico gastando dinheiro pra comer carne de gente, vai se foder!

— Ah, se tiver churrasco no samba do Josué, fica tranquila! Só fica esperta se um dia for em um churrasco com uns banqueiros, políticos... aí é melhor evitar a carne e ficar só na saladinha e na maionese!

Jucélia deu outra gargalhada.! Estava apaixonada pelo senso de humor do cadáver.

— Outra coisa que nunca mais vou olhar do mesmo jeito são os discos de vinil da minha mãe! A maioria é de samba, mas ela tem uns bem velhos lá, de música brega, também. Waldick Soriano, essas coisas...

— Vê lá se ela tem algum do Evaldo Braga!

— Ai, credo! Não vou chegar nem perto!

Novas risadas. Os dois estavam se tornando grandes amigos. Jucélia continuou:

— E o coitado do cara só comprou um LP num sebo, e uma zica do inferno acabou com a vida dele!

— Pois é, minha amiga. Forças malignas existem e são, mesmo, perigosas. O infeliz do Alcides teve o azar de comprar um vinil amaldiçoado num sebo. Pra você ver como as forças do mal, às vezes, podem chegar até as pessoas disfarçadas de algo inofensivo...

— É por causa de uma coisa assim que você não quer me contar a sua história?

Como da outra vez que a estudante de medicina tocou no assunto, Val não respondeu, e o silêncio pairou pelo laboratório durante alguns segundos.

Não faltava muito para o estudo de Jucélia terminar. Ela só precisava revisar tudo, fechar a "tampa" da caixa torácica e costurar o cadáver. Estava cansada e precisava respirar um pouco de ar sem formol.

— Vou precisar fazer uma pausa, amigo. Preciso ir no banheiro e vou aproveitar pra comer uns biscoitos que eu trouxe na mochila. Aquela hora vomitei minha janta na pia e fiquei de estômago vazio. Vou escovar os dentes, senão vai ser difícil dar uns beijos naquele magrelo hoje! Já volto!

— Vai lá, Jucélia... Prometo que não vou fugir...

Rindo daquela nova piadinha do morto, Jucélia abriu a mochila, pegou um pacote de biscoitos recheados de chocolate — que mais pareciam farofa, pois haviam sido massacrados pelos pesados livros da biblioteca — seu celular, a pequena nécessaire, com a pasta e a escova de dentes, e saiu do laboratório em direção ao vestiário feminino. Ficava de frente para o masculino, no corredor do subsolo.

Por mais louca que fosse aquela situação, estava gostando bastante da companhia e das histórias do cadáver. Mas o fato de Val não revelar sua própria história deixava Jucélia com a curiosidade mais do que aguçada. "O que será que ele está escondendo?", pensava inquieta.

Largou o pacote de biscoitos e a nécessaire sobre o banco do vestiário e se dirigiu à área dos sanitários, olhando desinteressadamente o Facebook na tela do celular. A mesma coisa de sempre: selfies, mensagens de autoajuda e pessoas comemorando o "#sextar". Quando se sentou no vaso para urinar, desistiu do aplicativo e abriu o Google. Tinha uma coisa muito mais interessante para fazer do que ficar olhando rede social. Escreveu "jornalista val tiro barriga" no campo de busca.

Vários resultados surgiram na tela, a maioria, reportagens policiais. Continuou rolando a tela para baixo e abrindo alguns links que não tinham nada a ver com o que procurava, até que algo lhe saltou aos olhos.

"Repórter baleado por suspeito em delegacia está entre a vida e a morte."

A reportagem era sobre o estado de saúde de um repórter chamado Valdo Bastos, que havia levado um tiro no abdome durante uma cobertura jornalística em um distrito policial em Guarulhos.

Entre um parágrafo e outro, havia uma foto 3x4 do repórter. Sentiu um frio na espinha. O rosto do sujeito lembrava bastante o de Val. Não dava para ter certeza, já que o cadáver do laboratório estava ressecado, enrugado e sem pelos, devido ao efeito do formol. Mas podia ser ele, sim. Fechou o link e fez uma nova busca no Google. Dessa vez escrevendo "jornalista valdo bastos".

O primeiro resultado que surgiu foi um link de um grupo espírita: "Relato de Valdo Bastos".

Jucélia clicou no link, que abriu um arquivo em PDF.

OBSESSOR

MARCODES.//CASTRO

São Paulo, 8 de agosto de 2015

Meu nome é Ariovaldo. Como jornalista, assino Valdo Bastos. Estou nessa profissão há treze anos e há onze frequento o Centro Espírita Casa da Luz e da Fraternidade, no bairro do Cambuci, em São Paulo. O dirigente desse mesmo centro, Eurípedes de Souza Silveira, pede-me há algum tempo que eu escreva um relato sobre algo terrível que ocorreu em minha vida e me transformou de cético ateu a um seguidor da doutrina espírita.

Sempre respondi ao Eurípedes que ainda não estava pronto. O motivo: medo. Uma fobia irracional de que relembrar e contar em detalhes essa história, de alguma forma, possa trazer de volta aquilo que tanto mal me fez. E só Deus sabe como ainda sinto calafrios quando estou sozinho, além de acordar gritando em algumas noites.

Durante meus anos de aprendizado no espiritismo, porém, com a ajuda de meus irmãos espíritas — deste e do outro plano —, aprendi a me afastar e a me proteger de entidades malignas e negativas. Tornei-me uma pessoa estudiosa da obra de Allan Kardec. Passei a praticar caridade e a buscar um caminho de luz. E hoje me sinto infinitamente mais forte e apto a dividir minha história e enfrentar qualquer tipo de mal. Até mesmo aquele tipo de mal, tão poderoso, perigoso e cruel. Espero que, ao encarar agora meu medo nestas linhas que escrevo, consiga também pôr fim aos pesadelos e calafrios que me perseguem.

Outro fato que me encorajou a começar a produzir este texto é que eu nunca prestei, publicamente, uma homenagem a Dona Ednice Mendes, fundadora do Centro Espírita Casa da Luz e da Fraternidade e a quem eu devo uma gratidão imensa por ter literalmente salvado minha vida. Sem mais delongas, darei início ao relato justamente com um episódio que envolve Dona Ednice.

***

O ano era 2003. Na época, eu trabalhava como repórter no turno da madrugada do jornal *Expresso Paulistano*, um periódico que havia acabado de estrear e durou apenas três anos. Parou de circular em 2006, após o Ministério Público de São Paulo denunciar um esquema de lavagem de dinheiro envolvendo políticos que bancavam sua publicação. A redação ficava num predinho na avenida Rio Branco, no centro, não muito longe do edifício da alameda Barão de Limeira, onde funciona a *Folha de S.Paulo*. Eu entrava no trabalho à meia-noite e não tinha hora para sair — o final do turno dependia da quantidade de notícias que surgia até as seis. Geralmente, voltava para casa entre as sete e meia e dez da manhã. Morava numa quitinete na época, em um prédio a três quarteirões de distância do centro espírita que hoje frequento, no Cambuci.

A Dona Ednice tinha oitenta e dois anos, era minha vizinha do andar de baixo. Numa manhã, quando eu estava retornando do trabalho, ao sair do elevador, ouvi uma voz fraca pedindo socorro. Percebi que o som vinha do andar inferior. Ao descer as escadas, encontrei Dona Ednice deitada de bruços no chão, diante das portas dos elevadores. Ela mal conseguia falar, fazia força para respirar. Com as mãos, pressionava o peito, na altura do coração. Parecia sentir muita dor ali. Sem saber o que fazer, fiquei alguns segundos paralisado, encarando a minha vizinha agonizante. Quando ela parou de se mexer e deixei de ouvir sua respiração ofegante, aconteceu algo que, para mim, na época, era inexplicável. Sem nunca ter feito um curso de primeiros socorros, eu me debrucei sobre Dona Ednice, endireitei seu corpo para que ela ficasse de barriga para cima e comecei a fazer massagem cardíaca em seu tórax e respiração boca a boca. Após cerca de dois ou três minutos de muito esforço, ela voltou a respirar e deu sinais de alívio. Só então peguei meu celular e disquei o número do Samu (Serviço de Atendimento Móvel de Urgências). A unidade de resgate logo chegou e a levou a um hospital, onde ela foi submetida a uma cirurgia de emergência no coração. E sobreviveu.

Cerca de um mês depois do incidente, a campainha do meu apartamento tocou pela manhã, quando eu estava fumando um baseado logo após chegar do trabalho. Apaguei o baseado, gritei "espera um pouco" e liguei o ventilador para dispersar a fumaça. Na porta estava Dona Eunice, que trazia uma torta de morangos feita especialmente para mim, um agradecimento por eu ter salvo sua vida.

— Ariovaldo, eu sempre lhe serei grata pelo que você fez, vou orar pelo seu bem enquanto estiver viva — disse-me a velhinha.

— Que é isso, Dona Ednice, eu não sei até hoje como consegui fazer aquilo... Acho que baixou um espírito de médico em mim. — Eu estava brincando, mas ela não deu uma risada. Em vez disso, arregalou os olhos e fez um gesto afirmativo com a cabeça.

— E talvez tenha acontecido isso mesmo.

Ficou me encarando depois, o que me deixou meio sem graça.

— Mas o que importa é que as suas mãos fizeram a massagem cardíaca que salvou minha vida, e isso só pôde acontecer porque você teve vontade de me ajudar...

Mudei de assunto e perguntei como estava sua saúde, e ela me contou que havia desenvolvido um problema cardíaco "chato", que dali em diante a impediria de fazer certos esforços, além de obrigá-la a tomar "um monte de remédios". Ela me entregou a torta e, antes de ir embora, olhou bem no fundo dos meus olhos avermelhados pela erva e perguntou:

— Você trabalha com o quê, meu filho?

— Sou jornalista.

Ela pensou mais um pouco.

— Você mexe com coisas pesadas, né? Ruins...

— É... Eu trabalho de madrugada, geralmente cubro casos de polícia. Já faço isso há um ano e meio, então... Costumo ver coisas ruins, sim. Gente assassinada, violentada... Essas coisas...

— Aaaah, mas isso não é bom! Entendo que é seu trabalho, mas você deveria buscar proteção para lidar com tanta dor e sofrimento. Eu frequento um centro espírita aqui perto. Vou trazer um panfleto com o endereço de lá hoje mesmo e botar por baixo da sua porta. Se você se interessar, dá uma chegadinha pra acompanhar uma reunião. Vai fazer bem pra você, te proteger dessa negatividade toda...

Agradeci a sugestão e ela partiu em direção à escada do prédio. Fechei a porta ainda intrigado sobre como aquela senhorinha soube, somente olhando para minha cara, que eu trabalhava com "coisas pesadas". Terminei de fumar o baseado, comi um pedação da torta de morango, guardei o resto na geladeira e fui dormir. No fim da tarde, depois que acordei, encontrei o panfleto do centro espírita sob a porta e o guardei na gaveta da minha mesinha de cabeceira, junto com outros papéis velhos.

**

Alguns meses se passaram, e o inverno chegou. Uma onda de frio pesada atingiu a cidade, fazendo com que o ritmo do trabalho no plantão da madrugada diminuísse bastante. Havia noites em que eu e o repórter fotográfico — cujo nome eu vou preservar — nem saíamos da redação. O colega não se importava. Ficava vendo pornografia e bizarrices na internet. Já eu ficava impaciente. Era um jovem repórter, em início de carreira. Queria mostrar o meu trabalho, fazer boas matérias. Textos que chamassem a atenção dos chefes. Queria, acima de tudo, que eles me tirassem do turno da madrugada.

Trabalhando naquele horário ingrato, eu quase não conseguia ter vida social. Ficava ansioso à espera da folga no fim de semana, que eu nunca aproveitava direito devido ao cansaço. Durante a semana, não tinha como sair para beber com meus amigos depois do trabalho. Então bebia sozinho, antes do expediente. No início, tomava cuidado para não passar da conta. Depois, fui relaxando. Não era raro chegar bêbado à redação.

Além disso, dormir durante o dia estava ficando cada vez mais difícil. Tinha ocasiões em que simplesmente não conseguia. Quando acontecia, passava a tarde enchendo a cara em um botequinho vizinho ao meu prédio, assistindo a reportagens policiais de programas sensacionalistas na televisão engordurada que ficava pendurada na parede. Lá pelas dez da noite, completamente embriagado, ligava para um traficante, que vinha de moto e me encontrava onde eu estivesse, trazendo cocaína (cheirava desde a faculdade e fazia isso esporadicamente, mas, naquela época de trabalho na madrugada, comecei a pegar pesado). Depois de dar uns tiros, conseguia ficar "ligado" o suficiente para disfarçar a bebedeira e ir trabalhar. Nessa rotina, com esses hábitos pouco salutares, minha sanidade mental ia se tornando mais frágil a cada dia. Eu estava ciente disso, mas não podia largar aquele trabalho. Era meu primeiro emprego fixo, com carteira assinada, na minha carreira de jornalista. E era em São Paulo, capital! Até conseguir o emprego, eu só havia sido freelancer em um jornalzinho em Piraju, minha cidade natal.

Mas eu precisava sair daquela rotina desgraçada de qualquer jeito. E a saída que eu via era encontrar o Grande Furo de Reportagem da Madrugada. Algum caso incrível que ganhasse uma chamada gigante na primeira página do jornal. Se isso não fosse suficiente para que meus chefes me tirassem daquele horário, pelo menos enriqueceria meu currículo, para eu conseguir trabalho durante o dia nos jornais concorrentes.

Na busca por esse Grande Furo, acabei me tornando uma pessoa obsessiva, até mesmo mau-caráter.

Havia um pacto entre os jornalistas da madrugada: "Ninguém dá furo em ninguém e ninguém toma furo de ninguém". As equipes de jornal, TV e rádio sempre trocavam informações. Afinal de contas, éramos profissionais solitários, em redações vazias, que tinham que cobrir tudo que acontecesse na região metropolitana e, algumas vezes, no interior de São Paulo. Então nós nos dividíamos e nos ajudávamos.

Às vezes, eu "apostava" em um caso de assassinato, por exemplo, na zona sul. Chegava no local, e não havia testemunhas. O morto estava sem documentos. Ninguém sabia nada, ninguém falava nada. Não havia história. Aí tocava o celular, e era o Zé Luiz, do *Jornal da Tarde*, que havia ido atrás de outro caso, na zona leste. Um crime com detalhes bacanas, que rendia fotos legais. E eu ia correndo para onde ele estava. Além do Zé, eu também trocava muita ideia com o Giodelcson, do *Diário de S.Paulo*, e o Fausto, do *Agora São Paulo*. Excelentes profissionais e seres humanos incríveis. Aliás, todo o mundo que trabalhava na madrugada naquela época, o que incluía as equipes de TV e rádio, eram pessoas sensacionais.

Mas eu estava disposto a foder com todas elas e quebrar o nosso pacto de ajuda mútua. Na minha crença besta de que o Grande Furo de Reportagem da Madrugada me tiraria daquele turno ingrato, decidi que, se encontrasse algo que os colegas não tivessem mencionado em nossas conversas, eu ficaria quieto e iria atrás do caso sozinho.

Por isso, durante o tempo inteiro, insistentemente, fazia a "ronda", que era telefonar para os Copoms (Centros de Operações da Polícia Militar) da capital e da Grande São Paulo, além de algumas delegacias da Polícia Civil e batalhões da PM, que eu escolhia aleatoriamente em uma lista impressa em papel-sulfite. Durante a onda de frio daqueles dias, eu terminava uma ronda, ia no banheiro cheirar uma carreira de pó, voltava para minha mesa e já iniciava outra ronda. Ligando tanto, comecei a ficar amigo dos PMs e tiras que me atendiam.

Durante um plantão chuvoso de domingo para segunda-feira, o fotógrafo estava de folga, e a redação havia decidido não arrumar um substituto para ele. O relógio marcava quatro e meia da manhã quando comecei a ligar pela enésima vez para os telefones da listinha da ronda. As respostas dos policiais do outro lado da linha eram sempre as mesmas. "Sem novidade", dizia o PM. "Tudo sossegado", dizia o tira. Até que resolvi ligar para um batalhão da Polícia Militar de Poá.

— Bom dia, Valdo. Acho que tem uma coisa que interessa pra você, sim... — disse o PM que atendeu. Foi encontrado um cadáver de criança dentro de uma casa, e o suspeito de ter matado ela atacou os PMs com uma faca. Foi morto a tiros...

— Que horas foi isso?

— Não faz muito tempo, não. Foi agora há pouco, por volta das quatro da manhã...

— Consegue me adiantar alguma coisa da história, soldado?

— Difícil... Você vai ter que esperar a ocorrência ser registrada no DP aqui de Poá ou pode ir até o local do crime. Se quiser, te passo o endereço.

— Poxa, soldado. É que já são quase cinco da manhã, e eu tô aqui no centro de São Paulo. Se o senhor puder me adiantar algo dessa história, fica mais fácil avaliar se é o caso de eu ir até aí...

O soldado hesitou por alguns segundos e disse em seguida:

— Então... a criança foi decapitada. Tudo indica que é ritual de magia negra ...

**

Ele não precisou me dizer mais nada. Anotei o endereço — que ficava em uma estrada vicinal numa área de mata —, agradeci ao policial, desliguei o telefone, peguei minha capa de chuva amarela e desci ao estacionamento do jornal sem avisar nenhum dos meus colegas da madrugada. O motorista — cujo nome também vou omitir — estava dormindo dentro do carro de reportagem, ouvindo uma rádio de música sertaneja que tocava baixinho. Ele não gostou muito de ser acordado.

— Caralho, são quase cinco da manhã, tá um frio do cacete e tá chovendo! E você qué i agora pra Poá!?

O turno dele acabaria dali a uma hora, às seis, uma hora antes do meu. Mas ele não poderia se recusar a dirigir, mesmo se eu dissesse para irmos até os confins do estado de São Paulo atrás de uma reportagem.

— O caso é bom, tem feitiçaria na parada, vambora, vai! — eu insisti, já afivelando o cinto de segurança no banco do passageiro.

— Feitiçaria! Que se foda a feitiçaria, essa porra nem existe! E não tem fotógrafo hoje! Essa bosta não vai rendê nem nota amanhã!

Em muitos casos, os motoristas de carros de reportagem tinham muito mais noção da edição de um jornal do que repórteres novatos — como eu na ocasião. Mas segui irredutível. Tinha certeza de que aquela história, dependendo dos detalhes que eu encontrasse, poderia até ser manchete do jornal.

— Vambora, mano! Se não for nada, pelo menos você ganha hora extra!

Ele ganhava hora extra, e eu não. Sempre jogava isso na cara dele, quando ficávamos na rua além das 6h.

— Hora extra... Nesse dia feio do caralho, eu queria era minha cama quentinha, isso sim!

Contrariado, ele ligou o carro e pisou fundo no acelerador durante todo o trajeto para Poá. Dirigia de cara feia, sem abrir a boca. Para piorar o seu humor, eu havia tirado o rádio da estação de música sertaneja e sintonizado na Kiss FM. Escutando "Highway Star", do Deep Purple, vimos aquele amanhecer horrível pelo para-brisa enquanto avançávamos pela rodovia Ayrton Senna sob chuva densa e neblina.

Quando chegamos a Poá, como de costume, abri o guia de ruas Mapograf sobre meu colo e comecei a orientar o motorista, dando-lhe as direções até a estrada vicinal onde ocorrera o crime — naquela época não tínhamos ideia de que um dia inventariam Waze ou GPS. Aos poucos, fomos saindo da área urbana e encontramos a estrada de terra indicada pelo PM do batalhão. Era uma via lamacenta e repleta de lixo, que beirava uma grande favela.

— Putaqueopariu, olha onde você tá me fazendo ir! — reclamou o motorista.

— Calma, que falta pouco...

Seguimos pela estrada. A favela ficou para trás, e entramos numa área de mata, com alguns sítios de porteiras caindo aos pedaços. Provavelmente estavam todos abandonados. Dificilmente alguém iria querer viver ou passar um fim de semana fazendo churrasco em um lugar desgraçado como aquele.

Depois de uma subida íngreme, na qual o carro derrapou algumas vezes e ameaçou atolar — novos xingamentos do motorista —, chegamos a uma área descampada no alto de um morro, onde vimos uma viatura da PM. Estava parada diante de um terreno baldio, onde havia um barracão. Nesse momento, a chuva apertou.

— Pronto, tamo aqui! Agora vai lá falá com os home e vamo embora dessa merda o quanto antes — intimou o motora.

Vesti a capa de chuva e saí do carro debaixo daquele temporal gelado. Caminhei até a viatura e vi que os vidros estavam fechados e embaçados. Fiquei curvado, olhando para a janela do motorista, tentando identificar algum movimento no interior do carro. Segundos depois, a janela desceu. Vi dois PMs, ambos com semblantes transtornados, a respiração ofegante. O que estava no banco do passageiro nem olhou na minha direção. Ficou o tempo todo encarando o para-brisa embaçado. O do banco do motorista, que abriu a janela, estava com os lábios tremendo e o olhar contrariado travado em mim. Notei que ele segurava sua pistola com a mão direita, sobre o colo.

— O que você quer?

— Opa... Bom dia, soldado... Sou do jornal *Expresso Paulistano* e vim atrás de informações sobre o homicídio de uma criança...

— Tá lá naquele barracão...

— O senhor participou da ocorrência?

— Por que você quer saber?

— Sou repórter do jornal e...

— Quem te falou pra vir aqui?

— Peguei a informação por telefone com o batalhão aqui de Po...

— Caralho, esses filho da puta não manda equipe pra rendê a gente! Mas manda jornalista! É de foder, mesmo. — Ele parecia se dirigir ao colega ao lado, que nada respondia. Não tirava os olhos arregalados do para-brisa.

— Então foram vocês mesmo que atenderam a ocorrência? — eu insisti.

— Tá bom, cara, o que você quer saber?

— O batalhão me informou que uma criança foi decapitada e que vocês mataram o suspeito...

— É o seguinte: foi passada uma informação via Disque Denúncia que uma criança tinha sido raptada e trazida hoje pra esse barracão. A informação foi passada pra nossa viatura via Copom, e eu e o colega rumamos pra cá. Quando chegamos, vimos que o barracão tava iluminado. Paramos a viatura e saímos pra verificar. Chegando mais perto, ouvimos uns gritos estranhos... Parecia... Tipo uma reza, só que numa língua que a gente não entendia. Aí gritamos para quem estivesse dentro sair com as mãos na cabeça. Não teve resposta. Ficou tudo quieto. Meu colega abriu a porta e foi na frente. Vimos a criança... — Nesse momento, ele parou de falar e precisou respirar fundo para continuar. — Assim que entramos, o suspeito veio para cima da gente com uma faca, e meu colega atirou...

Após esse trecho da narrativa, o soldado que estava ao lado, até então catatônico, soltou um grunhido e começou a chorar.

— Não vou falar mais nada, meu colega não tá bem. Se quiser, pode entrá lá dentro e vê o que aconteceu. Só não mexe em nada pra não foder a perícia...

— Será que o senhor não pode me acompanhar, soldado?

— Meu amigo, eu não entro nesse lugar de novo nem se me oferecessem o prêmio da Mega-Sena! Se você quiser, pode ir! É só não encostá em nada... — disse, já fechando a janela antes que eu pudesse terminar de dizer "obrigado".

O barraco era grande, uma estrutura quadrada de uns seis metros de largura, feita de pedaços de tábua e madeirite. Fui até a porta, que estava encostada. Quando a empurrei, vi a pior imagem com que me deparei na vida. Um cadáver de criança pendurado de ponta-cabeça, circulado por velas derretidas. Duas, ainda acesas, quase no final, iluminavam o cenário perturbador.

Sobre a terra batida do chão, havia uma piscininha de sangue e lama. Hesitei um pouco. Se entrasse, iria sujar meu tênis All Star naquele barro sangrento. Mas minha curiosidade mórbida falou mais alto.

Entrei, deixando a porta aberta atrás de mim. O cheiro de sangue e de morte já atraía inúmeras moscas, que circulavam o cadáver. Tapando o nariz, fui chegando mais perto.

Acendi meu isqueiro para iluminar melhor. Não dava para saber se era menino ou menina. A vítima era negra. Pelo seu tamanho, tinha no máximo 10 anos. A criança estava decapitada, e os pés e as mãos haviam sido decepados. Estacas de ferro pregavam suas canelas em dois postes de madeira paralelos, fincados no chão, e a mantinham pendurada de pernas abertas, evidenciando uma ferida horrível na região genital. Os membros superiores, esquartejados no meio do antebraço, estavam soltos. Dos cotocos e do pescoço, pingava sangue sobre uma bacia de ferro, que já havia transbordado.

A barriga estava aberta, e o buraco deixava à mostra um vazio sem vísceras e um pedaço da coluna vertebral. Com o isqueiro, iluminei melhor a ferida na região genital. Diferentemente dos membros, da cabeça e das tripas, que haviam sido retirados com incisões retas, o órgão sexual parecia ter sido arrancado. Afugentei as moscas pousadas no entorno da ferida e vi as marcas. Eram mordidas.

Um jato de vômito subiu até minha garganta, mas consegui segurá-lo. Apesar de estar quase botando para fora o x-salada com batatas fritas que havia comido antes do trabalho, queria continuar observando todos os detalhes. Precisaria fazer uma bela descrição daquela imagem perturbadora no jornal, já que o fotógrafo não estava lá para registrar tudo. Apaguei o isqueiro, que já estava queimando meu dedo, e fui até a porta aberta, onde tomei ar por um minuto. Voltei ao cadáver e acendi novamente a chama do isqueiro. Ao pé de cada um dos postes onde a criança tinha sido pendurada, havia grandes alguidares, vasos de barro vermelho. Deles, vinha um barulho ainda mais forte de moscas. Apesar de o estômago ter voltado a se revirar, iluminei o alguidar à esquerda e nele vi órgãos disformes, que deveriam ser as vísceras da criança, mergulhadas no que se assemelhava a uma sopa de sangue escuro. Na sequência, aproximei a chama do alguidar à direita. Lá estavam a cabeça, os pés e as mãos. O rosto estava virado de lado, metade mergulhado no sangue e metade coberto de moscas.

Antes que eu — ou meu estômago — pudesse ter qualquer reação àquele pesadelo real, um vento forte fez a porta do barraco bater com força atrás de mim. Os dois cotocos de vela que iluminavam fracamente o lugar se apagaram, e eu pulei para trás, assustado, deixando o isqueiro apagar. Na escuridão, acabei pisando em algo que me fez perder o equilíbrio e cair de costas sobre uma coisa gelada, fedida e também coberta de moscas. Apressei-me em sair de cima daquilo e, novamente de pé, voltei a acender o isqueiro.

Só então me lembrei que, além do cadáver da criança, dentro do barraco também estava o suspeito morto. Eu havia perdido o equilíbrio ao pisar em sua canela e tinha desabado em cima de seu colo. Quando entrei, passei direto pelo cadáver sem vê-lo. Ele estava num canto escuro do barracão, perto da porta, e a criança tomara toda minha atenção.

O morto estava estatelado, com as pernas abertas, as costas escoradas na parede do barracão. Era um homem de meia-idade, branco, calvo, barba grisalha, de calça jeans e sem camisa, o que deixava à mostra sua magreza. Estava descalço, e seus pés gigantes deviam calçar tamanho 44. Os braços e pernas compridos indicavam que era bem alto. Sua mão direita ainda estava fechada em torno do cabo de uma faca grande e pontiaguda, do tipo usado em açougues. Na mesma parede onde ele estava escorado, estavam grudados os miolos que tinham saído pela parte de trás da cabeça, quando o tiro do PM o atingiu na testa. O mais horrível era seu rosto. Em meio ao sangue, que secava e formava uma crosta escura, ele sorria, e seus olhos semicerrados davam a impressão de que ainda estava vivo — e me observando.

Naquele momento, não consegui mais segurar a ânsia de vômito. O isqueiro se apagou, e um jato saiu da minha boca em direção ao cadáver do Bruxo. Em seguida, saí cambaleando e tateando no escuro até a porta do barracão. Do lado de fora, vomitei mais um pouco no mato do terreno baldio e fiquei um tempo debaixo da chuva gelada. Só então percebi que havia sangue nas minhas mãos e nos meus braços. Esperei que o temporal os lavasse, antes de entrar no carro de reportagem.

***

— Pelo jeito, a coisa tava feia lá dentro, hein... — comentou o motorista.

— Vambora daqui...

— Vamo passá na delegacia?

— Direto pro jornal. Vambora!

O motorista ligou e manobrou o carro, e partimos em seguida. A viatura dos PMs continuou ali, à espera de que colegas os rendessem para que pudessem apresentar o caso na delegacia. Eu poderia ter ido até a janela deles, tentado fazer mais perguntas, mas não estava em condições. Um pavor incontrolável tomava conta de mim.

Da mesma forma que na ida àquela cena de crime infernal, na volta eu e o motorista não trocamos uma palavra. Eu estava tão transtornado, que, durante todo o caminho, escutei a rádio sertaneja que o motorista gostava e nem reparei.

— Pelo jeito você viu um negócio feio mesmo lá dentro daquele lugar, hein... foi a primeira vez que você não mudou o rádio pra estação de rock... — Ele chegou a comentar, com um sorrisinho sacana na cara, assim que paramos o carro em frente ao prédio do jornal.

Nem respondi. Saí e subi depressa para a redação, que ficava no quinto andar. Tirei a capa de chuva e notei que ainda havia sangue em alguns pontos da parte de trás, principalmente nas costas e no quadril. Meu tênis e minha calça também estavam com manchas. Amassei a capa amarela e enfiei numa latona de lixo que ficava perto dos computadores da editoria de cidades.

Sentei diante do computador. Tentei começar a escrever uma reportagem com o pouco de informação que tinha sobre o caso e a descrição da cena do crime, mas não consegui. Minhas mãos tremiam tanto que eu não pude digitar o texto — mesmo agora, ao me lembrar disso, minhas mãos tremem. Fui ao banheiro lavar o rosto, bebi um copo d'água, peguei um café na máquina. Dei voltas pela redação... E a tremedeira nas mãos não passava. Às 7h30 da manhã, com meia hora de atraso, a pauteira de cidades chegou.

— Bom dia, Valdo! Tudo certo?

— Opa, bom dia...

— Peguei um puta trânsito e me atrasei... E aí, como foi a madrug... Nossa... Cara, você tá bem?

— Oi? Tô... quer dizer... mais ou menos...

— Tá com uma cara horrível, pálido, tremendo... O que aconteceu?

Contei a ela sobre Poá, omitindo a parte da minha queda sobre o cadáver e da vomitada que dei em cima dele. Mas descrevi bem o cenário que vi.

— Putaquepariu! Não é toa que você tá abalado!

— É... Deve ser isso...

— A vítima e o suspeito ainda não foram identificados, certo?

— Certo... O caso ainda vai ser apresentado na delegacia.

— Beleza, me passa o endereço da ocorrência e o horário, que a gente toca durante o dia. Você vai pra casa descansar...

Eu não queria aceitar aquela sugestão. Queria pelo menos ter escrito alguns parágrafos com a descrição da cena do crime, queria que a reportagem sobre o caso tivesse minha assinatura. Mas aquela tremedeira nas mãos não parava e parecia piorar à medida que o tempo passava dentro da redação. Acabei concordando. Passei o básico do caso à pauteira e fui embora.

Debaixo de chuva, fui até o ponto esperar o ônibus, que demorou bastante para chegar e, quando chegou, estava lotado e de janelas fechadas. Apertado entre as pessoas, com a roupa encharcada de água e suor, levei uma hora e meia para chegar ao Cambuci devido ao trânsito pesado. Depois de descer do ônibus, andei alguns metros sob a chuva, pisei num buraco na calçada e torci o pé direito. Gritei alguns palavrões, amaldiçoando aquela manhã desgraçada, e fui mancando até o meu prédio, que ficava a dois quarteirões do ponto.

Logo que entrei na quitinete, tirei a roupa e a joguei no tanque que dividia o espaço com o chuveiro. Comecei a tomar um banho quente, mas logo senti cheiro de queimado. Vi fumaça saindo do chuveiro e, em seguida, a água ficou gelada. Soltei mais alguns palavrões e saí do banho frio. Depois de me enxugar, botei a bermuda e a camiseta velhas de dormir e fui bolar um baseado para fumar. A maconha estava largada numa mesinha de ferro — que eu havia comprado barato de um bar falido —, ao lado da janela, no quarto-sala da quitinete. Devia ter uns 30 gramas de fumo naquela paranga. Peguei um pedaço e botei no dechavador. Dei algumas voltas no instrumento e, ao colocar a maconha na seda, notei algo estranho. Havia ali alguma coisa se mexendo. Aproximei a seda carregada com erva dos olhos. Eram dezenas de larvinhas brancas se contorcendo no meio do beque. Imediatamente larguei aquela desgraça nojenta, que se espalhou sobre a mesinha de ferro. Em seguida, examinei o resto da paranga e vi que ela estava toda contaminada pelas malditas larvas. Foi a única vez em toda a minha vida de maconheiro que bichos apareceram no meu fumo.

Olhei o relógio. Já eram quase dez da manhã. Não me restava mais nada além de dormir. Com muita tristeza, joguei a paranga no lixo, fechei as portinhas de madeira da janela para escurecer a quitinete, deitei na cama de solteiro e virei de lado. Com o barulho da chuva e o friozinho que estava fazendo, o sono não tardou a chegar. Eu já estava vendo as imagens desconexas que antecedem os sonhos quando um barulho começou a me incomodar.

"Tum... Tum... Tum..."

Eram batidas ritmadas. A princípio, estavam distantes, mas a intensidade e o volume iam aumentando pouco a pouco. Abri os olhos e notei que não conseguia me mexer. Parecia que algo (ou alguém) estava me imobilizando. Já havia tido diversas vezes o que chamam de "terror noturno" ou "paralisia do sono", distúrbio em que você acorda apavorado, entre o sonho e a realidade, sem conseguir se mexer. Geralmente, acontece nos primeiros minutos de sono e costuma durar apenas alguns segundos. Mas o que estava acontecendo comigo naquele momento estava demorando muito para passar.

Paralisado, eu mexia somente os olhos. Fitava as paredes, os poucos móveis e o teto da quitinete. As batidas seguiam ritmadas e aumentando, chegando a um grau em que se assemelhavam a estrondos, pequenas explosões. Tomado de pânico, olhei em direção à parede oposta à qual minha cama estava encostada. Do mesmo jeito como havia visto no barracão, ali estava ele. Escorado à parede, com suas pernas e braços compridos estatelados e aquela crosta de sangue seco e escuro na cara.

Eu queria me mexer, gritar, fugir, mas não conseguia. Como tudo que eu podia fazer era mover meus olhos, desviei-os para cima. Foi muito pior, pois vi o cadáver mutilado e deformado da criança. Flutuava sobre mim, e muito sangue escorria dele, encharcando meu edredom. Percebi em seguida alguma movimentação ao meu lado e, quando direcionei meu olhar nessa direção, vi que o Bruxo havia saído de sua inércia cadavérica e engatinhava em direção à minha cama, com um novo sorriso asqueroso no rosto.

Com a força do pavor, consegui me mover. Pulei da cama, atirando o edredom para o outro lado da quitinete. Quando olhei ao redor novamente, não vi mais nada, além do meu pequeno e desarrumado apartamentinho. O barulho ritmado do sonho, porém, não cessou, o que a princípio me deixou assustado e confuso. Cheguei a demorar mais de um minuto de pé, ao lado da cama, para perceber o que era: uma obra na quitinete do andar de cima.

Se você, que está lendo este relato, pretende reformar o seu apartamento, aconselho que primeiro procure se informar sobre o horário de trabalho das pessoas que moram no prédio. Se descobrir que algum dos seus vizinhos trabalha no turno da madrugada, por favor, adie a reforma. É uma verdadeira tortura para o trabalhador noturno tentar dormir ao som de marteladas, furadeiras e paredes quebrando.

Nas duas horas e meia seguintes, tentei voltar a pegar no sono apesar daquele barulho enlouquecedor. Para piorar tudo, o pulo assombrado que dei da cama fez a torção do meu pé direito acordar. Ele estava inchado e latejando. De meia em meia hora, eu sentia a dor reclamar, olhava o reloginho-despertador que tinha do lado da cama e ouvia o maldito som da obra. Desisti de voltar a dormir por volta da uma da tarde, pensando em ir até a farmácia mais próxima para comprar um gelol para o pé torcido. Poderia aproveitar para almoçar no boteco vizinho ao meu prédio. Pela janela, vi que o dia ainda estava horrível, mas já não chovia tão forte. Dava para ir até a farmácia sem precisar desviar das poças.

Pensei em fumar um baseado antes, mas lembrei que o beque estava cheio de larvas e eu o havia jogado no lixo. Amaldiçoei novamente aquela desgraça e comecei a me vestir depressa, para sair do apartamento. Tranquei a quitinete, peguei o elevador e, quando saí dele mancando no andar térreo, vi que aquela chuvinha que eu havia observado pela janela havia ganhado força e voltado a ser o temporal que enfrentei pela manhã. A farmácia teria que ficar para depois. Eu poderia voltar para casa, é claro, mas preferia a chuva ao barulho infernal da obra no andar de cima.

***

Saí do prédio dando graças por, pelo menos, haver uma marquise que impedia que a chuva me molhasse nos poucos metros até o boteco. Esse pensamento, no entanto, foi interrompido por um carro que passou rente à calçada, sobre um buraco cheio de água escura e fedorenta. Fui atingido em cheio, inclusive na cara. Gritei alguns palavrões para o motorista, que seguiu seu caminho sem me ouvir.

No boteco, primeiro eu fui ao banheiro jogar uma água (limpa) no rosto e nos braços para tentar amenizar os efeitos daquela poça suja que cheirava a esgoto. Ao sair, vi que as mesas e o balcão do boteco estavam lotados. Eu teria que esperar alguns minutos para me sentar. Só essa perspectiva já fez o meu pé direito se lembrar de mim. E a infeliz solução que encontrei para aplacar aquela dor foi pedir uma pinga com limão e uma cerveja, que tomei encostado ao freezer de picolés. Estava terminando a segunda cerveja quando vagou um lugar no balcão.

Ao me sentar, notei as expressões de nojo dos caras que estavam nos bancos ao meu lado. Àquela altura, eu já havia me acostumado ao fedor da água da poça. Eles, não. E logo se levantaram, abandonando os pratos ainda cheios pela metade. Devem ter perdido a fome. E depois deles, ninguém durou mais de dois minutos sentado naqueles bancos enquanto eu estive ali. Melhor assim, eu podia ficar mais à vontade.

Como era segunda-feira, meu almoço foi virado à paulista. O boteco servia acompanhado de torresmos grandes, que o atendente pegava entre os expostos no balcão desde manhã (ou da noite do dia anterior), além dos tradicionais tutu de feijão, ovo frito, couve e bisteca de porco. Pedi mais uma cerveja e uma pinga com limão e mandei brasa.

Naquela época, eu devia pesar uns 20 quilos a mais do que peso hoje. Minha principal fonte de alimentação eram os PFs gigantes, bem gordurosos e lotados de arroz, servidos no centro de São Paulo. Quando jantava, era x-salada, x-egg ou x-bacon. Às vezes também pedia x-tudo, que vinha com salada, ovo frito e bacon.

Devorei o virado em poucos minutos e pedi mais uma cerveja. E lá fui ficando, tomando uma depois da outra e vendo a TV na parede do bar, cada vez mais desfocada. Lembro que assisti ao *Jornal Hoje*, da Globo, e depois emendei o filme *A Lagoa Azul* na *Sessão da Tarde*. Também vi um episódio de *O Cravo e a Rosa*, no *Vale a Pena Ver de Novo*, enquanto me embebedava. Quando acabou a novela, o dono do bar mudou de canal para a Record, porque estava na hora do *Cidade Alerta*.

Àquela altura, eu já estava cambaleando e tendo que me apoiar nas mesas e paredes do bar para conseguir chegar até o banheiro e urinar. Mesmo assim, pedi mais uma cerveja enquanto o apresentador José Luiz Datena abria o programa. Havia acabado de encher o copo e ia dar o primeiro gole quando escutei o Datena anunciar:

— Policial comete suicídio dentro da delegacia de Poá horas depois de matar o suspeito de um crime bárbaro! O assassinato de uma criança que foi mutilada em um ritual satânico. — Nesse momento, o apresentador desviou o olhar da câmera e comentou, como se estivesse falando com alguém no estúdio. — Mas que coisa horrível, como alguém pode fazer uma coisa dessas? — E, voltando a olhar em direção ao telespectador: — Vamos assistir à reportagem sobre esse crime hediondo. Põe na tela!

A primeira imagem da reportagem foi uma reprodução de uma foto três por quatro do policial que cometeu suicídio. Eu o reconheci na hora. Era aquele que havia matado o Bruxo no barracão e chorado em minha frente, no banco do passageiro da viatura. Segundo o repórter do *Cidade Alerta* que agora narrava sobre imagens da fachada da delegacia de Poá cercada de policiais, o PM começou a gritar "frases desconexas" enquanto apresentava a ocorrência junto com seu colega e deu um tiro na boca com sua pistola .40, em frente à mesa do escrivão. Uma rápida imagem de uma poça de sangue no chão da entrada da sala da delegacia foi exibida. Em seguida, vieram as filmagens do barracão, na estrada vicinal de Poá. Eu assistia petrificado, segurando o copo americano do bar a poucos centímetros da minha boca, sem beber a cerveja.

Até aquele ponto, porém, a reportagem estava normal. Igual a tantas outras que eu havia visto naquele tipo de programa. Mas, no momento em que o repórter surgiu de microfone na mão, debaixo de chuva, em frente ao barracão, tudo começou a ficar absurdamente sinistro. Primeiro notei que o repórter usava uma capa amarela muito parecida com aquela que eu havia descartado na lata de lixo da redação. E também havia manchas vermelhas na capa dele.

— Este é o barracão onde o suspeito foi morto pelo policial militar enquanto realizava um ritual satânico com o cadáver mutilado de uma criança...

À medida que meu colega da TV ia narrando os fatos, aproximava-se da porta da cabana. Ele a empurrou, revelando o corpo do garoto pendurado e cercado de velas, todas acesas. Em seguida a câmera deu um zoom sobre o cadáver, exibindo-o em detalhes.

Meu corpo todo tremia, fazendo minha mão chacoalhar e derrubar cerveja no balcão. Aquilo era absurdo, nunca um telejornal, por mais policialesco e sanguinário que fosse, mostraria imagens como aquelas naquele horário. Olhei rapidamente em meu entorno, e, apesar do show de horror na TV, os funcionários e clientes do bar não reagiam, nem notavam. Trabalhavam, comiam, bebiam e conversavam normalmente.

Na televisão, a coisa ia ficando pior. Se já estava surreal até ali, em dez segundos tudo desandou de vez. O repórter voltou a aparecer, ao lado do corpo, apontando para o ventre aberto e, depois, para as vísceras e órgãos depositados nos alguidares, mostrados em superzoom pela câmera do *Cidade Alerta*. Não bastasse isso, ainda pediu para o câmera mostrar os detalhes da região genital da vítima...

— Podemos ver aqui marcas de dentes, o que indica que o órgão sexual da criança foi arrancado à mordidas. Para saber o porquê de tamanha crueldade, vamos falar agora com o suspeito que foi morto pela PM.

E a câmera mostrou o cadáver do Bruxo, largado no chão, com as costas apoiadas à parede manchada de miolos. O repórter então caminhou até o corpo, agachou-se ao lado dele e começou a lhe fazer perguntas, como numa entrevista corriqueira.

— Com licença, o senhor poderia nos dizer por que fez isso com a criança?

E estendeu o microfone ao "entrevistado". Lentamente, a cabeça saiu de sua rigidez cadavérica para que seu rosto, coberto pela crosta de sangue seco, ficasse mais próximo do microfone. O som que saiu da boca do cadáver era uma junção de várias vozes. A principal, gutural e grave; as outras, agudas. Gritos de dor e desespero de dezenas ou talvez centenas de crianças mortas. Palavras se formaram em meio àquele coro vindo das profundezas do inferno.

— Eu estava realizando um ritual antigo... É complicado demais para vocês, meros mortais ignorantes, entenderem... Sim, matei a criança. Era um menino... Ele ainda estava vivo quando devorei seu pênis e suas bolas... Ouvi seus gritos de dor e suas súplicas enquanto mastigava a carne. — E sorriu para a câmera, mostrando os dentes sujos de sangue.

— E depois?

— Arranquei os olhos da criança e também comi...

— Ela ainda estava viva?

— Viva e gritando, como um cabritinho no abatedouro... Ainda cortei os pés e os braços e abri seu ventre... Aí, parou de gritar... Mas ainda gemia. Só morreu mesmo quando cortei a cabeça...

O repórter do *Cidade Alerta* permanecia sereno e inabalável, apesar do festival de monstruosidades que reviraria qualquer estômago.

— E tudo isso era parte do ritual?

— Nem tudo... Algumas coisas fiz por prazer, mesmo...

— Onde o senhor encontrou esse menino?

— A rua está cheia de criancinhas indefesas como ele, não foi a primeira cujo sangue bebi e cuja carne devorei em minha conjunção carnal com as forças do inferno!

— E por que você não se rendeu quando os policiais chegaram? Por que enfrentá-los e ser morto? — O repórter assumiu um tom desafiador ao fazer essa pergunta.

— Morto? Eu? Hahahahahahah... Minha alma nunca morrerá! Meu ritual está completo, agora sou eterno, maior do que todos vocês, que jamais entenderão o que me tornei.

— A partir de agora, o que o senhor vai fazer?

— Já cuidei daquele policial medíocre que atirou na minha testa. Agora, vou atrás do cretino que vomitou sobre meu corpo. — Após dizer isso, o resto do cadáver também começou a sair da inércia da morte. Lentamente, ele se inclinou para a frente e continuou falando. — ... O imbecil que profanou meu cadáver e saiu daqui levando meu sangue nas roupas. — Agora ele estava se ajoelhando e se levantando, e sua imagem começou a aumentar de tamanho na TV, ficando cada vez mais perto; o coro infernal não parava de sair de sua boca, com gritos de desespero cada vez mais agudos... — Vou me deliciar quando botar as mãos nesse filho da puta desprezível...

Ele olhava direto para a câmera. Para mim. E começou a estender os braços em minha direção. Quando vi que suas mãos, literalmente, estavam saindo da tela da TV e seus braços se esticavam para agarrar meu pescoço, afastei-me bruscamente do balcão e acabei caindo do banco. Minhas costas atingiram o chão com tudo, e ainda derramei um copo inteiro de cerveja sobre a barriga. Depois, levantei-me rapidamente, ainda apavorado. Todos os outros clientes e funcionários do bar estavam gargalhando, apontando em minha direção. "Tá bem louco!", "dormiu no balcão!", "vai pra cama, que é quentinho!", gritavam alguns.

Olhei de novo para a TV e vi o Datena comentando um caso policial que não tinha nada a ver com o de Poá. Minha confusão mental e meu desespero foram interrompidos pelo atendente que passou a tarde me servindo cerveja e pinga.

— Ô chefe! Tava sonhando, é?

— O quê?

— Você ficou uma meia hora dormindo aí no balcão... Pior que dormiu segurando o copo de cerveja. A gente tava apostando quando você ia derrubá o copo!

— Caralho...

— Melhor pará, né, chefe? Vai pra casa dormir...

A chuva, na rua, continuava forte. No bar eu não podia ficar. Como não tinha dormido nada no apartamento por causa da maldita reforma, fatalmente dormiria de novo no balcão. Olhei para o relógio: seis e cinquenta. No meu prédio, o barulho das reformas era permitido até as oito.

— Amigo — falei para o balconista —, me vê então mais quatro garrafas pra viagem e a minha conta.

***

Voltei para a quitinete com as garrafas em duas sacolas plásticas. Como esperava, as marteladas e o barulho de furadeira da reforma não haviam parado, então o jeito era esperar até oito da noite para tentar dormir um pouco. Guardei três cervejas na geladeira e abri a quarta. Tentei ligar para o traficante. Caiu direto na caixa postal. Eu precisava de maconha e cocaína. Estava morrendo de vontade de fumar um beque e começando a ficar preocupado com a possibilidade de não conseguir farinha antes do trabalho. Do jeito que eu estava, dormiria no meio da primeira ronda, isso no caso de eu conseguir fazer alguma. Mas ainda tinha confiança de que, até a meia-noite, o traficante atenderia o telefone.

Recorri então à única forma de não enlouquecer na quitinete com a barulheira daquela reforma no vizinho: liguei o aparelho de som bem alto. Botei um CD-R com uma coletânea de Black Sabbath que um amigo meu de Piraju havia gravado para mim. Lembro bem daquele CDzinho, que nunca mais escutei depois daquele dia. Começava com "Children of the Grave", seguida de "War Pigs" e "Sweet Leaf". No meio da "Sweet Leaf", busquei a segunda cerveja na geladeira.

Ouvir aquele Sabbath bebendo só fazia aumentar a minha vontade de fumar maconha. Encorajado pela embriaguez, tomei uma decisão: resgatar o beck que havia jogado no lixo. Iria fumá-lo com as larvas e tudo. Quando botei um pedaço da paranga no dechavador, notei que os vermes estavam bem mais gordos do que eu havia visto pela manhã. Também estavam mais frenéticos, contorcendo-se no meio do bagulho.

"Foda-se", pensei. E comecei a dechavar, fazendo a gosma que os recheava se misturar à maconha. A erva ficou grudenta, meio viscosa. Tive que raspar o dechavador com um canivete para tirar tudo e transferir para a seda. Somente uma pessoa muito chapada de álcool poderia se submeter a uma coisa daquelas.

Mas aquele baseado, apesar de ter ficado com um gosto ruim, bateu forte! Fiquei muito louco depois de uns três pegas. Nos alto-falantes, começou a tocar o riff de "Symptom of the Universe", e eu me levantei e saltei no quartinho-sala da quitinete, como se estivesse num show do Sabbath, e da década de setenta! De vez em quando, sentia umas fisgadas do meu pé direito torcido, que ainda estava muito inchado. As costas, danificadas na queda do banco do bar, também reclamavam. Mas a bebida, a maconha e o Black Sabbath atuavam como um forte anestésico. Balançava a cabeça com violência, fazendo air guitar, com o baseado pendurado entre os lábios.

No fim da música, fui pegar mais uma cerveja. Enquanto abria a geladeira, ouvi o barulho de tempestade e sinos da introdução do que, para mim, é a obra-prima da banda. A primeira faixa do primeiro disco, o trítono do diabo que fez o mundo tremer: "Black Sabbath". Com o baseado em uma das mãos e o copo de cerveja na outra, de olhos fechados, imaginava Ozzy Osbourne, Tony Iommi, Geezer Butler e Bill Ward tocando em minha quitinete. Fiquei de pé no centro do apartamento, absorvendo o som dos três acordes mais malignos e sombrios da história do rock and roll. Alternava pegas do beck e goles da breja, imerso naquela viagem astral satânica. Só abri os olhos no momento em que a música é acelerada e Ozzy, com sua vozinha demoníaca, canta "Is it theeee eeend my frie-end... Santan's coming 'round the be-end...".

Foi quando vi, no reflexo do vidro da janela. Ele estava atrás de mim, sorria com seus dentes ensanguentados. O Bruxo morto do barracão.

Meu corpo inteiro gelou, interrompendo o efeito da bebedeira e da maconha. Rapidamente, rodei o corpo, derrubando um pouco da cerveja no chão. Ele não estava ali. Voltei a olhar o reflexo no vidro. Nada também. Respirei fundo e abaixei o som, escutando novamente o barulho das marteladas e da furadeira. Depois de tudo que havia acontecido desde a maldita hora em que eu resolvi ir para aquela cena de crime em Poá, comecei a realmente temer pela minha sanidade. Amaldiçoei a mim mesmo por ter saído da redação para ir atrás daquele caso. Até quando o Bruxo e a criança mutilada iriam me assombrar?

Olhei o relógio do celular. Já eram oito e treze, e a reforma não havia parado. Isso fez o foco dos meus pensamentos mudar. Aos poucos, fui ficando puto da vida. Passei a gritar palavrões direcionados ao teto da quitinete. Raiva brutal e revolta irracional brotaram em meu peito, e devo ter ficado uns quinze minutos ou mais xingando os pedreiros que realizavam aquela obra maldita. Quando deu oito e meia, resolvi subir até o apartamento do andar de cima e exigir que eles parassem com aquilo. O regulamento do prédio era claro: reforma depois das oito da noite era proibido! Coberto de razão, subi o lance de escadas pisando duro — apesar do pé dolorido — e meti o dedo com força na campainha, deixando-a pressionada por um tempão. Ninguém veio atender, e passei a esmurrar a porta.

Subitamente, ela se abriu. Um homem negro, alto e muito musculoso surgiu na minha frente. Havia saído do banho para atender a porta, pois estava molhado e trajando apenas uma toalha em volta da cintura. Seu rosto era pura raiva e indignação.

— Qué derrubá minha porta, filha da puta!? Cê tá louco!? — vociferou na minha cara.

Fiquei mudo e paralisado. Tive que me esforçar muito para balbuciar algumas palavras.

— Ééééé... Então... Éééé... O barulho...

— Que barulho, caralho!? Você que tava gritando lá embaixo, não é?!

— Daaa obra... Já passa das oito, eeeee...

— Que obra, filha da puta?! — Nisso, ele agarrou o meu colarinho. A mão do sujeito era maior que a minha cabeça. — Não tem porra de obra nenhuma aqui!

E ele puxou meu colarinho com um tranco, mostrando o interior de sua quitinete. Estava tudo limpo e arrumado. E uma moça, com quem ele deveria estar tomando banho quando disparei sua campainha e esmurrei sua porta, estava de roupão, assistindo a tudo da porta do banheiro.

— Você tá fedendo, seu nóia do caralho! Cheirando lixo, maconha e bebida! — dito isso, ele me empurrou, soltando meu colarinho.

Perdi o equilíbrio e caí de bunda no chão. Pessoas dos apartamentos vizinhos começaram a abrir frestas nas portas para assistir àquele espetáculo.

— Se você aparecer na minha frente de novo, te mato na porrada, nóia drogado filha duma puta! — gritou antes de bater a porta na minha cara.

Envergonhado, levantei-me do chão e voltei para minha quitinete. Agora, além do pé e das costas, sentia dor na bunda. Enquanto me afastava, escutava risadinhas saindo dos apartamentos. Das frestas nas portas, todo aquele andar me via fazendo papel de louco e drogado, humilhado por um cara três vezes maior do que eu. Era a segunda vez naquele dia infernal que davam risada da minha cara, o que eu odiava.

Só ao entrar na minha quitinete notei que o barulho de reforma tinha cessado por completo. Eu não entendia aquilo. Tinha certeza de que havia uma obra no vizinho de cima. Era nítido que os barulhos estavam vindo de lá durante o dia inteiro.

— Eu devo tá ficando louco, preciso largá essa vida do caralho — disse para mim mesmo.

Depois me sentei na cama, acendi a ponta do beque de vermes e dei mais uns tragos. Às 20h55, botei o despertador para me acordar às 23h e me deitei. Desta vez, não me lembro de ter sonhado com nada. Por volta das nove e meia, fui acordado pelo barulho da campainha. Fiquei com medo de que fosse o cara do andar de cima, ainda puto por eu ter interrompido sua trepada no chuveiro. Resolvi não atender. Mas levantei da cama — sentindo meu pé, minhas costas e minha bunda latejando — e fui até a porta, diante da qual fiquei parado, de ouvidos atentos. Escutei então a voz de Dona Ednice, a vizinha espírita do andar de baixo.

— Ariovaldo, você tá aí? É importante... — A voz dela trazia preocupação.

Tudo que eu queria era voltar para a cama, para aproveitar minha próxima uma hora e meia de sono. Ainda estava bêbado e cambaleando.

— Ariovaldo, eu sei que você tá aí...

Como ela tinha tanta certeza? Continuei quieto, sem abrir.

— Tudo bem, Ariovaldo... Eu não quero incomodar... É que eu cheguei de uma reunião no centro agora e senti que você tá com problema... Ariovaldo, acho melhor você não trabalhar nessa noite... Amanhã, vamo comigo no centro... Você tem que tomar passe...

Seguiu-se então um momento de silêncio, e ela finalizou, com a voz um pouco mais fraca:

— Acho que tem um espírito obsessor aí com você... Um bem forte, porque eu consegui sentir lá do meu apartamento...

Depois dessa frase, escutei sua respiração por mais alguns segundos, antes de seus passos se afastarem da minha porta.

— Jesus, ajude esse rapaz... — ainda a ouvi dizendo enquanto ia embora.

***

Voltei para a cama e dormi até o despertador me acordar às onze. Senti o corpo inteiro doendo quando me levantei. O pé torcido estava mais inchado do que nunca, e uma enxaqueca de ressaca castigava a minha cabeça. A primeira coisa que vi ao acender a luz foi a mesinha do canto, onde as larvas, ainda mais gordas, dançavam sobre pedaços da minha maconha. Senti o estômago embrulhar. Mancando, fui o mais rápido que pude até o banheiro e vomitei na pia, sujando-a com couve, tutu de feijão, ovo e pedaços de torresmo do virado à paulista que eu havia almoçado.

Na sequência, fui até a mesinha e, com muito nojo, juntei o beck e as larvas sobre uma folha de papel que peguei na gaveta do pequena prateleira ao lado da cama . Despejei as porcarias na privada e dei descarga. Só então vi que a folha de papel que usei para juntar a maconha e os vermes era o panfleto que Dona Ednice, meses antes, havia botado por debaixo da minha porta, do Centro Espírita Casa da Luz e da Fraternidade. Lembrei que ela havia tocado a campainha e vindo até a meu apartamento, mas tive dificuldade para recordar o que ela havia dito. Ainda segurando o panfleto, sentei-me na cama e fiz um esforço de memória. Ela havia falado sobre um "espírito obsessor" e me aconselhado a ir no centro espírita e a não ir trabalhar naquela noite.

Pensei então em tudo que havia me acontecido naquele dia amaldiçoado, desde o momento em que entrei no barracão em Poá. Eu não acreditava em assombração, bruxaria nem nada do tipo, mas cheguei à conclusão de que talvez realmente fosse melhor ir ao tal centro espírita, nem que fosse só para tomar um passe mesmo. Talvez isso ajudasse a me livrar daquela maré de coisas ruins e das visões e dos pesadelos que estavam começando a me enlouquecer.

Mas, naquele momento, eu tinha algo mais urgente para resolver: precisava de cocaína para acordar direito e conseguir trabalhar. Não passou pela minha cabeça, àquela hora, seguir o conselho de Dona Ednice sobre faltar no emprego. O que fiz foi deixar o panfleto do centro de lado e pegar meu celular. Novamente, o número do traficante deu direto na caixa postal. Não havia outra saída senão buscar outra alternativa, que até então eu queria evitar: o traficante do fotógrafo.

Meu colega da madrugada cheirava bem mais do que eu. Sempre tinha algum papelote em um canto da carteira. Mas a farinha que ele pegava era sempre muito ruim. Até então, houve duas vezes que ele propôs que comprássemos juntos um papelote de cem reais para dividir, e eu concordei. Era uma cocaína amarga e com gosto de remédio, que, além de me causar uma incurável coriza, dava taquicardia e não me deixava dormir depois do trabalho. Mas eu mal conseguia manter os olhos abertos e não tinha muita opção. Liguei para o fotógrafo.

— Salve, Valdo! O que manda, mano?

— Opa! Beleza?

— Eita, tá com uma voz de doente, porra...

— É... Não tive um dia muito bom, não... Mal tô me aguentando em pé.

— Caralho... Tem que pará de enchê a cara antes do trampo, bicho. Desse jeito, cê não vai aguentá...

— Pois é... Então... E aquele seu canal de pó, tá rolando?

— Ooopa, sempre! Vamo meiá cenzão?

— Não tem menos, não? Tipo papel de cinquenta?

— Só de dez ou cem!

— Tá bom, vê logo cem, então...

— Fechô! Te vejo logo mais na redação!

Botei a mochila nas costas e saí da quitinete. O caminho de dois quarteirões até o ponto de ônibus foi sofrido. A dor no pé torcido me dava vontade de chorar a cada passo. Fora isso, as costas e os glúteos também não estavam bem, devido às quedas no bar e diante da porta do vizinho musculoso. As duas farmácias próximas ao meu prédio, onde eu poderia comprar algum analgésico, estavam fechadas. Fazendo um esforço extremo para suportar aquela agonia, arrastei-me até o ponto de ônibus. A chuva não estava tão forte quanto durante o dia, mas seguia constante. E eu, é claro, estava sem guarda-chuva. A única coisa que tinha para me proteger das intempéries, a capa amarela, eu havia deixado no lixo da redação, suja com o sangue do Bruxo de Poá. Aliás, eu havia passado o dia sem tocar nas roupas manchadas de sangue. Havia jogado no tanque pela manhã. Também havia largado vômito de virado à paulista na pia do banheiro.

— Preciso limpar toda aquela merda amanhã, sem falta — resmunguei.

Só quando eu já estava sentado no ônibus, a caminho do trabalho, olhei para meus pés e vi as manchas nos cadarços brancos do meu tênis All Star preto. Respingos marrons avermelhados. Mais sangue do Bruxo. Pensei novamente na capa amarela e na calça largada no tanque e senti um calafrio. "Profanou meu cadáver e saiu daqui levando meu sangue em suas roupas", disse o Bruxo ao repórter do *Cidade Alerta*, naquele sonho absurdo que tive no balcão do boteco. Mas pensei: "Se eu tô vendo esses respingos de sangue no cadarço branco, imagina quanto sangue tem na parte preta desse All Star". Incomodado, tentei afastar aqueles pensamentos me recostando no banco do ônibus e olhando a cidade chuvosa pela janela embaçada. Logo cochilei. E só fui acordar com a voz do cobrador.

— Ô rapaiz! Ponto final! — disse ele em pé, já saindo pela porta da frente. O coletivo estava vazio e com as luzes internas apagadas.

Demorei alguns segundos para entender que estava no terminal de ônibus da praça Princesa Isabel. Havia perdido o ponto mais próximo ao jornal. Agora teria que andar quatro quarteirões com aquele pé formigando e gritando de dor, além das nádegas e das costas fodidas. Não seria exagero dizer que, naquele momento, fiquei desesperado e quase comecei a chorar.

Em vez disso, como havia feito diversas vezes durante aquele maldito dia, praguejei.

Com muita força e ódio, levantei-me do banco do ônibus aos berros, xingando e atraindo para o interior do veículo os olhares das poucas pessoas que ainda circulavam pelo terminal da Princesa Isabel.

Mas parei de esbravejar ao vê-lo novamente. Desta vez, no reflexo do vidro da janela do coletivo. O Bruxo de Poá estava sentado em um banco, atrás de mim, olhando para minha cara e sorrindo com ar sacana. Saí apressado do ônibus sem olhar para trás, quase tropeçando ao desembarcar. Arrastei minha carcaça dolorida o mais rápido que pude para longe dali. Só diminuí o ritmo quando estava do lado de fora do terminal. Segui então pela calçada da praça Princesa Isabel, em direção ao jornal.

Além do pavor, a combinação chuvisco contínuo/tempo gelado/ roupa molhada fazia o meu corpo inteiro tremer. Certamente, ainda terminaria aquela noite gripado ou com um começo de pneumonia. A praça estava escura, com a maioria dos postes apagada, e cheia de sombras de nóias fumando crack. Alguns postes ainda piscavam. Iriam pifar a qualquer momento. "Caralho, do jeito que essa praça tá, vou ser assaltado e esfaqueado", pensei. E, se saísse vivo da praça, ainda teria que enfrentar três quarteirões, lotados de mais crackeiros, até a sede do jornal. Comecei a olhar para a avenida Rio Branco, na esperança de um táxi.

Nisso, veio-me à mente o conselho que Dona Ednice me deu através da porta fechada, para que eu não trabalhasse naquela noite. E era a pura verdade. Eu estava completamente destruído, ainda bêbado, sem dormir, sentindo dor a cada movimento que fazia e, não bastasse tudo isso, correndo risco de ser roubado e morto naquela calçada. Tomei a decisão: iria ligar para o jornal e dizer que estava passando mal e não poderia trabalhar naquela noite. Era, realmente, o mais sensato a fazer. Mesmo que o fotógrafo arrumasse um monte de pó da melhor qualidade para a gente cheirar, a cocaína não me deixaria consciente o bastante para escrever uma reportagem.

Antes de dar o primeiro passo de volta às luzes da entrada do terminal, porém, um barulho me chamou atenção. Uma risadinha maliciosa. Olhei para as estruturas decadentes e depredadas do que deveria ser o parquinho infantil da praça Princesa Isabel. Bem ali, entre o gira-gira e a gangorra detonados, eu o vi mais uma vez.

Estava parado, rindo da minha cara com seus olhos sem brilho e seus dentes manchados de sangue. Desta vez, resolvi encará-lo. Estava morrendo de medo, é claro. Mas também puto da vida. Recordei novamente as palavras de Dona Ednice. "Tem um espírito obsessor aí com você..."

Sim, aquela coisa estava me seguindo e pelo jeito não me deixaria em paz tão cedo. O fantasma daquele Bruxo assassino de crianças não era apenas um delírio resultante de trauma, álcool, maconha com larvas ou falta de sono. O desgraçado era real. Comecei a gritar, xingando, e ele passou a gargalhar. Uma gargalhada terrível e gutural, acompanhada do coro daquele crianças em dor e desespero. Só de relembrar aquele som, meu corpo todo volta a tremer.

Dei-lhe as costas e voltei às luzes da entrada do terminal, ainda escutando, ao longe, aquela gargalhada infernal. Peguei o celular para telefonar para o meu chefe, mas, antes que eu começasse a discar o número, o aparelho vibrou na minha mão. Era da redação.

— Alô...

— Valdo, tudo bem?

Era o editor de cidades, meu chefe.

— Opa... Tudo...

— Tá chegando? Vai demorar ainda?

Eu deveria entrar à meia-noite. Já era meia-noite e trinta e sete.

— Eeeeu... Tô aqui do lado do terminal da Princesa Isabel...

— Você tá a pé?

— Dormi no busão, perdi o ponto... Então, eu ia te lig...

— Beleza, tô mandando o motorista e o fotógrafo te pegarem em frente ao terminal, tá certo? Só um minuto... — Escutei ele falando "ele tá no terminal Princesa Isabel. Pega ele lá" ao fotógrafo, que devia estar ao seu lado.

— O que aconteceu? — perguntei, quando ele voltou ao telefone.

— Um maluco matou a família inteira. A mulher, as duas filhas, até o cachorro.

— Caralho...

— Foi lá em Guarulhos... O cara usou uma Makita!

— Makita?

— É... Você sabe o que é... Tipo uma serrinha elétrica redonda de cortar pisos, vende em casa de material de construção...

— Ah, tá...

— O caso tá sendo apresentado lá no 1º DP de Guarulhos. O preso tá lá e logo deve ser levado pro IML. Vocês vão direto pro DP, pra garantir a foto do doido saindo de lá, beleza?

Ele se referia a um procedimento de praxe durante uma prisão. Após os registros iniciais na delegacia, o detido sempre é levado ao IML para ser submetido a exame de corpo de delito. Era um momento em que os fotógrafos e cinegrafistas aproveitavam para fazer imagens do suspeito preso.

— Beleza...

— Depois que terminarem por lá, vocês passam na casa onde rolou a chacina. Se der pra fotografar o IML recolhendo os corpos, também é legal!

Não é à toa que nós, jornalistas, somos comparados a abutres. O entusiasmo de muitos de nós quando surge uma história sanguinolenta, com detalhes mórbidos e que fará o jornal vender mais no dia seguinte, é impressionante.

— Beleza...

— Valeu! Até amanhã!

E ele desligou o telefone, enterrando definitivamente meu plano de pegar um táxi até o Cambuci, tirar as roupas úmidas e ir para baixo do edredom. Novamente ouvi a gargalhada infernal do Bruxo acompanhada do coral de crianças que ele mutilou. Agora estava do outro lado da rua, encostado no muro em frente à entrada do terminal. Curvava-se de tanto rir. Tirava barato da minha cara.

— Filha da puta! O que você qué de mim, porraaa!?... Não tem bosta nenhuma na minha vida de merda que você pode querê! Vai embora, caralho! Vai embora!

À medida que eu gritava, ele ria mais. Meus gritos acabaram sendo substituídos por um choro de ódio. Um choro que disfarcei assim que vi o golzinho branco, com adesivo do jornal na porta, dobrando a esquina para me pegar. Quando o carro parou na minha frente, dei mais uma olhada em direção ao muro do outro lado da rua. O Bruxo havia sumido.

***

— Caralho, mano, hoje cê se estragô legal, hein... — disse o fotógrafo, já se levantando do banco do passageiro e puxando o encosto para frente.

— Hoje tá foda, mesmo... — respondi, praticamente grunhindo, enquanto entrava no carro e me estatelava no banco de trás.

Notei então que o motorista estava me olhando de cara feia pelo espelho do para-brisa.

— E aí, beleza? — perguntei.

Mas ele não respondeu. Acelerou, e arrancamos rumo a Guarulhos. O rádio estava sintonizado na estação de música sertaneja. Estranhei, pois o fotógrafo, como eu, só ouvia rock.

— Pô, vamo botá na Kiss FM aí...

O motorista respondeu seco e áspero:

— Kiss FM, o caralho. Hoje quem manda no rádio sô eu!

O fotógrafo interveio:

— Ele tá puto com você. Vamo tê que escutá sertanejo hoje — disse.

— Porra, mas tá puto por quê? — perguntei.

O motorista voltou a me encarar pelo espelho do para-brisa. Seus olhos eram puro ódio.

— Puto por quê, é? Você deixou a merda do banco todo sujo de sangue! Os caras da locadora... — Uma locadora de veículos prestava serviço ao jornal, e ele era funcionário dessa empresa — ...comeram a porra do meu cu quando cheguei pra trampá hoje! Não notô que a gente tá num carro diferente!? Mandaro o Gol que a gente usava pra um lugar especializado, pra vê se tiram as mancha do banco... E sabe o que mais?

— O quê? — perguntei, desencorajado.

— Eu vô tê que pagá essa porra! Vão descontá do meu salário!!

— Porra, desculpa...

— Desculpa, o cacete! O que aconteceu dentro daquela porra daquele barracão pra você ficá sujo de sangue daquele jeito!?

— Tá... Peraí... Desculpa se sujei o banco. Me fala quanto vão descontá do seu salário que eu pago, de boa...

— Acho bom mesmo!

— Tá, de boa, eu pago... Mas tira desse sertanejo aí, vai...

— Tira do sertanejo, o caralho. E não muda de assunto! Diz pra gente que porra que rolou naquele barracão procê ficá sujo de sangue daquele jeito? Vi você saindo de lá de dentro e vomitando na chuva, mas o que que aconteceu? O que aconteceu de verdade?

— É dessa parada que vocês tão falando, né? — disse o fotógrafo, que esticou o braço para trás e me entregou a primeira edição de terça, que iria para as bancas naquela madrugada. Já estava dobrada na página A5.

Geralmente, a primeira coisa que eu fazia ao chegar no jornal à meia-noite era procurar pela primeira edição, para ver qual destaque haviam dado às minhas matérias, o que não havia feito naquela madrugada por não ter passado pela redação. E foi um choque quando vi o título da reportagem que abria a página:

"PM se suicida em DP após matar assassino de criança".

Na hora, lembrei-me do "pesadelo" com o *Cidade Alerta* no boteco, em que o Datena anunciava a reportagem sobre o suicídio do policial. Parte daquele delírio em que vi o Bruxo saindo da TV do bar para me pegar, então, era verdadeiro. Ou talvez eu tivesse começado a ver a reportagem e dormido e sonhado no meio, de tão chapado que estava.

Sob o título do texto, havia uma foto em três colunas do barracão onde estavam os corpos da criança e do suspeito, cercado de carros da PM. Ao lado, em uma coluna, a reprodução de uma foto 3x4 do policial suicida. Na imagem, ele estava sério, com uma expressão determinada no rosto. Bem diferente do cara neurótico e desesperado que eu havia visto sentado na viatura, em Poá. Meu coração acelerava cada vez mais à medida que eu lia a matéria. Ela era assinada pelo principal repórter de polícia da redação. Do meu nome, só apareciam as iniciais — VB —, em um texto de uma coluna ao lado, com o título "Vítima foi morta em ritual Satânico" e uma breve descrição da cena do crime — provavelmente escrito pela pauteira, com os detalhes que eu havia lhe passado. E ela havia distorcido completamente algumas partes que lhe contei. Na reportagem principal, que guardo até hoje em uma pasta com recordações daquele tempo, um trecho chama atenção:

"[...] Segundo as testemunhas, enquanto o policial prestava depoimento para registrar a ocorrência do assassinato da criança, na qual matou o suspeito do crime, ele começou a chorar e a gritar frases desconexas, como 'É o fim!!!', 'Não! Não!' e 'Por favor, Deus, me ajude!'. Logo em seguida, sacou sua pistola .40 e disparou contra o céu da boca".

A semelhança daquelas aspas com a letra da música 'Black Sabbath' me gelou a espinha. "Is it theee eeend, my frie-end... Oh, no, no, please God, help me..."

"[...] O PM que atuava junto com o soldado, cujo nome não foi divulgado pelo Comando da Polícia Militar, ficou muito abalado ao presenciar o suicídio do colega e teve uma crise nervosa, precisando ser socorrido e sedado no PS Municipal de Poá. A Polícia Civil acredita que ele deva estar recuperado para prestar depoimento até o final da tarde de hoje.

"'Era nítido que os dois policiais militares estavam abalados quando chegaram para registrar a ocorrência. E não é para menos. O que o assassino fez com a criança foi uma coisa monstruosa. É difícil acreditar que um ser humano poderia fazer aquilo com uma criatura indefesa', disse o delegado. Ele informa que os corpos da vítima e do suspeito foram encaminhados ao IML, que deve fazer exames para determinar qual é o sexo da criança e tentar descobrir a identidade dela e do suspeito [...]"

"É um menino. Eles ainda não sabem", pensei, novamente recordando o trecho da reportagem/pesadelo no balcão do bar, em que o morto contava ao repórter detalhes hediondos do assassinato da criança.

Quando terminei de ler a reportagem à luz fraca dos postes da rua, que entrava pelas janelas — sempre que eu lia algo no carro de reportagem na madrugada, o motorista acendia a luz interna. Naquela noite, não acendeu —, o Golzinho já estava no viaduto que liga a Marginal Tietê à rodovia Presidente Dutra. Vozes em falsete de cantores sertanejos que faziam sucesso no início dos anos 2000 gritavam letras de amor nos alto-falantes. Devolvi o jornal ao fotógrafo.

— Porra, vocês foram com o dia amanhecendo debaixo de chuva pra Poá, e eles botaram só as iniciais num textinho, hein... — comentou ele, com uma entonação sacana.

E o motorista logo se meteu na conversa:

— Eu falei pra ele! Me fez sair cinco horas da manhã naquela chuva e ainda deixou o banco do carro todo sujo de sangue! E olhaí! Tudo isso por duas letrinhas num cantinho da página...

— Caralho, eu falei que vô te pagá essa porra! — rebati, irritado.

Ele me encarou novamente pelo espelho do para-brisa, os olhos faiscando. Resolvi não dar continuidade àquela discussão besta e perguntei ao fotógrafo:

— E aquele outro negócio? Tá aí?

— Opa! — Já foi enfiando a mão no bolso da calça jeans e tirando uma petequinha gorda de cocaína. — Vai querer uma base também?

— Quero!

Após mexer na sua sacola de fotógrafo, ele se virou no banco e me entregou junto com o papelote uma capinha de CD dos Ramones, *Loco Live*, que ele sempre trazia consigo. Havia perdido o disco fazia tempo e ficado só com a capa, que usava para esticar as carreiras. Deitei a capinha sobre o colo e estiquei duas lagartas grandes sobre a foto daquele show dos Ramones em Barcelona, onde o álbum foi gravado. Quando eu enrolava uma nota de R$ 50 para cheirar, o motorista voltou a resmungar.

— Cuidado com essa porra aí, hein! Vai derrubá essa merda no banco e me foder de novo...

Normalmente eu lhe daria uma resposta torta, mas estava muito cansado. Resolvi ignorá-lo e mandei ver nas duas lagartonas brancas. A droga, como sempre acontecia quando era trazida pelo fotógrafo, desceu queimando minhas vias nasais e minha garganta, deixando o gosto ardido de remédio. Mas o efeito foi imediato. Na hora, senti a leseira decorrente da bebedeira e da falta de sono indo embora. Meu coração se acelerou.

— É forte essa porra, hein? — comentei, já devolvendo a capinha do *Loco Live* ao fotógrafo.

— Pois é. O dealer disse que essa aí é mais forte, mesmo. Eles tão chamando de Bolívia. Falou pra eu ter cuidado e ir devagar.

O safado só foi dizer isso depois de eu ter cheirado duas lagartas gigantescas, mas tudo bem. O negócio cumpriu a função de me acordar. Além do coração acelerado e do amargor na garganta, passei a sentir também uma espécie de euforia, que sempre aumentava minha autoconfiança. Agora estava animado para chegar ao distrito policial de Guarulhos e conseguir as informações sobre o sujeito que matou a família com a Makita. Já imaginava a matéria abrindo uma página com "Valdo Bastos" na assinatura. Não aquela merda de "VB", que haviam colocado no canto da reportagem sobre o suicídio do policial.

Mas uma coisa ainda me incomodava, e muito: aquele sertanejo horrível no rádio. Lembro nitidamente que tocava uma música desgraçada de amor do Leonardo, o irmão que fazia dupla com o finado Leandro: "Amor, eu te procuro, mas você se esconde/ Chamo seu nome e ninguém responde/ A tua sombra está no meu caminho".

"A tua sombra está no meu caminho" me fazia lembrar do maldito Bruxo Obsessor de Poá.

— Que merda de música do caralho... — falei em voz alta. O fotógrafo deu uma risada, e o motorista nem comentou nada. Apenas me olhou pelo retrovisor com uma expressão de escárnio. Claro que ele estava se divertindo com o asco que eu sentia por aquele tipo de música.

Tentei ignorar o seu olhar e os malditos falsetes do Leonardo. Mas o efeito da cocaína não me deixava relaxar. E, quando olhei de novo o espelho do para-brisa, não foram os olhos do motorista que eu encontrei, mas os olhos do Bruxo, encarando-me e sorrindo.

— SAI DAQUI, PORRA! — berrei, assustando o fotógrafo e o motorista, que quase perdeu a direção do carro na pista da Dutra.

Estávamos quase chegando a Guarulhos. O motora então ligou o pisca-alerta e parou no acostamento.

— QUE PORRA FOI ESSA!? VOCÊ QUÉ QUE EU BATA O CARRO, CARALHO!?

— Desculpa... Eu... Sei lá o que deu em mim... — Não conseguia achar uma desculpa.

Dizer que havia visto um espírito obsessor no espelho do para-brisa era o mesmo que assinar um atestado de insanidade.

— Não sabe o que deu em você?! Pois eu sei!! Chega pra trampar bêbado e ainda fica cheirando cocaína no carro de reportagem!!! Olha, eu tô de saco cheio! Se fizé isso de novo, vô fazê uma reclamação formal pra direção do jornal. Vô caguetá vocês dois! Tão entendendo?

O fotógrafo protestou:

— Pô, eu não fiz nada!

— Tá com essa porcaria de droga no meu carro! É bom vocês dois pará com isso. Ficam cheirando essas merda durante o trabalho! Eu não vou aguentá mais ninguém muito loco berrando dentro do meu carro!

— Tá bom, tá bom... Não vou gritar mais. Pode ficar tranquilo — respondi.

***

Dali em diante, evitei olhar o espelho do para-brisa. Permaneci quieto, com o coração acelerado, recostado no banco de trás, olhando a paisagem pela janela. Quando estávamos entrando no centro de Guarulhos, senti a cabeça pesar e o cansaço voltar a dominar meu corpo. Pedi novamente a capa do *Loco Live* ao fotógrafo — escutando o motorista bufar, impaciente — e cheirei mais uma carreira gorda daquela cocaína amarga, que deveria estar misturada com um monte de anfetamina. Voltei ao estado de euforia autoconfiante, e logo chegamos ao 1º Distrito Policial da cidade. Peguei o bloco de anotações e a caneta da mochila e desci do carro, pouco depois do fotógrafo, que havia pulado do veículo com a câmera já em punho, juntando-se aos demais repórteres fotográficos, que estavam posicionados na saída do DP para retratar o Assassino da Makita.

Apenas um dos profissionais de imagem, o cinegrafista do *Cidade Alerta*, estava tranquilo, em um canto. Vários repórteres estavam ao redor dele. Observavam algo pelo visor da câmera. Aproximei-me do grupo.

— E aí pessoal? Tudo certo?

Todos me cumprimentaram com um "fala, Valdo".

Colei no grupinho formado pelo Fausto, do *Agora*, o Zé Luiz, do *Jornal da Tarde*, e o Giodelcson, do *Diário de S.Paulo*, e perguntei o que eles sabiam sobre o crime. Segundo as informações preliminares que haviam obtido, a família tinha acabado de chegar de um culto evangélico quando o pai, que era marceneiro, surtou, foi até a oficina — a casa ficava nos fundos da oficina —, pegou a Makita e começou a carnificina.

— Qué vê as imagens do local do crime? — perguntou-me o cinegrafista do *Cidade Alerta*.

Como na maioria das vezes, a equipe do programa havia chegado ao local do crime bem antes, avisada pela Polícia Militar. Eles tiveram acesso ao interior da casa onde ocorreu a chacina e ainda filmaram o assassino sendo retirado da viatura para ser apresentado na delegacia.

— Cara, essas imagens são foda... — comentou Giodelcson.

— É, a gente viu... bem foda, mesmo — concordou Fausto.

— Se você comeu alguma coisa pesada hoje, melhor não ver — aconselhou Zé Luiz.

Todos haviam visto as cenas e agora me diziam para não ver. É lógico que eu iria ver! Pedi para o cinegrafista me mostrar as imagens pelo visor da câmera.

O que havia ocorrido na casa do marceneiro chegava a ser tão monstruoso quanto o que eu tinha visto naquele barracão de Poá. Primeiro, assisti às imagens do cachorro da família, que parecia ser um vira-lata, cortado ao meio, sobre uma poça de sangue num corredor externo da residência. A parte da frente do bicho, com as patas esticadas e a boca aberta, de língua para fora, estava pouco mais de trinta centímetros distante da parte de trás.

Em seguida, o cinegrafista entrou no imóvel.

Enquanto as imagens daquela desgraça iam se sucedendo, ele narrava.

— Olha, aí é a sala. Essa é a ferramenta que ele usou...

A tal da Makita, um dispositivo amarelo ao qual estava presa uma serra giratória, estava toda suja de sangue, largada sobre uma mesinha de centro, diante do sofá da sala. A TV estava ligada.

— Os PM dissero que, quando chegaram, o cara tava sentado nesse sofá, vendo um programa evangélico. Não reagiu nem nada. Agora, eu vô pro corredor que leva até o quarto das criança, olhaí...

No meio desse corredor, estava o corpo da mulher. O sangue havia espirrado para todos os lados, deixando manchas nas paredes e formando uma nova poça no chão. Ela havia sido decapitada. O corpo estava estatelado, de barriga para cima, braços e pernas abertos. A cabeça estava um pouco adiante. O emaranhado de cabelos pretos encaracolados me impedia de ver o rosto. As roupas do cadáver confirmavam que ela era evangélica. Saia jeans abaixo do joelho e camisa branca — agora na maior parte vermelha —, de manga longa. Em seguida, a câmera deu um zoom sobre uma Bíblia ensanguentada, caída no chão.

— Parece que ela tentô impedir o marido de chegar no quarto das meninas — prosseguiu o cinegrafista do *Cidade Alerta*.

A porta do quarto das filhas havia sido toda fatiada com a Makita. A menina mais velha, que, segundo meus colegas, tinha doze anos, foi atingida pela serra acima do ombro esquerdo. O corte ia até o umbigo, deixando seu tórax e abdome completamente abertos, com os órgãos à mostra. Estava caída no chão do quarto, onde havia um verdadeiro oceano de sangue. O cinegrafista deu um zoom no rosto da menina morta. Todo respingado de sangue, ele trazia uma expressão de puro horror, com a boca escancarada e os olhos arregalados. Ela devia estar gritando enquanto o pai retalhava sua carne e seus ossos com a serra circular.

Por último, vi a filha caçula, que tinha seis anos de idade. A menina havia sido cortada em vários pedaços em sua caminha de criança, que tinha colcha estampada com desenhos que deveriam ser de joaninhas e borboletas. Não dava para ver direito, devido às manchas escuras de sangue. Mas dava para ver nitidamente as pernas, os braços, a cabeça e as vísceras que saíam daquele pequeno tronco cortado ao meio. A cabeça estava virada com o rosto para cima. Tinha os mesmos traços da irmã mais velha. Também estava com a boca e os olhos escancarados.

Meu coração, que já estava acelerado pela cocaína, passou a bater ainda mais forte. E minha euforia autoconfiante de cocainômano se transformou em uma revolta incontrolável. Uma raiva irracional passou a tomar conta de mim. Não dava para aceitar o fato de um pai ter feito aquilo com as suas filhas. Era horrível demais.

— Que filho da puta... Como pode?... Como pode?... — Era tudo que eu conseguia dizer após assistir ao show de horror pelo visor da câmera do *Cidade Alerta*.

Notando que eu estava abalado, meus colegas pediram para eu respirar fundo e me acalmar. Mas logo o escrivão deu um grito da porta da delegacia, balançando folhas de papel na mão direita.

— O B.O. tá pronto! Quem quiser pode vir pegar as informações. O suspeito vai sair logo mais pro IML. — Aquele escrivão era um velho conhecido da reportagem. Um sujeito calvo, que usava óculos e devia pesar, no mínimo, uns duzentos quilos. Andava com uma pistola .380 cromada em um coldre enfiado na parte de trás da calça, bem no rego, já que as imensas dobras da barriga o impediam de usar a arma na lateral da cintura.

Eu, os repórteres dos jornais concorrentes, além dos colegas da Globo e da Record, dirigimo-nos ao balcão do plantão policial, onde nos amontoamos em torno do boletim de ocorrência, que trazia os principais dados do caso, como o nome e a idade do assassino e das vítimas, além do histórico da ocorrência, que confirmava a versão de que a chacina ocorreu logo após a família chegar de um culto evangélico.

Em seu depoimento, o assassino acrescentava que estava "transtornado", pois sua marcenaria estava indo à falência e ele não tinha mais dinheiro para comprar comida. Três meses antes, havia doado todas as economias para a igreja, convencido pelo pastor de que Deus o ajudaria a sair do sufoco. Depois do culto daquela noite, pediu ao pastor que devolvesse, pelo menos, parte daquele dinheiro, mas este lhe disse que não poderia "fazer nada".

Assim que chegou em casa, o homem contou ter ouvido "uma voz" mandando que fosse à marcenaria para pegar a serra e, assim, mandar sua "amada família para o conforto dos braços de Jesus".

Aquela palhaçada ridícula de fanatismo religioso só fez minha revolta aumentar. Fiquei com tanta raiva daquele assassino desgraçado e de seu pastor canalha, que quase não conseguia respirar. Os outros repórteres me olhavam com preocupação, e eu sentia meu rosto se contraindo em espasmos, fazendo caretas involuntárias. Eles sugeriam que eu me sentasse do lado de fora da delegacia, acho que alguém estava pedindo um copo d'água aos policiais para me dar. Eu mal conseguia escutá-los.

Na sequência, a porta da sala do delegado se abriu, e todos se voltaram para ela. O assassino, um homem baixinho, de bigode e cabelo cortado estilo militar, com camisa e calça sociais empapadas de sangue, saiu com as mãos algemadas para frente, conduzido pelo escrivão obeso e pelo delegado, que também era nosso conhecido. Um jovem com cara de playboy que gostava de aparecer em telejornais conduzindo presos.

Assim que vi a cara do assassino, um delírio irracional tomou conta de mim, e eu avancei contra ele, sem levar em conta os policiais, e acertei um murro em seu rosto. Minha atitude inesperada deixou o delegado sem ação. Já o escrivão de 200 quilos me deu um forte empurrão.

Meus colegas jornalistas me agarraram, para impedir que eu avançasse de novo contra o pai de família assassino. Como eu não conseguia me desvencilhar para agredir novamente aquele facínora, comecei a gritar com ele.

— FILHA DA PUTA!!!! GOSTOU DE MATAR SUAS FILHINHAS??!!!!

O escrivão obeso veio, então, em minha direção, metendo o dedo em minha cara.

— VOCÊ TÁ LOUCO? TÁ DROGADO, FILHA DA PUTA? QUER QUE EU TE DÊ VOZ DE PRISÃO?!

Ao fazer isso, porém, ele cometeu um descuido fatal. O marceneiro assassino deu um bote com as mãos algemadas e pegou a pistola automática da parte de trás de sua calça.

O delegado playboy, atrapalhado com toda aquela confusão, demorou a agir para desarmar o sujeito. E eu, com os braços ainda imobilizados pelos colegas, vi o preso apontar a .380 em minha direção e atirar.

Senti o impacto da bala entrando em meu abdome. Só então os colegas soltaram meus braços. O que vi em seguida foi o delegado e outros policiais do distrito imobilizando o preso e arrancando a arma de suas mãos. Logo depois senti a tontura, que veio acompanhada de uma dor horrível nas tripas. Minhas pernas cederam.

Caído no chão da delegacia, olhando para o teto, ainda observei os colegas de reportagem e alguns policiais se aglomerando em volta de mim, gritando em pânico. Mas entre aquelas faces horrorizadas também havia uma sorridente. Era ele. O Bruxo Obsessor, que se divertia assistindo ao sangue que brotava do meu ventre e empapava minhas roupas.

Tudo ficou escuro. Uma escuridão total e gelada. Meu corpo inteiro doía. Não, não era o corpo. Era uma dor mais profunda. Minha alma doía. E sentia frio, muito frio. Mas não tremia. Não conseguia me mover, falar ou gritar. Eu apenas pensava. Sabia que havia levado um tiro na barriga. Já tinha escrito reportagens sobre dezenas de pessoas que haviam morrido após serem baleadas da mesma maneira. Tudo indicava, naquele momento, que eu estava morto.

***

Seria a morte, então, um mergulho eterno e consciente no sofrimento? Era ruim demais para ser verdade. Não sei precisar quanto tempo permaneci naquele buraco negro de dor. Podem ter sido horas, dias ou semanas. O que sei é que cada segundo parecia interminável.

E, naquela escuridão gelada, sofri e sofri. Até que o desespero começou a dar lugar a um sentimento de tristeza e de falta de esperança. E fui me acostumando à dor, ao breu e ao frio, já que provavelmente iria ter que conviver com aquilo para sempre. Acho que foi nesse ponto que uma paisagem, aos poucos, começou a se revelar diante de mim. Foi como se meus olhos, de repente, começassem a se acostumar à escuridão.

Quando, finalmente, enxerguei o que me cercava, desejei que tudo ficasse escuro novamente. Estava no que parecia ser uma planície infinita e desolada, de cor cinza-chumbo, sob um céu vazio que pendia sobre um chão coberto por um lodo negro e pestilento. Agora, além do frio e da dor, havia também o cheiro. Um odor insuportável e enjoativo, que eu já havia sentido diversas vezes ao acompanhar, como repórter, o encontro e o recolhimento de corpos em decomposição. O lodo, no qual eu estava atolado até a metade das coxas, cheirava a putrefação cadavérica.

E eu não era o único naquele lugar horrível. Uma horda de seres agonizantes, de pele cor de gelo, alguns cobertos de pústulas e chagas ou deformados por ferimentos hediondos, cercava-me. Olhei minhas mãos e constatei que minha pele havia adquirido a mesma tonalidade fria. Também vi o ferimento em minha barriga saliente, do tiro que levei na delegacia. Sangrava e doía. E aquele sangramento e aquela dor também continuariam, provavelmente, para todo o sempre.

Notei também que, quanto mais tempo eu ficava parado, mais afundava no lodo fétido. Passei, então, a me movimentar, arrastando-me sem rumo naquela gosma viscosa com odor de morte e observando as almas errantes que passavam por mim. Algumas gritavam, em um surto desesperado. Outras gemiam e choravam enquanto se arrastavam. Havia também as que vagavam em silêncio, com expressão opaca, sem rumo ou esperança.

Mais do que a dor e o frio que eu estava sentindo, aquela visão desgraçada me dava vontade de chorar. Eu, no entanto, não conseguia derramar nenhuma lágrima, por pior que fosse aquele sofrimento. No que pareceu ser muito tempo, arrastei-me por aquilo que o espiritismo, posteriormente, ensinou-me ser o Umbral. Um vale de almas não evoluídas e pesadas, vagando em meio ao sofrimento.

Entre aquelas almas, uma me chamou atenção, em certo momento. Uma mulher de cabelos emaranhados. Percebi algo de familiar nela. Segurava a cabeça com as duas mãos, de um jeito esquisito. Comecei a segui-la, por simples curiosidade, e, quando me aproximei, reconheci-a pelas roupas: uma saia jeans que ia até os joelhos — que dificultava sua locomoção no lodo negro do Umbral — e uma camisa branca de manga longa, toda manchada de sangue. Era a mulher que havia sido decapitada pelo marido marceneiro. Gritava sem parar.

— MINHAS MENINAS! MINHAS MENINAS! JESUS, ME AJUDA!? ONDE EU TÔ, MEU DEUS?! PRECISO VOLTAR PRA SALVAR MINHAS MENINAS!!

Em certo momento, ela tropeçou e a cabeça escapou de suas mãos, caindo de cara no lodo. O corpo decapitado, na sequência, curvou-se e enfiou as mãos naquela substância viscosa e fedorenta, em busca do crânio de cabelos emaranhados. Resolvi ajudá-la, mas não queria, de jeito nenhum, encostar naquela cabeça, que, de cara no lodo, continuava gritando que precisava salvar as filhas. Segurei o braço esquerdo do corpo decapitado e o puxei, fazendo que a mão tocasse o cabelo de sua dona. Depois que a cabeça foi resgatada, ajudei a mulher a ficar de pé. Ela pôs a cabeça sobre o pescoço e olhou para mim, o rosto todo sujo de lodo, numa expressão de loucura completa.

— MOÇO, PELO AMOR DE DEUS!!! PRECISO SAIR DAQUI! ELE VAI MATAR MINHAS FILHAS! — Após esse novo grito, ela agarrou meu ombro direito com uma das mãos, mantendo a outra segurando a cabeça.

— Minha senhora, eu lamento muito...

— O QUÊ? LAMENTA O QUÊ?

— A senhora está morta... Eu estou morto. O seu marido matou nós dois...

— MORTA!? COMO MORTA!? QUE LUGAR É ESSE?

— Não sei, senhora...

— MINHAS FILHAS!? E MINHAS FILHAS!?

— Seu marido também matou as meninas, eu lamento...

— NÃO PODE SER!!!! É MENTIRAAAAA... — Agora suas unhas penetravam no meu ombro, e ela falava com o rosto extremamente próximo do meu.

Comecei a me afastar e a empurrar o braço dela, para tirar aquela mão de mim. Ela me agarrou com o outro braço, e a cabeça, solta novamente, desabou sobre o lodo mais uma vez. Mas não voltei a ajudá-la. Empurrei o corpo decapitado com força, e ele caiu de costas no lodo nojento. Ainda fiquei alguns segundos ali parado, vendo o corpo decapitado se debater no lodo e ouvindo os gritos da cabeça. Quando ia virar as costas para me afastar, ela gritou algo que me deteve:

— ELE VAI TE PEGAR! VAI TE PEGAR E TE PENDURAR TAMBÉM!! VAI TE PENDURAR TAMBÉM!!! HAHAHAHAHAHAHAHAHA...

Aquilo acendeu em mim um sinal de alerta. Acompanhado de um medo irracional, voltei a me afastar o mais rápido que podia naquele lodo. Ainda ouvi a gargalhada histérica da cabeça da mulher por um bom tempo e só pude ter um certo alívio após parar de escutá-la. Naquele lugar, era difícil saber se eu estava longe ou perto de algo, pois a paisagem descampada e cinzenta era sempre a mesma. Parei por um momento e dei uma olhada ao redor. Nenhum relevo, nenhuma árvore, nenhuma construção, apenas aquelas almas vagando em tormento e... um som, um barulho que eu conhecia. O zumbido de moscas. Passei a procurar de qual direção vinha aquele som. Minha vista então notou algo diferente. Fui em direção àquilo e, mais próximo, pude ter uma ideia do que se tratava. E isso me encheu ainda mais de horror.

Eram dois postes paralelos, com um corpo pendurado de ponta-cabeça pelas pernas abertas, em meio a um redemoinho de moscas. Eu quis dar meia-volta e ir para longe dali, mas algo fazia minhas pernas tomarem sozinhas aquela direção, por mais que eu me esforçasse para impedi-las. Passei a gritar e a pedir ajuda às outras almas errantes ao meu redor, mas todas estavam ocupadas demais com seu próprio sofrimento para me dar atenção.

Mais perto do cenário de sacrifício, notei que o corpo pendurado nos postes não era de uma criança negra, como em Poá, mas de um adulto branco. Também estava com os pés e as mãos mutilados e a cabeça decapitada, emasculado a dentadas e eviscerado, sobre uma bacia de sangue que transbordava. Os alguidares vermelhos também estavam lá, cada um de um lado do cadáver. Aproximei-me daquele que continha a cabeça, os pés e as mãos. Novamente vi um crânio com metade do rosto mergulhado em sangue e a outra metade coberta por moscas. Sem pensar, espantei as moscas com minha mão e identifiquei de quem era a cabeça. Vi o rosto do policial militar que estava catatônico no banco da viatura, em Poá. Aquele que havia matado o Bruxo e se suicidado na delegacia.

Seu olho esquerdo — o que não estava mergulhado na sopa de sangue — virou-se em minha direção. E seus lábios começaram a se mover, balbuciando algo. Curvei-me para escutar o que dizia e entendi a frase que saía da sua boca e fazia borbulhar a sopa de sangue do alguidar.

— Está atrás de você... Está atrás de você... Atrás...

Instintivamente, olhei para trás e vi o Bruxo... Antes que eu pudesse fazer qualquer coisa, ele me agarrou pelo pescoço com a mão esquerda e me suspendeu no ar. No Umbral, ele era muito maior que o cadáver que eu havia visto no barracão. Devia ter quase quatro metros de altura. A faca afiada, que ele segurava na mão direita, também era muito maior do que a que estava na mão do cadáver. Já o rosto estava um pouco diferente, apesar de também coberto por uma crosta de sangue seco. Naquela dimensão de almas perdidas, sua face se assemelhava mais à de um demônio do que à de um ser humano. Ele então sorriu para mim com dentes pontiagudos e manchados de sangue e decretou com a mesma voz gutural, que vinha acompanhada pelo coro de crianças em sofrimento:

— Chegou a sua hora! Hoje você será minha criancinha! Vou começar mastigando seus testículos...

É impossível encontrar palavras para descrever o pânico que eu estava sentindo. Mais cedo, havia ficado aterrorizado com a ideia de passar a eternidade numa escuridão gelada dolorida. Depois, tudo piorou quando surgiu a perspectiva de ficar para sempre vagando pelo lodo negro e pestilento daquele maldito lugar cheio de almas torturadas. Mas, não. Nada daquilo se comparava ao fato de que eu seria emasculado por aqueles dentes pontiagudos, depois mutilado, decapitado e pendurado a dois postes de madeira. E essa seria para mim a vida eterna após a morte.

Debatendo-me em desespero, eu tentava escapar daquela mão gigante que pressionava minha garganta, e o Bruxo-Demônio parecia se divertir ainda mais com minha luta. Gargalhava, saboreando cada instante do meu terror.

Mas sua gargalhada foi interrompida subitamente quando surgiu uma luz por trás de mim. Uma luz azul-clara, cuja intensidade ia aumentando. Essa luz fez mudar a expressão de meu algoz, e pude ver até mesmo medo em sua cara de demônio. A luz irritava seus olhos. Ele chegou a protegê-los com o braço que segurava a faca. Na sequência, senti um abraço quente por trás e um puxão, que me arrancou da mão do Bruxo-Demônio em um único golpe. Com um sentimento de alívio e euforia, comecei a sentir o frio e a dor do Umbral me abandonando. Em seu lugar, surgia um quentinho gostoso, acolhedor, que lembrava o colo materno. Eu ainda enxergava o Obsessor, ouvia-o praguejando ódio, mas ele estava ficando cada vez mais distante e eu, mais imerso na luz azul. Quando deixei de ouvi-lo, olhei para trás e vi quem me abraçava e me levava em direção à fonte daquela luz: era Dona Ednice, minha vizinha idosa, que sorria para mim com doçura.

***

— Mãe... — Minha voz saiu fraca, mas forte o suficiente para interromper a oração de minha mãe, que abriu os olhos, debruçou-se sobre mim e me abraçou, derramando lágrimas de emoção. Ela estava sentada ao meu lado e orando, de olhos fechados, quando acordei. Eu estava deitado em uma cama estreita, que logo percebi ser um leito de hospital. Tubos estavam presos a meu braço direito, injetando medicamentos em minhas veias.

— Meu filho! Meu filho! Graças a Deus! Eu pensei que ia te perder, meu filho!

Deixei que ela me abraçasse bastante, sentindo o seu calor. Logo eu também estava chorando. Quando nós dois nos recompomos, perguntei:

— E Dona Ednice, mãe? Cadê Dona Ednice?

— Eu lá conheço Dona Ednice?

— Minha vizinha, mãe. Foi ela quem me tirou daquele lugar...

— Que lugar? Você devia tá sonhando, Ari. — Só ela me chamava assim. — Nenhuma vizinha apareceu pra te visitar aqui. Você tá internado há três semanas. Foi operado com urgência depois de levar um tiro de um louco numa delegacia... Estava em coma até agora...

Após acordar do coma, fiquei mais duas semanas internado até receber alta. Sabia que minha passagem por aquela dimensão cinzenta de lodo escuro, que fedia a putrefação cadavérica, não fora um sonho. Eu me lembrava de cada detalhe do que havia acontecido. E, onze anos depois, esses detalhes ainda me são nítidos, como você pode perceber ao ler este relato.

Quando finalmente saí do hospital e pude voltar à minha quitinete, desci ao andar de baixo e toquei a campainha de Dona Ednice. Ninguém atendeu. Voltei ao meu apartamento e peguei, na gaveta da prateleira ao lado da cama, o panfleto do Centro Espírita Casa da Luz e da Fraternidade. Saí do prédio e caminhei os três quarteirões que o separavam do centro, que funcionava em uma casa térrea estreita, pintada de azul-claro. A porta estava aberta.

Entrei e vi um grupo de pessoas, que separavam peças de roupa e sacos de alimento em uma sala. Doações para pessoas carentes. Um homem do grupo notou minha presença e caminhou em minha direção, sorrindo.

— Boa tarde, amigo. Meu nome é Eurípedes. Em que podemos ajudá-lo?

— Boa tarde! Eu sou o Valdo, prazer. Gostaria de falar com a Dona Ednice. Sabe se ela está aqui?

O sorriso do homem se desfez.

— Valdo, lamento informar: faz um pouco mais de um mês que a Ednice desencarnou...

— O quê?

Em reação à minha surpresa diante daquela notícia, Seu Eurípedes me convidou a ir até a sala de palestras do centro, onde nos sentamos em cadeiras de plástico para conversar.

— Morreu no apartamento dela, aqui perto. Teve um infarto, provavelmente enquanto fazia orações. O corpo estava sentado, inclinado para frente em uma mesa, com as mãos unidas em sinal de prece... Vocês se conheciam de onde? Nunca te vi aqui no centro...

Não consegui responder, pois comecei a chorar incontrolavelmente.

***

E este é o relato sobre o que me ocorreu onze anos atrás e marcou profundamente minha vida. Hoje, continuo a trabalhar como jornalista. Sou editor em um portal de notícias, mas o que gosto mesmo é de escrever artigos em publicações voltadas ao espiritismo. Parei de beber e de usar drogas como naquela época — com exceção de um ou outro cigarrinho de maconha, em reuniões com amigos; ninguém é de ferro. Não me casei e não tive filhos, mas estou namorando com uma mulher incrível, com quem divido o teto há dois anos e meio.

Agora que concluí este texto, espero ter acertado as contas com meu trauma do passado. De certa forma, só agora me sinto livre e seguro para fazer algo que eu adoro e que não faço há onze anos: escutar Black Sabbath.

* Nota de Eurípedes de Souza Silveira, do Centro Espírita Casa da Luz e da Fraternidade:

Nosso irmão e amigo Valdo Bastos desapareceu, sem dar explicação, dois meses após escrever este relato. Caso você saiba algo sobre seu paradeiro, por favor entre em contato conosco na rua Sebastião Ferreira, número 152, CEP 01523-2290, telefone (11) 3347-5240, ou avise a polícia. Seguimos orando para que ele esteja bem.

MARCO DE B.//CASTRO

ESTUDO DE ANATOMIA 3

O último ponto, na extremidade direita do corte em "y", estava dado. Val estava novamente costurado e pronto para voltar a "dormir" no tanque de formol.

— Cara, nem sei como te agradecer... — Jucélia disse ao cadáver.

— Agradecer pelo quê?

— Por ter emprestado seu corpo, por essas histórias. Putaquepariu, até esqueci o cheiro do formol.

— Eu que agradeço... contar as coisas do jeito certo foi o que sempre mais gostei de fazer na vida...

— E cada história... nem vou conseguir dormir hoje.

— Mais um motivo pra você ir pro samba com o Josué!

Jucélia riu, afastou-se um pouco da mesa de necropsia, tirou as luvas de látex, a máscara cirúrgica, e acionou o celular para ver as horas.

— Eita! Já são mais de onze e meia! Passou rápido demais... — disse, já pegando o celular e abrindo o WhatsApp para mandar uma mensagem a Josué.

— Passou rápido pra mim também. Gostei da sua companhia, viu!? Espero que volte aqui mais vezes.

— Pode ter certeza! Ainda mais agora que sei que posso vir aqui sozinha pra estudar sem nenhum branco pra me encher o saco...

— Aqui, o único branco que vai te encher sou eu!

— Ai, é verdade! — Jucélia riu, meio sem graça... — Desculpa!

Val retribuiu dando uma risadinha com sua voz de morto.

— Tudo bem, eu sei do que você tá falando. Os playboyzinhos dessa faculdade são uns bostas, mesmo. Mas, acredita em mim, não são todos os brancos daqui que são filhos da puta, com o tempo você vai descobrir que tem exceção. Vai acabar fazendo amizade e virando uma médica excelente, pode apostar!

— Tomara, Val...

— Aproveitando que você tá aqui, me diz uma coisa: em que ano a gente tá? Não falo com ninguém vivo desde que o outro auxiliar se aposentou...

— 2018.

— Ano de eleição pra presidente, né? Tenho ouvido alguns comentários de estudantes... Pelo que escuto, a coisa tá feia...

— Pois é... Vai de mal a pior. Do jeito que tá indo, nem sei onde o país vai parar. Tudo indica que vão botar um racista homofóbico no poder, que ainda defende ditadura militar. Nem sei se gente preta e pobre, como eu, vai continuar tendo essa oportunidade que tô tendo, de estudar pra virar médico...

— Meu Deus, que tristeza. Nessas horas, até agradeço por não estar mais vivo.

— Torço para que, até outubro, as pessoas acordem e isso mude, mas enfim... agora que você me perguntou das eleições, deixa eu te perguntar uma coisa também!

— Manda...

— Você é o jornalista Valdo Bastos, não é?

O cadáver ficou calado, como das outras vezes, o que indicava que Jucélia havia seguido a pista certa. Mas isso não a animou por muito tempo, pois, quando Val voltou a falar, sua voz sussurrada de morto trazia uma certa irritação, além de evidente preocupação.

— Sim... Eu sou o Valdo Bastos. E, não sei como, você achou na internet o meu maldito relato, não achou? Você demorou demais pra voltar quando saiu pra ir no banheiro e comer biscoito. Teve tempo pra fuçar onde não devia.

— Achei, sim. Mas não chame seu relato de maldito! Na verdade, eu gostei bastante.

— Jucélia, não digo que esse texto é maldito por achá-lo mal escrito. Ele realmente é *maldito*, carrega uma maldição...

— Como assim?

— Certos segredos descritos ali são proibidos... Eu nunca deveria ter cedido aos pedidos do Eurípedes e escrito aquilo...

— Ah, não exagera, vai...

Jucélia tentava amenizar, mas estava começando a ficar preocupada. A voz do cadáver agora estava trêmula. Ele parecia assustado. Um morto assustado!

— Jucélia, tudo que eu queria era que isso fosse exagero, mas acredite: não é! A partir do momento em que publiquei aquelas palavras, minha vida se tornou um inferno! E o mesmo aconteceu com as vidas de todas as pessoas próximas a mim que leram aquela coisa. Hoje, enquanto conversávamos, não pude deixar de sentir simpatia por você... De passar a considerá-la minha amiga! Ao encontrar e ler esse texto, você se meteu em encrenca...

— Para com isso, Val! Tá me deixando assustada...

— Pode acreditar que agora você tem motivo pra ficar assustada, mesmo!

— Tá certo, eu acredito. Mas o que pode acontecer comigo, então?

— Todo amigo meu que leu esse relato foi atingido por uma perigosa maré de azar. Por que você acha que me afastei de todos e morri sozinho? Foi pela segurança das pessoas que eu amo!

— Val, caralho, agora tô preocupada de verdade... Não brinca...

— Não é brincadeira! Saindo daqui, algo muito ruim pode acontecer com você! Retiro o que disse sobre você ir ao samba com o Josué. Melhor ir direto pra casa, sua vida corre perigo! E tem mais: Isso é a última coisa que digo a você! Infelizmente, a partir de agora, é melhor a gente não conversar mais. Peço que você nem tente...

— Poxa, Val...

— Não tem *poxa*. Isso também me entristece, eu tava acreditando que poderíamos ser amigos. Que eu teria alguém para conversar aqui. Agora, tudo que espero é que você sobreviva a esta noite. Maldita hora que me descuidei e deixei você me ouvir falar! Boa sorte, Jucélia! Adeus...

— Mas que tipo de perigo eu posso correr? O que pode acontecer?
Val não respondeu.

— Val?...Val... Fala comigo, Val...

Os lábios do cadáver permaneceram inertes e mortos, como deveriam estar.

Jucélia ainda insistiu um pouco, até que batidas na porta do laboratório a interromperam. Josué abriu parcialmente a porta e enfiou a cabeça pelo vão.

— Tá sozinha aí, Ju?

— Tô, sim.

— Tava falando com o Val, é? Parece que ouvi sua voz...

— Pior é que eu tava...

Josué deu uma risada, apesar de estranhar o jeito como Jucélia havia dito aquilo, sem parecer uma piada. Em seguida entrou.

— E aí? Bora pro samba?

— Éééé que... acho que não vai dar... Preciso ir pra casa pra tomar um banho, tirar esse cheiro de formol... — Antes mesmo de terminar a frase, Jucélia viu o desapontamento do rosto do auxiliar.

— Aconteceu alguma coisa? Foi algo que eu fiz? Você parece preocupada e...

— Não, não. Nada a ver com você, adorei te conhecer. É esse cheiro de formol que tá me dando dor de cabeça...

— Pô, vamo no samba, aposto que a dor passa...

Josué concluiu nesse momento, pela expressão de Jucélia, que seu sorrisão simpático não funcionaria mais. Pelo menos, não naquela noite. Ela já estava arrumando as coisas para ir embora, pareceu nem escutar suas últimas palavras. Era melhor não insistir mais sobre o samba e mudar de assunto.

— Deu tudo certo por aqui? Conseguiu estudar?

— Deu, sim. Se não fosse você e o Val, eu taria frita na prova de segunda-feira. Aliás, teve uma hora, logo no começo, que eu procurei você. Até bati na porta do vestiário, mas não te achei em lugar nenhum...

— Ah, eu fui dar uma passeada no campus, fazer hora...

Josué preferiu não entrar em detalhes. Havia acabado de conhecer a estudante de medicina, e talvez fosse melhor ela não saber que ele estava fumando maconha entre as árvores do campus enquanto ela estudava no laboratório.

— Mas você tava precisando de alguma coisa? Por que não me ligou no Zap?

— Ah, não era nada, não. Fiquei meio... atrapalhada aqui uma hora, mas passou...

Podia não rolar samba, mas ela continuava sendo simpática. Então ele ainda tinha uma chance.

— Você tá de carro?

— De Uber...

— Tô de moto. Se quiser, te dou carona.

— Não, não. Não vou mais atrapalhar sua noite. Vai pro samba se divertir. Prometo que no próximo eu vou com você.

— Beleza, então...

Agora, no lugar do sorrisão simpático, Jucélia via uma cara de cachorro triste.

"Puta merda, e eu achando que hoje ia sair da seca... Agora deixei o coitado chateado", pensou, observando o rapaz caminhar até a salinha do tanque de formol, de onde já voltou com luvas de borracha e máscara cirúrgica. No caminho, puxou a maca para levar Val de volta ao tanque.

Com a mochila cheia de livros pesando nas costas, Jucélia foi até o quadro branco e anotou com o canetão o número de seu celular, debaixo do de Josué, depois se aproximou do auxiliar e deu um beijo na bochecha dele.

— Josué, gostei muito de ter te conhecido hoje. E, acredita, quero muito ir num samba com você! Eu te mando uma mensagem pra gente combinar, tá bom? Desculpa por hoje...

Por baixo da máscara cirúrgica, ele sorriu novamente.

— Tá bom, gata... se mudar de ideia hoje, me liga. Vou te encontrar onde você estiver...

Jucélia sorriu para Josué e deixou o laboratório em seguida. Em sua cabeça, ainda ecoavam as últimas palavras de Val. Ou melhor, Valdo. Será que um simples texto lido na internet colocaria sua vida em perigo? Achava meio absurdo. Por outro lado... "Alguém que passou mais de duas horas num laboratório de anatomia conversando com um cadáver não pode achar mais nada absurdo", pensou. Mas agora não havia alternativa. O que fez estava feito, e era melhor seguir em frente. Ir para casa, tomar um banho para tirar o cheiro de formol e ficar quietinha.

Ao passar pela porta do prédio da faculdade, pegou o smartphone e chamou o Uber. Um Fiat Argo branco, dirigido por um homem de cerca de 60 anos com um vasto bigodão, apareceu pouco mais de cinco minutos depois.

Jucélia deu boa-noite ao motorista, e ele lhe respondeu com um grunhido. Ela achou até bom, não queria conversa. Estava cansada e decidida a tirar um cochilo no carro durante os 20 minutos de trajeto da faculdade até o prédio onde morava, do outro lado da cidade. Recostando-se no banco traseiro, ficou olhando a paisagem pela janela por alguns minutos, ainda pensando nas histórias contadas por Val, e adormeceu.

No conforto do sono, a estudante de medicina não notou que o motorista pegou um caminho diferente daquele que a levaria para casa.

***

O primeiro pensamento de Jucélia, ao despertar, foi de que aquela viagem de Uber estava longa demais. Parecia que havia dormido muito mais do que 20 minutos. Olhou o relógio no celular: 0h27.

Só então se voltou para a janela do carro e viu aquela paisagem desconhecida, que margeava uma rodovia escura de mão dupla, enquanto uma música de Chitãozinho & Xororó tocava baixinho no rádio. Aquilo levou o pensamento de Jucélia novamente ao "Relato de Valdo Bastos" e, consequentemente, ao alerta de Val sobre ela estar correndo perigo.

— Licença, senhor. Onde a gente tá? — perguntou ao motorista, logo notando que o celular dele, preso ao console do carro, estava com a tela apagada quando deveria estar ligado, mostrando o percurso no Waze.

O motorista respondeu com olhar fixo na estrada.

— Calma, jovem... Tamo quase chegando.

— Quase chegando onde? Nunca vi essa estrada!

— Olha, a senhorita pode ficar tranquila, que por aqui eu conheço tudo... A senhorita não é daqui, né?

— Não.

— De onde?

— Sou de São Paulo.

— Que bairro?

Jucélia titubeou. Por que aquele velho queria saber da vida dela? Acabou respondendo.

— Grajaú.

Ele ecoou praticamente sussurrando:

— Grajaúúúúúúúúúú...

E, depois de alguns segundos, prosseguiu:

— Você estuda lá na faculdade, né? De medicina...

— Sim...

— Que coisa, não?

— Como assim?

— Como esse mundo dá volta... Até uns ano atrás, preto não tinha vez, né?

Jucélia ficou incomodada.

— Moço, por que o Waze não tá ligado?

De novo aquele eco sussurrado:

— Waaaaze... Waaaaze...

Dois segundos de silêncio.

— Pra senhorita vê como as coisas mudam... Antes eu tinha táxi. Ganhava muito mais trabalhando. Cheguei a tê três táxi na praça. Eu, meu filho e meu sobrinho trabalhava com eles. Aí veio o Uber... Acabô pros táxi... Agora eu e meu filho e meu sobrinho temo que trabalhá catorze hora por dia no Uber pra ganhá uma mixaria...

Jucélia não queria dar corda praquela conversa. Mas acabou falando, impaciente.

— As coisas mudam, sim. Ainda bem...

— Éééé... As coisas muuuuuudam...

— Em vez de repetir o que eu falo, o senhor poderia ligar o Waze?

— Mas eu vô dizê uma coisa pra senhorita, aqui nessa cidade a gente não gosta muito de mudança, não...

Jucélia não respondeu.

— Mas as coisa muda, né? Como você disse... Fazê o quê? Muda demais... nunca na minha vid'eu ia imaginar uma macaquinha gorda estudando naquela faculdade de medicina...

Aquele comentário atingiu Jucélia em cheio. Estava decidida a mandar o motorista à merda, falar para ele parar o carro e descer naquela estrada escura, mesmo.

O problema era a estrada escura. E o que ainda poderia encontrar nela.

Após um breve silêncio, ele continuou falando

— Sabe que meu filho tentô entrá também na faculdade de medicina, uns dois ano atrás?

Jucélia não respondeu.

— Mas é difícil, né? Ele não conseguiu... Antes já era difícil concorrê com os filhinho de papai que estudaram a vida inteira em colégio caro. E hoje em dia ainda é mais difícil, né? Com preto cotista vagabundo pegando a vaga dos filhos de famílias de bem... Ele tá condenado a ser sempre um fodido que nem o pai... Dirigindo Uber, fazendo corrida até mesmo pra preto... Como pode uma coisa dessa?

Jucélia começou a ficar realmente preocupada. Pegou o telefone, pensou em ligar para polícia, para o Josué... Mas o celular estava sem sinal.

— Onde você tá me levando, moço? Responde ou eu chamo a polícia agora mesmo!

— Vai chamar a polícia, é? E de que jeito? Pra esses lados aqui, celular não funciona, não!

Em pânico, Jucélia tentou abrir a porta do carro. Saltar do veículo em movimento parecia bem mais seguro que continuar dentro dele. Escutou uma risadinha sinistra do motorista.

— Não adianta tentá fugi, a porta tá travada. É melhor você ficá quietinha, *estudante de medicina* — disse num tom sarcástico. — Dá uma olhadinha aqui na frente.

Dito isso, ele abriu o porta-luvas do carro. Jucélia esticou o pescoço para ver o que ele queria lhe mostrar. Do porta-luvas, o motorista tirou uma pistola .380 preta. Ela começou a chorar.

Sorrindo, o motorista finalmente tirou os olhos da estrada e a encarou pelo retrovisor do carro. Mas Jucélia viu um rosto diferente no espelho. Calvo, magro, ossudo e coberto de sangue pisado. Deu um grito.

Apesar da voz estridente e alta da passageira, o motorista bigodudo não se abalou.

— Pode gritá à vontade, que só eu vô escutá... Melhor: não vô escutá!

Dito isso, ele aumentou o volume do rádio, e aquele sertanejo moderno que antes tocava baixinho se transformou numa barulheira distorcida e infernal.

***

Quando voltou a si, Jucélia não estava mais vendo aquela cara demoníaca no espelho do para-brisa. Só via a testa e os olhos do motorista, que tinham voltado a se fixar na estrada. Agora ele dirigia só com a mão esquerda ao volante, mantendo a direita com a arma sobre o colo.

Jucélia precisava dar um jeito de escapar daquela cilada. Imaginou a mãe recebendo a notícia do encontro de seu corpo em um matagal, furado de balas, como acontecia com tantos jovens na periferia de São Paulo. Ou pior: Dona Zenaide passando o resto da vida sem saber o que havia acontecido à sua filha desaparecida. "Calma, Jucélia! Foco! Pensa num jeito de sair dessa."

Tanta batalha, tanto estudo para entrar na faculdade de medicina... não era justo que sua vida terminasse daquela forma. Queria que algum daqueles livros que tinha passado horas estudando tivesse lhe ensinado a escapar de motoristas psicopatas. "Os livros!", uma fagulha de esperança iluminou seus pensamentos.

Os livros da biblioteca, além de seus próprios livros e cadernos, estavam dentro da mochila. Aquilo devia estar pesando uns dez quilos. Jucélia olhou o velocímetro do carro, 70 km/h — o homem não dirigia tão rápido. Sem perder mais tempo com pensamentos e cálculos, ela afivelou o cinto de segurança e enfiou o celular no bolso da frente da calça jeans. Antes que o Maníaco do Bigodão pudesse perceber ou esboçar alguma reação, ela ergueu a mochila para tacá-la com força na parte de trás da cabeça do vagabundo, que acabou atingido pela quina do *Atlas de Anatomia Humana*, pouco acima da nuca. Desgovernado, o Fiat Argo atravessou a pista da contramão e mergulhou em um barranco de cerca de dois metros, que beirava o asfalto naquele trecho.

***

O carro flutuou por três segundos antes que sua face dianteira esquerda atingisse o tronco grosso de uma árvore ao fundo do barranco. Jucélia sentiu um forte tranco na linha de cintura. Se não fosse o cinto de segurança, teria voado em direção ao para-brisa. O Argo parou inclinado para frente, com as rodas de trás sobre o declive do barranco. O motor permaneceu ligado, e logo Jucélia percebeu um forte cheiro de queimado. A fumaça saía do painel. O motorista gemia, seus olhos estavam fechados. Parecia estar inconsciente. Jucélia soltou o cinto de segurança e, ao se mover, sentiu a dor do impacto na região pélvica. Respirou fundo e foi em frente. Tinha que sair dali o quanto antes. As duas portas traseiras continuavam travadas. Ela precisaria passar para a parte da frente do carro.

Enquanto se espremia entre os bancos do motorista e do passageiro do Argo, esbarrando seu corpo no braço e no ombro direitos do Bigodão, Jucélia amaldiçoou cada quilo que sobrava nela. A fumaça que saía do painel se intensificava, a estudante forçou novamente a passagem. Assim que desentalou, esmagou o motorista com seus quadris ao cair sentada sobre o ombro dele. Não fosse ruim o bastante, isso acordou o maníaco, que urrou de dor na mesma hora.

Jucélia já estava de joelhos no banco do passageiro, abrindo a porta, quando sentiu a mão do motorista em torno de seu tornozelo direito. Sem pensar, acertou a boca dele com um coice do pé esquerdo, e o homem a largou. No momento em que se viu fora do carro, engatinhando no mato que a cercava, Jucélia se lembrou de que o velho estava armado. Olhou para trás e o viu ainda dentro do veículo. Ele tinha desafivelado o cinto de segurança e tateava o painel e o chão, à procura do revólver.

O que ela percebeu em seguida foi que sua mochila também continuava lá dentro, no chão, em frente ao banco do passageiro. Se quisesse escapar com vida, precisava agir antes que o filho da puta encontrasse a arma.

Quando era criança, houve um tempo em que Jucélia foi alvo de brincadeiras de meninos e meninas de sua escola e sua rua, por ser gordinha. Mas essa fase não durou muito, pois ela logo aprendeu a usar o peso a seu favor, fazendo com que a molecada que praticava bullying o sentisse por meio de mãos fechadas. A cada garoto espancado, ela foi melhorando seu desempenho nas brigas. Durante toda sua vida, nunca fugiu de nenhuma.

E não era ali que fugiria. Partiu de novo para dentro do carro e agarrou a mochila no mesmo momento em que o motorista encontrou a arma, debaixo de seu banco. Enquanto o maníaco puxava a pistola para cima, Jucélia atingiu seu braço com a mochila na altura do cotovelo, fazendo o Bigodão urrar e deixar a arma cair entre os dois bancos, ao lado do freio de mão. Automaticamente, Jucélia jogou a mochila para trás e pegou a arma. Em seguida sentiu o motorista agarrando e puxando seus cabelos.

A reação de Jucélia foi esticar o braço esquerdo e enfiar as unhas na cara do Maníaco, enquanto fechava a mão direita em torno da pistola, um modelo fabricado pela empresa brasileira Imbel, que pesava quase 1 quilo. Após firmar a arma na palma da mão, desferiu uma coronhada certeira contra a têmpora esquerda do motorista. Ele sentiu o golpe e afrouxou os dedos que seguravam os cabelos de Jucélia.

Ela não parou. Enquanto Zezé e Luciano cantavam "Faz mais uma-aaa veeeez comiiigo uouou!!!", Jucélia continuou dando coronhadas no sujeito, atingindo principalmente a testa e lateral esquerda da cabeça, fazendo sangue espirrar para todos os lados. Adicionava todos os seus 77 quilos e meio em cima daqueles duros golpes. O oponente bem que tentou, com a mão esquerda, defender-se das coronhadas, mas, além de ser pesado, o braço de Jucélia era rápido e brutal.

Ela só hesitou no momento em que sentiu um estalo no crânio do homem. Algo havia se quebrado lá dentro. Agora, ele não segurava mais seu cabelo nem erguia a mão esquerda para tentar se proteger. Mesmo assim, Jucélia golpeou a cabeça do Bigode com a Imbel mais umas quatro ou cinco vezes, antes de retomar o controle de seu braço e fazê-lo parar. Nesse momento, observou a cara do motorista vermelha de sangue e seus olhos se revirando nas órbitas, que piscavam sem parar. Livre da ameaça principal, notou o calor e a luz das chamas, que dançavam sobre o capô, e a fumaceira, que dominava o interior do carro ao som da música sertaneja distorcida.

**

Quem estuda medicina, geralmente, o faz para curar pessoas. Salvar vidas. E Jucélia se via agora em um dilema ético. Precisava sair o quanto antes do carro em chamas, mas não sabia se tentava levar junto o homem que, há poucos minutos, pretendia matá-la. Ele continuava revirando os olhos e babava, balbuciando coisas incompreensíveis.

Parecia uma grande idiotice salvar seu próprio algoz, mas Jucélia, naqueles poucos segundos, decidiu que precisava tirar o sujeito dali. Se ele queimasse vivo, ela provavelmente não conseguiria conviver com aquilo. Jucélia enfiou os braços sob as axilas do homem e começou a puxá-lo. O desgraçado era pesado, e os ossos da região pélvica da estudante ainda latejavam devido ao impacto da batida do carro. Com muito esforço ela conseguiu arrancá-lo do banco do motorista e arrastá-lo para fora do carro, pela porta do passageiro, puxando-o para cerca de cinco metros de distância do Argo.

Só quando estava sentada no mato, ao lado do corpo estirado do Maníaco, aquele sertanejo alto foi interrompido por um chiado horroroso e silenciou. Ela permaneceu alguns minutos sentada, recuperando as forças e assistindo ao fogo se alastrar pelo carro. Nesse intervalo de tempo, ouviu o Bigode balbuciando algumas frases desconexas, como "sim, senhor" e "vermelhos... malditos vermelhos". Seu sangue havia sujado toda a roupa de Jucélia. Um corte feio na lateral da cabeça deixava seus cabelos grisalhos empapados de vermelho. Provavelmente, o velho não sobreviveria por muito tempo.

Quando respirou fundo e se levantou do chão, ela percebeu que ainda estava com a pistola do Maníaco na mão. Já a mochila de livros estava caída a poucos metros da porta do passageiro do Argo. Com as mãos protegendo o rosto e os olhos do calor das chamas, aproximou-se do veículo e recuperou a mochila. Quando se afastou, enfiou nela a pistola do motorista, mais por reflexo do que por vontade própria.

Na beira do asfalto, já com a pesada mochila nas costas e sentindo a região pélvica latejar, deu mais uma olhada para o carro queimando no fundo do barranco.

Depois, seguiu andando sem rumo pelo acostamento da rodovia.

✳✳✳

A bateria do celular estava quase acabando. A todo momento, Jucélia checava se havia sinal de internet, e nada. O relógio marcava 1h21. Já fazia quase uma hora que o Uber tinha mergulhado no barranco. Durante todo esse tempo, apenas alguns caminhões passaram pela estrada, e ela não teve coragem de pedir carona a nenhum deles. A boa notícia é que uma placa, três quilômetros atrás, havia lhe assegurado que estava indo em direção à cidade. Agora, *só* precisaria andar mais dez quilômetros.

A cada passo dado, uma nova pontada na região pélvica. Algum osso ali deveria ter trincado com a batida do carro na árvore. Com a dor que sentia, Jucélia estava quase jogando a mochila cheia de livros fora, mas um senso de responsabilidade que beirava o irracional a impedia de fazer isso. Ao chegar a um ponto de ônibus deserto, sentou-se no banco para descansar um pouco. Foi quando escutou aquele barulho. Um "putz, putz" ritmado, entremeado por um eco distante de vozes e gargalhadas. Levantou-se e olhou no entorno. Em meio ao breu que cercava a rodovia, encontrou um ponto iluminado ao longe, no meio do matagal. Pouco depois, viu os faróis de um carro surgindo na estrada, vinha da direção da cidade, uns 20 metros antes do ponto onde recuperava suas forças. O carro virou à direita, entrando numa estradinha de terra que ia em direção às luzes do matagal.

Sem pensar duas vezes, Jucélia botou a mochila de volta nas costas e seguiu pelo mesmo caminho do carro.

**

Jairo acordou confuso, assistindo ao Argo arder em chamas. A princípio, não se lembrava sequer do seu nome e não fazia ideia de onde estava. Seu corpo inteiro doía, mas sua cabeça e seu rosto eram o que mais o fazia sofrer, devido às coronhadas que tomou de Jucélia. Porém, não se recordava de nada disso. O acidente com o Uber e a luta com sua "presa" haviam se apagado totalmente de sua memória.

Passou a mão pela parte que doía do lado esquerdo da cabeça e sentiu uma dor ainda pior ao tatear um corte profundo. Em seguida viu a mão toda suja de sangue e uma gosma na ponta dos dedos. Jairo não sabia, mas aquilo era uma amostra de sua massa encefálica.

Ficou alguns minutos sentado no mato, olhando o carro arder e tentando entender o que havia acontecido. Não reconhecia aquele modelo de forma arredondada que pegava fogo. Um lampejo de memória, no entanto, o fez concluir: ele era o "cabo Finocchiaro" e estava em algum lugar da região do Araguaia, para onde o Exército o havia mandado junto com um pelotão no ano de 1974, para caçar guerrilheiros comunistas. Certamente, algum comuna o havia ferido, e ele tinha se perdido da tropa.

Levantou-se estranhando um pouco os trajes civis que usava. "O que aqueles vermelhos malditos fizeram comigo?", questionou. "Não importa, preciso sair daqui e encontrar a tropa." Ficou aflito, no entanto, com o fato de estar desarmado. Mas algo lhe beliscava o cérebro, dizia para checar o porta-malas do carro em chamas, que ainda não havia sido atingido pelo fogo. Procurou no seu entorno e encontrou um pedaço de pedra razoavelmente grande e pontiagudo, devia pesar uns três quilos. "Vai ter que servir." Com a pedra mão direita e o braço esquerdo protegendo os olhos da fumaça e das labaredas que saíam do veículo, passou a golpear a tampa do porta-malas até arrebentar a fechadura. Quando o porta-malas se abriu, encontrou algo comprido e pesado, embrulhado em um lençol velho. Também notou uma caixinha de munição para fuzil. Pegou tudo e se afastou do carro. Parte do fogo já havia começado a se alastrar pelo mato que cercava o Argo.

Subiu o barranco e encontrou o asfalto, o que também lhe causou estranhamento. Desde que chegara ao Araguaia, não havia visto nenhuma rodovia asfaltada. "Será que os comunistas também fizeram isso?", questionou internamente. Chegou então a uma nova conclusão, que o encheu de terror: os vermelhos o haviam capturado com aquele carro estranho, talvez o plano fosse levá-lo para o covil deles, quando alguma coisa deu errado. Um acidente, talvez durante uma tentativa de fuga. Os malditos vermelhos o abandonaram ali, pensando que estivesse morto.

Aquela estrada asfaltada devia ter sido construída pelos próprios guerrilheiros, e, se eles conseguiram construir uma rodovia como aquela numa região de selva, então eram mais numerosos e organizados do que o comando do Exército imaginava. Precisava encontrar os superiores o mais rápido possível e avisá-los daquela ameaça.

Enfim Jairo do Araguaia desembrulhou o objeto pesado que estava envolto pelo lençol. Era seu velho fuzil FAL. "Os vermelhos devem estar cheios de armas também, para abandonarem meu FAL aqui." Checou o carregador, estava totalmente cheio. Depois examinou a caixinha de munição. Havia 20 balas no carregador do fuzil e mais 20 dentro da caixinha de plástico. "Filhos da puta, se algum vermelho cruzar meu caminho, vai direto pro inferno!"

Enfiou a caixinha de munição no bolso da calça, botou o fuzil nas costas e se pôs a marchar pela beira da estrada, tomando a mesma direção por onde Jucélia havia partido.

***

O volume do "putz, putz" e do vozerio ia aumentando à medida que Jucélia se aproximava das luzes. Havia cheiro de churrasco.

Depois de muita caminhada, a escura estrada de terra chegou a um gramado onde estavam parados dezenas de carrões, a maioria SUVs e modelos esportivos. Vários deles tinham adesivo da Federal de Medicina. "Não acredito! A tal festa dos playboys da faculdade?"

Ao passar pelos primeiros carros, escutou barulho de água. Depois de cruzar todo "estacionamento", chegou a um trecho de árvores e arbustos mais baixos. Dali, viu a algazarra de jovens em torno e dentro de uma piscina, no quintal de um casarão colonial. Fortes luzes piscavam em torno da piscina, ofuscando a vista de Jucélia. Ela demorou a reconhecer alguns rostos em meio às sombras que circulavam pelo ambiente. "Putaqueopariu! É mesmo a festa dos playboys da faculdade!"

Continuou ali, oculta entre as árvores, até seus olhos se acostumarem melhor àquelas luzes coloridas. Observou o que mais parecia um show de depravação do que uma festa. Todos estavam muito loucos, com drinques ou latas de cerveja nas mãos. Muitos também inalavam alguma substância, de paninhos que colocavam sobre a boca. Se, ao seguir o barulho da festa, a intenção de Jucélia era pedir ajuda, agora estava disposta a voltar para a estrada e continuar sua caminhada no breu, sozinha e suportando a dor na região pélvica até a cidade. Mas preferiu continuar ali mais um tempinho, assistindo àquela celebração à imbecilidade humana.

Na piscina, só havia rapazes. Reconheceu muitos deles como alunos do primeiro ano. Todos ainda estavam vestidos com calças, bermudas e camisas. Entre eles estavam os dois colegas de seu "grupo de estudos", o namoradinho da Yasmin e o outro babaca. Provavelmente, eles e os demais haviam sido jogados lá dentro. E, quando um ou outro tentava sair, eram empurrados de volta pelos veteranos.

As mulheres, tanto as veteranas quanto as "bixetes", davam risada e tiravam sarro de seus colegas do sexo masculino que estavam dentro d'água. Não era uma noite quente, eles deviam estar morrendo de frio.

Logo o volume da música eletrônica baixou, a luz de alguns postes em torno da piscina se acendeu e Jucélia escutou uma voz familiar saindo das caixas de som. Ao lado da mesa de som do DJ, estava aquele loirão alto, o Franz — monitor cuzão do laboratório de anatomia —, segurando um microfone.

— Como presidente da Atlética, peço agora a atenção dos estimados futuros médicos que aqui se encontram, na festa de encerramento do primeiro semestre do ano de 2018!

O vozerio e as risadas foram diminuindo, até que todos ficaram em silêncio.

Franz continuou:

— Chegou o momento dos bixos que estão na piscina mostrarem sua força e sua resistência...

Nesse momento, dezenas de outros veteranos saíram de dentro do casarão colonial. Cada um deles trazia duas garrafas de bebida na mão. A maior parte delas era de cachaça, mas também havia vodca, gin, conhaque e uísque vagabundos.

— Só vai sair da piscina o bixo que tomar o nosso tradicional coquetel! Vai lá, bixarada! Façam fila na escada da piscina e comecem a sair um por um! Se algum tentar sair pela borda sem beber, vai ser jogado de volta na água!

Os que estavam em volta da piscina gritaram e aplaudiram. O DJ aumentou novamente o volume da música eletrônica, e a fila de bixos rapidamente se formou dentro da água. Dois veteranos grandalhões ficavam em frente à escada, fora da piscina. Cada calouro que saía era obrigado a abrir a boca para cima, e os veteranos viravam duas garrafas de bebidas diferentes goela abaixo do colega novato, até que o coitado ingerisse uma quantidade absurda de álcool.

Após o bixo ser finalmente liberado pelos veteranos, saía cambaleando. Muitos vomitavam logo em seguida. Outros caíam no chão e não se levantavam mais, como Jucélia viu acontecer com o namoradinho de Yasmin.

— Que absurdo! Alguém pode até morrer desse jeito — disse Jucélia para si mesma, indignada e paralisada por aquele show de horror e idiotice.

Quando os últimos calouros estavam prestes a sair da piscina para tomar sua dose fatal de bebida vagabunda misturada, o volume da música eletrônica novamente baixou, e Franz voltou a falar no microfone.

— Muito bem, bixarada! Pelo visto, vocês não são de nada mesmo! Quem não está vomitando capotou ao lado da piscina! Vocês são uma vergonha para o gênero masculino!!!

Novas gargalhadas partiram das dezenas de imbecis que cercavam a piscina. Franz deu prosseguimento à sua exibição de escrotidão:

— Bom, a gente já viu que os bixos não são de nada! Agora vamos ver como se saem as bixetes!

Nova salva de palmas dos playboys idiotas.

— A comissão julgadora da Atlética selecionou as dez bixetes mais gatas da festa! Senhoras e senhores futuros médicos, abram caminho para elas: as candidatas ao Miss Bixete 2018!!!

Um grupo de veteranos brutamontes começou então a circular pelo meio dos mauricinhos e patricinhas, pegando as tais "bixetes mais gatas" pelo braço e as conduzindo para um pequeno palco improvisado ao lado da mesa do DJ, que, nesse momento, aumentou o som e trocou o "putz putz" internacional pelo hit da dupla Bruno & Barretto, "Bruto Memo". Jucélia nunca tinha ouvido aquela música, que considerou a pior coisa que havia escutado na sua vida até então.

Quando as dez bixetes "selecionadas" já estavam alinhadas ao lado da mesa do DJ, uma delas chamou a atenção de Jucélia, era a "vaca da Yasmin". Como as outras nove, ela parecia chapada e estava visivelmente constrangida. Depois de alguns minutos, o volume do som diminuiu novamente, e Franz voltou a falar, em meio aos gritos dos estudantes de medicina.

— Elas são gostosas ou não são?

— Sããããããão! — responderam os trouxas.

Franz repetiu aquela pergunta mais três vezes para a turba responder, cada vez mais alto. Depois continuou:

— Nós selecionamos as concorrentes, mas vocês é quem decidirão qual delas será a Miss Bixete 2018! Eu vou apontar uma por uma, e vocês vão ter que fazer barulho! A que receber mais gritos e palmas será a grande vencedora!

Depois de uma nova barulheira da multidão, Franz passou a apontar cada uma das dez meninas.

— É essaaaaaaaaa?!

A aclamação seguiu até chegar a última, e as que receberam mais gritos foram a quarta e a sexta apontadas: Yasmin era a quarta, a outra era uma morena de quem Jucélia não sabia o nome.

— Opa! Parece que deu empate! Teremos que usar então os nossos critérios de desempate! Bixetes, mostrem os peitos pra galera decidir!

Yasmin e a "rival" se entreolharam. Pareciam assustadas. Os brutamontes veteranos que as cercavam e o público gritando, no entanto, forçavam-nas a obedecer a ordem do presidente da Atlética. Sem escolha, com o julgamento afetado pelo álcool, elas afastaram seus vestidos e seus sutiãs, deixando os seios à mostra.

O tal "critério de desempate", no entanto, não funcionou, pois novamente os idiotas gritaram e aplaudiram as duas com a mesma intensidade. O presidente da Atlética então fingiu um ar mais sério para continuar.

— Nós vemos aqui uma situação muito difícil, caros futuros médicos! Teremos que usar o critério final de desempate! Sairá vencedora a bixete que conseguir tomar a maior quantidade de coquetel e ficar em pé!

Nova gritaria e salva de palmas, e a tropa de veteranos brutamontes reuniu as garrafas que haviam sobrado da bebedeira forçada dos bixos da piscina. Delas, haviam sobrado duas garrafas de pinga 51 ainda cheias, que foram abertas e entregues às finalistas do Miss Bixete 2018. Novamente forçadas pelos brutamontes e pelos gritos da multidão, Yasmin e a outra concorrente começaram a virar a cachaça no gargalo, fazendo caretas e babando. Quando paravam de beber por não aguentar, algum veterano segurava a garrafa, obrigando-as a ingerir o líquido. Tal tortura durou até que a bixete morena deu dois passos cambaleando para trás e caiu no chão, apagada.

— Honrados futuros médicos do Brasil, temos a VENCEDORA DO MISS BIXETE 2018!!!! — gritou Franz no microfone, já se dirigindo a Yasmin e levantando o seu braço esquerdo, em meio a aplausos e gritos do público.

O DJ voltou então a aumentar o volume daquela música horrível, e as luzes dos postes se apagaram, dando sequência à celebração. À distância, Jucélia continuava observando os babacas, já disposta a ir embora dali. O problema é que a dor em sua cintura só aumentava, não tinha certeza se conseguiria chegar à cidade. Checou mais uma vez o celular e dessa vez conseguiu dois pontos de sinal. Já a bateria do aparelho estava por um fio. Pensou mais uma vez em ligar para a polícia, mas descartou a ideia — agora seria complicado explicar o que havia acontecido no Uber do Maníaco do Bigodão. Do jeito que aquela cidade era racista, era capaz de acabar incriminada pela morte do sujeito. Chamar outro Uber também estava descartado. Já bastava o que havia passado dentro de um carro de aplicativo naquela noite interminável. A opção que lhe pareceu mais sensata naquele momento era pedir ajuda ao seu único amigo na cidade: Josué.

Logo depois de discar o número do auxiliar de laboratório, no entanto, ela viu a bateria de seu smartphone morrer.

— Merda! — praguejou.

Olhou mais uma vez para o casarão colonial próximo à piscina. Talvez pudesse dar a volta pelos fundos e procurar uma tomada para recarregar o aparelho — o carregador do celular estava na mochila cheia de livros que ela poupou de jogar fora.

Começou então a caminhar por entre as árvores, em direção aos fundos do casarão. No meio do caminho, uma nova movimentação chamou sua atenção. Jucélia forçou a vista na escuridão e percebeu um homem alto puxando uma garota cambaleante pela mão.

— Vem aqui, putinha, vem! — dizia o sujeito, cuja voz Jucélia reconheceu imediatamente. Era a mesma dos discursos escrotos no microfone da festa: era Franz.

Sem raciocinar, resolveu seguir o casal e, assim que chegou mais perto, reconheceu também a garota, era Yasmin. Ela balbuciava alguma coisa, tentando falar, mas não conseguia, estava bêbada demais. Quando chegaram a uma clareira, Franz simplesmente a jogou no chão e começou a desabotoar a calça.

— Fica quietinha agora, sua puta, eu vou te comer gostoso! — disse, já abaixando a calça e a cueca.

Por mais que Jucélia odiasse Yasmin, não poderia permitir uma coisa daquelas. Aquele canalha iria estuprá-la naquela clareira, e a branquela estava tão chapada que nem se lembraria daquilo. Mas o que Jucélia poderia fazer contra aquele grandalhão? "O revólver!" O revólver do Maníaco do Bigode ainda estava guardado em sua mochila.

Quando Franz terminou de arrancar a calcinha de Yasmim, já ajoelhado no chão e entre as pernas abertas dela, escutou a voz de Jucélia.

— Pode parar com isso, seu estuprador filha da puta!

Assustado, o presidente da Atlética se levantou num salto, de calças ainda arriadas, procurando de onde vinha aquela voz. Viu alguém saindo da escuridão das árvores. Forçou a vista e nem assim a reconheceu.

— Quem tá aí, porra?

— Não interessa! — Jucélia respondeu, chegando um pouco mais perto.

Instintivamente, Franz levantou as calças e afivelou o cinto, em seguida apanhou o celular que estava no bolso. Acionou a luz de emergência do aparelho para reconhecer quem estava ali.

— Peraí, você é a preta cotista que estuda de manhã! O que tá fazendo aq... — Não conseguiu terminar a pergunta. As duas mãos de Jucélia seguravam uma arma, apontada para ele.

— Sim! Sou a preta cotista que estuda de manhã! E você, além de ser um canalha estuprador, é o monitor filho da puta que me mandou pro laboratório de anatomia pra dar de cara com a porta...

— Ei, peraí. P... por f... favor... Cuidado com essa arma. Não faça nenhuma besteira!

— Fica quieto e não se mexe, senão vai tomar um tiro nesse pau de estuprador!

Jucélia não sabia muito bem o que fazer em seguida, mas o celular de Franz lhe deu uma ideia.

— Você tem o número do Josué, do laboratório, gravado nesse celularzinho caro de merda? — Jucélia estava se sentindo bem ao subjugar aquele cuzão. Falava cheia de decisão, da mesma forma que os caras barra-pesada que conhecia de sua quebrada em São Paulo.

— Te... tenho, sim... — respondeu Franz, gaguejando. Estava prestes a chorar.

— Liga pra ele, agora!! — gritou, metendo mais medo no sujeito.

Franz obedeceu automaticamente. Procurou o número de Josué entre seus contatos e ligou para o auxiliar. A primeira vez chamou até dar caixa postal. Tentou novamente, caixa postal de novo.

— Continua tentando, caralho! Até ele atender!

— Tá bom, tá bom... N... não me mata, por favor? — suplicou, não conseguindo mais conter suas lágrimas e soluçando de medo.

Na terceira tentativa, Josué atendeu.

— Jo... Josué... aqui é o Franz...

— Passa o telefone pra cá! — intimou Jucélia.

Franz fez o que ela pedia. Mas, no momento em que Jucélia começaria a falar com seu candidato a "crush", o som da festa foi bruscamente cortado e substituído por sons de pequenas explosões e gritos. O presidente da Atlética aproveitou aquele segundo de distração e saiu correndo em direção à piscina da chácara, em busca da ajuda de seus amigos. Ao chegar, no entanto, teve o peito estourado por uma bala de fuzil e morreu na hora, atirado pelo impacto entre os bancos de tomar sol da piscina.

✳✳✳

"Esses comunistas depravados devem ter matado um pelotão inteiro para tarem comemorando desse jeito!", Jairo pensou, ao chegar àquela piscina da chácara cercada de luzes fortes e coloridas, piscando entre sombras de homens e mulheres que falavam alto, bebiam e davam risada. Até ter entrado na Guerrilha do Araguaia, em 1974, nunca tinha visto uma festa com luzes como aquelas. Além disso, sua cabeça doía demais. Estava difícil manter os pensamentos em ordem. A música altíssima e confusa, que misturava barulhos esquisitos, de bate-estaca, e vocais graves, que falhavam miseravelmente ao imitar o estilo sertanejo, fazia sua cabeça piorar ainda mais.

Jairo então identificou a pessoa que parecia controlar aquela barulheira infernal. Ele estava no único ponto iluminado da festa. Mexia em um aparelho em formato de mesa, que parecia ter saído de algum filme de ficção científica. O idiota sorria para o público e vestia uma camiseta estampada com a cara de Seu Madruga, do seriado *Chaves*, usando boina, em uma imitação da foto de Che Guevara. Foi a gota d'água para Jairo, que passou a se sentir o Sean Connery num filme de 007.

"Eu deveria ter uma câmera fotográfica aqui!", pensou. "Esses comunistas malditos estão tendo acesso a equipamentos de última geração. Devem ter ligação direta com Cuba, Vietnã ou Rússia! Nunca vi o revolucionário daquela camiseta, deve ser um novo líder! Vou pegá-los de surpresa! Dar o que esses filhos da puta merecem e virar um herói nacional!"

O primeiro em quem Jairo mirou, logicamente, foi o DJ. Após explodir a cabeça do sujeito, mandou também aquele equipamento infernal para os ares. Depois que o som foi interrompido, algumas cabeças começaram a explodir no entorno da piscina. Gente ensanguentada era atirada ao chão, e ninguém entendia o que estava acontecendo. Vários dos estudantes de medicina, muito loucos de bebida e lança-perfume, ficaram ali parados, sendo atingidos e caindo mortos, como patinhos em uma barraca de parque de diversões. Algumas balas de fuzil atravessavam um jovem, já atingindo o outro que estava atrás dele.

Um segurança da festa foi o primeiro a perceber que a balada estava sendo atacada por um maníaco atirador. Conseguiu se proteger dentro da casa colonial. De lá, acionou a luz de todos os postes da piscina. Só então o público da festa viu Jairo com a cara coberta de sangue, disparando o FAL. Gritando, os estudantes começaram a fugir para os arbustos e os fundos do casarão.

Quando a munição do carregador do FAL acabou, Jairo do Araguaia tirou a caixa de balas do bolso e se ajoelhou na beira da piscina para recarregar a arma, mas um tiro na parte de trás de seu crânio o interrompeu antes da conclusão. Seu corpo tombou para frente, caindo de peito na água e ficando com os pés para fora da piscina.

Os poucos sobreviventes que restaram ali foram levantando suas cabeças e vendo a jovem negra, "cotista", tremendo, com a pistola semiautomática entre as duas mãos, ainda apontada para o corpo daquele homem de 64 anos, que posteriormente todos viriam a saber ser Jairo da Cunha Finocchiaro, militar da reserva, ex-combatente do Araguaia, motorista de Uber e autor do que receberia o título de Massacre da Festa de Medicina.

* * *

— Com licença, moça, posso lhe fazer algumas perguntas?

Abraçada à sua pesada mochila, ainda cheia de livros, e sentada no banco de trás de uma viatura da Polícia Civil, de porta aberta e com os pés para fora, Jucélia olhou para a jovem que segurava um telefone celular ligado. Era a repórter da rádio local, primeira jornalista a chegar à chácara. Já eram cinco e meia da manhã, o dia estava amanhecendo.

Jucélia só olhou para a cara da repórter e balançou a cabeça afirmativamente. Ainda esperava que algum policial a levasse para casa. Os feridos já haviam sido levados para o hospital da cidade e outras unidades de saúde de municípios vizinhos. Os corpos estavam sendo periciados pelo Instituto de Criminalística para, em seguida, serem levados por carros do IML, que já aguardavam estacionados na estrada de terra ao lado da chácara. Agentes das polícias Civil e Militar colhiam dados de testemunhas, que, posteriormente, seriam convocadas para prestar depoimento. Jucélia já havia conversado com um delegado, que pediu para que ela comparecesse à delegacia durante a tarde daquele mesmo dia.

— Estamos neste instante com a estudante de medicina que, segundo a polícia, matou o atirador que invadiu uma festa de confraternização de alunos da Federal, durante esta madrugada, em uma chácara nos arredores do município. Qual é o seu nome, por favor?

— Jucélia de Moura.

— Jucélia, como você se sente por ter impedido que o atirador matasse muito mais do que os 17 jovens que perderam a vida durante esse ataque?

— Só fiz o que qualquer um devia ter feito...

— Não se sente orgulhosa de estar sendo chamada de *heroína* por seus colegas?

— Talvez agora eles parem de me chamar de cotista, né?

A resposta deixou a jovem repórter sem saber o que perguntar em seguida, mas, nesse momento, Yasmin, ainda meio cambaleante devido à bebedeira forçada, chegou chorando e interrompeu a entrevista, dando um forte abraço em Jucélia.

— Obrigadaaaaa, Juuuuuu! Você salvooou a nossaaaa vidaaaaa!

— Tudo bem, tudo bem... — disse Jucélia, dando alguns tapinhas nas costas da loira. "Continua falando igual um gato miando", pensou.

Em seguida, Yasmin virou o rosto para a repórter, ainda chorando:

— Minha amigaaaa salvou a nossa vidaaaaaa, mooooça! Ela é uma heroínaaaaa! Heroínaaaaaaaaa!!

Enojada, Jucélia olhou para o lado e, entre a movimentação de policiais e sobreviventes do massacre, reconheceu Josué, que havia acabado de sair de cima de sua moto Honda CG e tirava o capacete. Levantou-se do banco da viatura e caminhou em direção ao rapaz, deixando a repórter e a colega para trás.

— Caraio, Ju! Vim assim que soube o que aconteceu! Tava lá no samba quando a notícia chegou... — disse o auxiliar, ao perceber Jucélia se aproximando.

Foi calado pela estudante de medicina, que largou a mochila no chão e o abraçou, dando-lhe um longo beijo na boca. Quando suas línguas finalmente se desenroscaram, ele abriu seu grande sorrisão simpático e, ainda abraçado a ela, perguntou:

— Quer dizer que você deixou de ir no samba comigo pra vir na festa dos playboy, hein?

— É uma história comprida. Se você me levar pra casa, te deixo entrar e conto tudo.

— Então vambora, agora!

Jucélia pegou a mochila do chão e a botou novamente nas costas. Com um pouco de dificuldade devido à dor na pélvis e ao peso da mochila, montou na garupa da moto de Josué. Enquanto colocava o capacete, algo chamou sua atenção entre as árvores. A figura de um homem muito alto e calvo, barbudo, sem camisa e magrelo, com sangue pisado no rosto. O mesmo rosto da visão que ela teve no espelho do para-brisa do Uber. Ajoelhado ao lado dele estava Jairo, desesperado, tentando se livrar da enorme mão do Bruxo, que o segurava pela nuca.

E o Bruxo, nesse momento, não exibia seus dentes sujos de sangue num sorriso desdenhoso, como no espelho do carro. Em vez disso, parecia olhar Jucélia com um certo respeito. Logo após ser notado pela garota, ele se virou e desapareceu caminhando entre as árvores, arrastando consigo o Maníaco, que se debatia.

— Tá tudo bem aí? Podemos ir? — perguntou Josué, já acelerando a moto.

— Tá tudo ótimo — Jucélia respondeu e se agarrou a ele.

***

— Cara, naquela hora, minha vida inteira passou diante dos meus olhos — disse um dos estudantes de medicina, ao lado da mesa de necropsia, enquanto observava o colega descosturando a barriga do cadáver.

— Quem ia imaginar que a nega cotista ia salvar a gente? — comentou outro aluno do grupo.

Já havia passado quase dois meses do Massacre da Festa de Medicina, as provas bimestrais se aproximavam, e o caso ainda era assunto nas dependências da Federal.

— E pensar que a mina nem tinha sido chamada pra festa... apareceu lá por acaso... — comentou um terceiro estudante.

— Não sei, não! Já disse que acho toda essa história muito mal contada! Não confio em preto. Não engulo essa história dela ter sido atacada antes pelo maníaco, ficado com uma arma dele e depois aparecer na festa pra matar o cara... Agora fica todo mundo babando ovo praquela macaca, puxando o saco dela — opinou uma garota da turma, sobre o caso que já havia sido esmiuçado pela imprensa.

Outra estudante, que completava o grupo de cinco alunos, reagiu.

— Cala a boca, sua racista! Que absurdo você falar uma coisa dessa da mina! E ainda mais a mina que salvou nossa vida!! Vai tomar no meio do seu cu, sua fascista! — gritou, indignada.

— Vai tomar no meio do seu cu você, sua esquerdistazinha!

A Esquerdistazinha pegou então a Fascista pelos cabelos e enfiou sua cara nos intestinos do cadáver aberto sobre a mesa de necropsia, esfregando seu rosto naquelas entranhas cheias de formol. Os três colegas homens tiveram que se esforçar para separar as duas, e nenhum dos cinco estudantes de medicina que estavam no laboratório percebeu o leve sorriso que se formou nos lábios do morto, o jornalista Valdo Bastos.

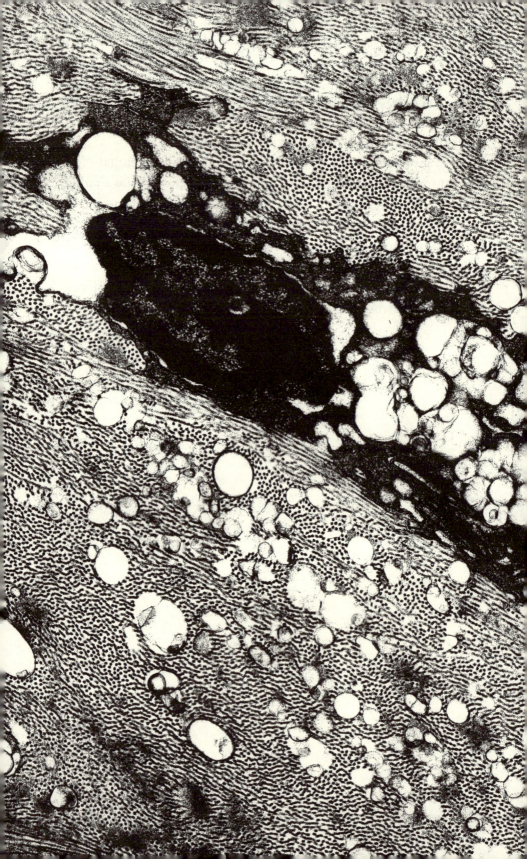

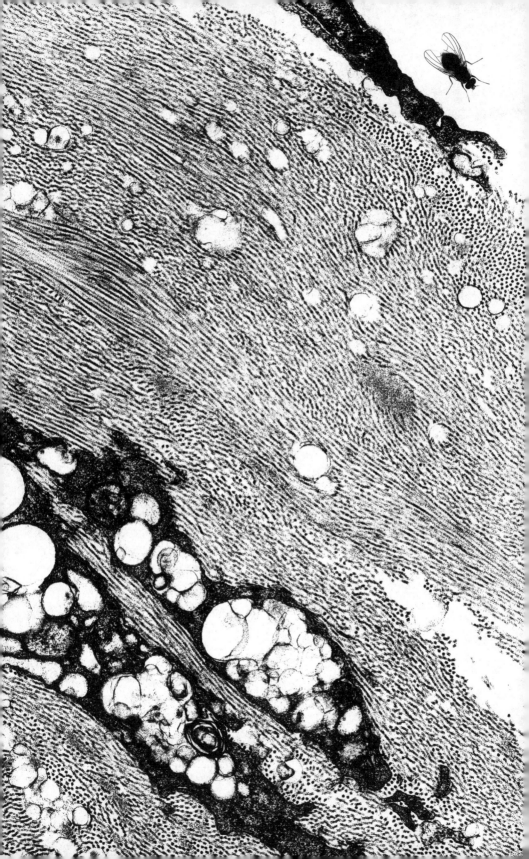

AGRADECIMENTO DE CORPO E ALMA

Este livro foi publicado graças, primeiramente, à minha mãe, Cecília, que me incentivou a gostar de literatura e cinema desde pequeno, ao meu pai, Adilson, pela força que me dá o tempo todo, e à minha namorada, Luciana, que está sempre ao meu lado, me apoiando e me ajudando. Aos editores agradeço pela paciência, pela dedicação e pelo carinho com que cuidam das coisas que eu escrevo. Não poderia deixar de agradecer também ao Dennison Ramalho, que botou duas histórias que criei na tela do cinema e as levou para o mundo inteiro. Outras pessoas importantes para a conclusão desta obra foram minha sogra, Zélia Lazarini, pela consultoria em assuntos espíritas (me deu uma verdadeira aula sobre o umbral), e o médico/cervejeiro/fã de rock garageira Leopoldo Furtado de Castro, cujos toques sobre autópsia e laboratório de anatomia foram essenciais. Para finalizar, obrigado, Caveiras, pela realização deste sonho. E um grande salve a todos os companheiros punk-rockers, jornalistas e camaradas de correria em geral!

NÃO FALA
E OUTROS SEGREDOS DE NECROTÉRIO

MARCO DE CASTRO

Paulistano, 43 anos, Marco de Castro é jornalista formado pela Faculdade Cásper Líbero. Foi repórter e editor em diversas editorias de jornais paulistas, como *Agora São Paulo* e *Diário de S. Paulo*. Também foi editor da home do portal R7. Fã de filmes e literatura de mistério e horror desde a infância, começou a escrever crônicas e ficção ao tomar contato com a realidade violenta dos bairros periféricos da Grande São Paulo, durante as reportagens que fazia para o *Agora*. Autor de músicas, contos e roteiros, Castro teve dois contos adaptados para o cinema pelo diretor Dennison Ramalho: "Morto Não Fala", que inspirou o longa-metragem homônimo, e "Um Bom Policial", adaptado como o curta *Ninjas*. Castro também é compositor e vocalista das bandas punk Aparelho e Coice.

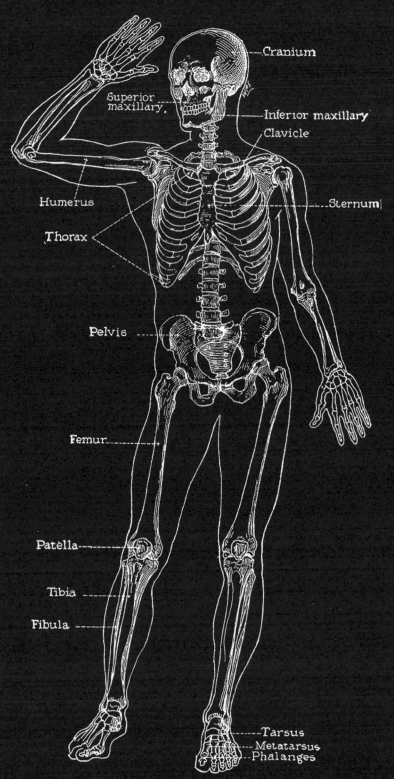

FIGURE 11
The bones of the human body. Front view.

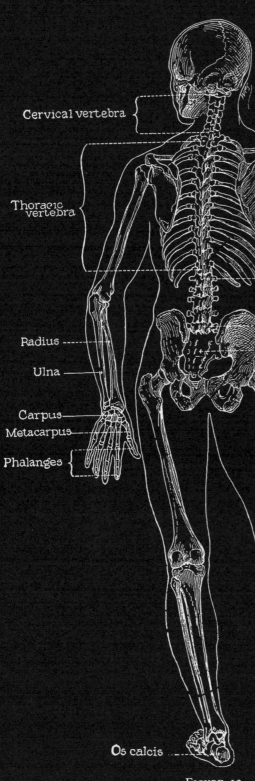

"Sempre achei que o verdadeiro horror
está ao nosso lado, que os monstros mais
assustadores são nossos vizinhos."

— GEORGE A. ROMERO —

DARKSIDEBOOKS.COM